写给孩子的西游记

齐天大圣

原著 （明）吴承恩
改写 刘莎

化学工业出版社
·北京·

图书在版编目（CIP）数据

写给孩子的西游记. 齐天大圣 /（明）吴承恩原著；刘莎改写. —北京：化学工业出版社，2021.5
ISBN 978-7-122-38559-8

Ⅰ.①写… Ⅱ.①吴…②刘… Ⅲ.①章回小说-中国-明代 Ⅳ.①I242.4

中国版本图书馆CIP数据核字（2021）第029881号

出 品 人：李岩松　　　　　策划编辑：笪许燕
责任编辑：笪许燕　汪元元　营销编辑：龚　娟　郑　芳
责任校对：宋　玮　　　　　装帧设计：王　婧

出版发行：化学工业出版社（北京市东城区青年湖南街13号
　　　　　邮政编码100011）
印　　装：凯德印刷（天津）有限公司
880mm×1230mm　1/32　印张 $4^3/_4$　字数75千字
2021年5月北京第1版第1次印刷

购书咨询：010-64518888　　　　　售后服务：010-64518899
网　　址：http://www.cip.com.cn
凡购买本书，如有缺损质量问题，本社销售中心负责调换。

定　　价：90.00元（全3册）　　　　　版权所有　违者必究

前　言

《西游记》是中国古典神魔小说的代表作，也是妇孺皆知的"四大名著"之一。自从 1986 年改编的电视剧《西游记》在央视首播，师徒四人西行取经的故事就成为几代人的童年记忆，神通广大的孙悟空更是成为孩子心目中的大英雄。

电视剧只在固定时段播出，为了获知更多剧情，小时候的我从亲戚家借来了《西游记》原著。可是半文半白的语言，对于刚上小学的我来说，实在是太难懂了，我只好去读《西游记》连环画。长大后，中学课业繁忙，我一直没时间读完《西游记》的全本原著。

没想到，我和《西游记》的缘分并没结束。大学毕业时，我选择"影视文学"作为毕业论文的方向，想探讨影视作品对文学原著的改编及流变。搜集资料后我发现，能够承载这一命题的恰恰是吴承恩的这部奇书。早在央视版电视剧之前，上海美术电影制片厂的《大闹天宫》就在国际上斩获多个奖项，深刻影响了亚洲动画产业；

香港邵氏电影公司拍的《西游记》系列电影，为邵氏的壮大奠定了基础。当年我还不知道，2015 年上映的《大圣归来》会看哭无数喜爱国漫的"大朋友"，《西游记》将会成为大"IP"，源源不断地为创作者提供灵感。

《西游记》确实是部常看常新的巨著。影视化只是它走向大众、彰显魅力的一种形式，想要更深入地感受它的文学魅力，还要回归原典，读原著。

然而原著是根据宋元话本和戏曲创作的，呈现出的古代说书的讲述方法，略显冗余，半文半白的语言又比较难懂。所以我想为孩子们改写一部适合他们阅读的，既精彩又精炼的《西游记》。

原著共有 100 回，有的故事一回就讲完，有的故事跨了好几回，还有的故事细说佛法，不具备戏剧性。我细细品味、推敲原著的布局谋篇和生动细节，在改写时，重新梳理情节，将平淡的"转场"故事一带而过，集中笔墨展现那些耳熟能详的故事，交代清楚来龙去脉。

公元 7 世纪初，唐朝和尚玄奘西去天竺取经，一来一去耗时整整 19 年。他口述西行见闻，著成《大唐西域记》12 卷，虽然这是一套西域百科全书，但他的弟子似乎对师父一路上经历了哪些磨难，是否遇到妖魔，又是如何借助神力逢凶化吉的故事更感兴趣。自此，唐僧取经的神话故事在民间流传，至明代吴承恩著书时，已经流传了900多年。什么样的故事能让一代又一代说书人津津乐道？必然是那些具有极强戏剧张力的情节、生动幽默的语言和鲜活有趣的人物的故事。

于是在改写时，我尽力保留和还原原著的幽默对话。小读者将看到嬉笑怒骂的孙悟空、"奸懒馋滑"的猪八戒和花样"作死"的各路妖魔。吴承恩创作《西游记》，不是为了塑造完美无缺的英雄形象，也无意展现安居乐业的太平盛世，研究者分析，他将孙悟空当作人心的幻象来刻画，因此常用"心猿"来代指孙悟空。吴承恩用佛教故事的外壳，来表达"明心见性"的哲学思想，孙悟空的一生遭遇，寓意着一个人修心、认识自己的过程。所以，小读者不要惊讶原著中的孙悟空为什么和电视剧、动画片里的不太一样。原著中的人物都是既有优点也有缺点，和我们普通人一样，一点点历练，一步步成长的啊。

希望这部改写的作品，能让小读者走近原著，感受到阅读的乐趣，成为《西游记》的小"粉丝"，那我这个忠实粉丝就非常欣慰、非常开心啦。

开卷有益，欲知内容如何，就翻过这一页开始读吧。

目录

1. 猴王出世 / 001
2. 悟空修道 / 013
3. 龙宫寻宝 / 024
4. 齐天大圣 / 033
5. 蟠桃盛会 / 046
6. 大闹天宫 / 058
7. 初登征途 / 068

8. 观音院丢袈裟 / 082
9. 高老庄收八戒 / 093
10. 黄风岭遇难 / 101
11. 大战流沙河 / 110
12. 偷吃人参果 / 118
13. 大闹五庄观 / 129

给孩子讲西游 / 141

1 猴王出世

花果山上有一块仙石,有一天,石头裂开,蹦出了一只猴子。这猴子生得聪明绝顶,做了猴王,后来为求长生不老,下山访仙学道。他就是孙悟空。

自盘古开天辟地之后,世界分为四个大洲:东胜神洲、西牛贺洲、南赡(shàn)部洲、北俱芦(lú)洲。东胜神洲有一个傲来国,靠近大海,海中有一座高山,名叫花果山。

花果山有奇峰怪石、青松翠柏，可望海观景，也可听锦鸡长鸣。山顶上，不知从什么时候开始就有了一块巨石，这石头有三丈六尺五寸高，周长二丈四尺，上面有九窍（qiào）八孔。石头旁边没有树木遮阴，倒有兰草陪衬。

巨石吸收天地的灵秀、日月的精华，年月久了，便有了灵性。有一天，随着一声震天动地的巨响，巨石崩裂了！从里面飞出一枚圆球一样的石卵，奇怪的是，石卵见到风就变大，慢慢变成一个石猴的样子。

石猴爬了一会儿，蹦了一阵儿，又打滚翻了几个跟头。他眨眨眼，双目放出金光，如同闪电，直冲云霄。

这熠熠（yì yì，形容闪光发亮）金光惊动了灵霄宝殿上的玉皇大帝，他立刻让千里眼、顺风耳两员大将打开南天门，看看怎么回事。

千里眼和顺风耳都是能力非凡的神仙，一个能看到千里之外的景象，一个能听清远在天边的声音。过了一会儿，他们向玉帝禀（bǐng，下级向上级报告）报："东胜神洲的傲来小国，出现了一只石猴。金光是他的眼睛发出的。这会儿他在喝水找吃的，金光很快就会散了。"

玉帝点了点头，"石猴是天地精华所生，眼放金光倒也没什么好奇怪的。"于是他就把这事儿抛在了脑后。

石猴自然不知道天庭里发生的事儿。他在山中走走跳跳,饿了就吃野草树木,渴了就喝山涧泉水,高兴了就采些山花、觅些树果,很快就和狼虫虎豹、獐(zhāng)鹿麋(mí)猴成了好朋友。他白天在峰洞间玩耍,晚上就睡在石崖下面,日子过得好不快活!

一天,天气炎热,猴子们都在树荫下玩耍避暑。

他们跳树攀枝,追跑打闹,玩够了就去山涧中洗澡冲凉。有一只猴子说道:"这股水不知道是从哪儿来的,反正今天咱们都没什么事,兄弟们,谁愿意和我一起顺着水道,去找找源头呀?玩儿去喽!"

话音刚落,猴群就一拥而上,顺着涧水的路线往山上爬。他们来到源头一看,原来是一股瀑布。

猴子们都鼓掌叫好:"好水,好水!原来这里通着山脚,连着大海呢!"

有一只猴子说:"谁有本事钻进去,并且不伤身体,我们就拜他为王。"

连叫三声后,有一只猴子跳了出来,高喊道:"我去!我去!"他正是石猴。

石猴双眼一闭,双腿微蹲,纵身跳入瀑布中。

等他再睁眼时,已经身在洞中了。洞里一点水也没有,却有一座铁板桥。瀑布的水从桥下流过。

他走上桥头,边走边看,洞里竟然像有人居住,不仅有石锅石灶,还有石盆石碗、石椅石床。

看了好一会儿,他走到桥中间,发现了一块石碑,上面镌刻着几个大字——"花果山福地,水帘洞洞天"。

石猴高兴极了,急忙往外走。他再次双眼一闭,双腿微蹲,跳出水外。他哈哈笑着对大家说:"大造化①!真是大造化!"

猴子们忙围上来问:"里面什么样?水有多深?"

石猴高兴地说道:"里面没水,倒像个石房子。洞里很宽阔,能装得下千百只猴子,咱们不如都搬进去住,就再也不怕刮风下雨了。"

猴子们高兴得抓耳挠腮:"快带我们进去吧!"

---

① 造化:福气、运气,也指自然和自然的创造者。这句话的意思是:我们走运啦!

于是石猴打头,往瀑布里一跳,叫道:"都随我进来!"

胆大的猴子,一个纵身就跳了进去;胆小的猴子,伸头看看,又害怕得缩回去,抓耳挠腮了半天,干脆眼一闭,大喊一声,也跳了进去。

猴子们进到洞里,一个个抢盆夺碗、争床占灶,搬过来,移过去,一直闹到筋疲力尽才罢休。

石猴端坐在椅子上说:"你们刚才说谁有本事进得来,出得去,又不伤身体,就拜他为王。这话可要算数啊!"

猴子们心服口服,全都拜伏在地,冲着石猴齐声高呼"千岁大王"。石猴干脆自称"美猴王"。

美猴王给猿猴、猕猴、马猴安排了职位,他白天带领一群猴子游山玩水,晚上在水帘洞中歌舞饮宴,逍遥自在了三五百年。

一天,他正与一群猴子一起吃饭,突然伤感起来,泪流满面。

大家慌忙问道:"大王,你怎么啦?"

美猴王说:"我们在这仙山福地,虽然不受人间大王的约束,也不用惧怕其他猛兽,但是终有一天年老体衰,要到阎(yán)王爷那儿报到,就再也过不了现在的日子了。"

猴子们本来吃得美美的,听了这番话,都跟着哭了起来。

这时突然跳出来一只通背猿猴,他高声说道:"大王真有远见!据我所知,有三种人不归阎王爷管。"

美猴王忙问:"哪三种人?"

"佛、仙和神圣。他们可以躲过轮回①,不生不灭,与天地山川齐寿。"

"他们住在哪里?"

猿猴回答:"他们只在大千世界之中,古洞仙山之内。"

美猴王听了,非常高兴,吩咐手下说:"我明天就下山去找他们。小的们,替我编个筏子,取根竹竿作篙(gāo),收拾些果品,我就算云游到天涯海角,也要学会长生不老的法子,让大家躲过阎王爷的召唤!"

第二天, 猴子们都去翻山越岭采摘仙桃野果,为美猴王准备了一场盛宴。美餐过后,美猴王登上木筏,撑起竹篙,飘飘荡荡驶向茫茫大海。

他顺着东南风,没过几天,就到了南赡部洲的地界。他上了岸,见到海边有人捕鱼,便做了个鬼脸,吓得那些人丢筐弃网,四散奔逃。他抓住一个跑得慢的,扒下那个人的衣服穿上,招摇过市。

---

① 轮回:佛教用语,指有生命的东西永远像车轮运转一样,在天堂、地狱、人间等六个范围内循环转化,永无止息。

他在南赡部洲走街串巷，寻访仙道，学会了说人话和人的礼仪，一晃就过了八九年，但一无所获。他发现这里的人都是些争名夺利之徒，就失望地离开了。

他来到大海边，再次乘木筏驶向远方。这一次他飘过西海，来到了西牛贺洲。

登岸之后，走不多久，出现了一座高山。美猴王不畏狼虫虎豹，一口气爬上山顶，发现山里幽静秀丽，泉水叮咚，奇花异草，鸟鸣婉转，是个隐居的好地方。

这时，他听到树林深处好像有人说话。他急忙快步走到林子里，侧耳倾听，才发现是有人在唱歌。歌声中有"仙""道"等字，美猴王满心欢喜："原来神仙就藏在这里！"

他顺着歌声跑过去，看到一个人打扮非常，在拿斧子劈柴。他连忙上前行礼："弟子拜见老神仙。"

那个人丢了斧子，慌忙回礼："不敢当，不敢当！我不过是个砍柴的樵夫，当不起'神仙'二字！"

美猴王说："你不是神仙，为什么刚才唱'相逢处非仙即道'？"

樵夫笑道："这首词不是我写的，是我的邻居教我的。他见我每天辛苦养家，总是烦恼，便教我再遇烦恼时就唱一唱。他倒算得上神仙。"

美猴王很惊奇："神仙就住在你家旁边，你为什么不向他学个长生不老之法？"

"我幼年丧父，没有兄弟姐妹，只有我一人供养老母亲。我每天砍柴，下山换点钱买米，怎么能丢下老母亲去修行呢？"

美猴王忙问："那你快告诉我神仙住在哪儿。"

樵夫说："这山叫灵台方寸山，山中有个斜月三星洞。洞中的神仙叫须菩（pú）提祖师，收过好多弟子啦。你沿着这条小路向南走七八里，就能找到他。"

美猴王拜别樵夫，一路寻找，没走多长时间，果然望见一座洞府，旁边有一块石碑，上面写着"灵台方寸山，斜月三星①洞"。

但是洞门紧闭，静悄悄没有人声。猴王看了半天，不敢敲门，先跳上松树，摘些松子吃。

过了一会儿，吱呀一声门开了，里面走出一个仙童，高声问："什么人在此骚扰？"

美猴王扑地跳下树，上前施礼说："仙童有礼。我是来访仙学道的弟子，不敢在此骚扰。"

仙童笑着说："我家师父刚才正在讲道，

---

① 斜月三星：是"心"的字谜。一钩是斜月，三星是三点，正是一个心字。山名和洞名都是"心"，暗喻这里是心灵的修行之地。

忽然就叫我出来开门,说有修行的人来了,想必就是你喽?"

美猴王高兴极了,说:"是我,是我。"

童子说:"你跟我来吧。"

美猴王整理好衣冠,跟随小童进去。只见洞府内有一层层楼阁,一重重宫殿。菩提祖师端坐在高台之上,器宇轩昂(xuān áng),仙风道骨,两边站着三十个小仙。

美猴王立刻下拜,不住地磕头,口里说道:"师父!师父!弟子诚心朝拜,诚心学习!"

祖师说:"你是哪里人呀?说明白再拜。"

美猴王说:"弟子来自东胜神洲傲来国花果山水帘洞。"

祖师怒喝:"信口胡说。东胜神洲到这里,中间隔着两重大海和一座南赡部洲,你怎么可能到得了这里!来人,把他轰出去!"

美猴王慌忙磕头:"弟子不敢说谎。弟子乘木筏漂洋过海,寻访了十多年,才找到这个地方。"

祖师又问:"你姓什么?"

美猴王说:"我没有性。别人骂我,我也不生气;别人打我,我也不怪罪。"

祖师皱了皱眉头,答道:"不是这个性。我是问你父母姓什么。"

美猴王挠了挠头:"我没有父母。我只记得花果山上有一块石头,石头破了,我就生出来了。"

祖师一听这话,心中暗喜,说:"这么说,你是天地生的。你起来走两步我看看。"

美猴王跳起来,一拐一拐地走了两趟。祖师笑着说:"你走相虽然不雅,却也轻灵敏捷,像个猢狲(hú sūn)。我给你起个姓吧。'狲'去掉反犬旁,就是'孙',正合婴儿本意,怎么样?"

美猴王连连叩(kòu)头:"好!好!师父既然赐我姓,那就再赐我一个名字吧,也好呼唤我。"

祖师说:"按我门中排行,你刚好排到第十辈,正是'悟'字。你就叫孙悟空,好吗?"

美猴王非常高兴,连翻了几个跟头:"太好了!太好了!我有名字喽!从今往后,我就叫孙悟空了!"

笑读西游

1. 孙悟空出生在哪一洲的哪一国?
2. 孙悟空为什么离开花果山去寻找神仙?

② 悟空修道

悟空天资聪颖，勤奋修道，经师父点拨，学会了七十二般变化、筋斗云和长生之法。他学会一身本领，回到花果山，消灭了欺负众猴的混世魔王。

　　菩提祖师带孙悟空走出门外,让他拜见众师兄,并给他安排了住处。从此他每天和师兄们一起学习礼仪,读经练字。闲暇时就扫地锄园,养花修树,挑水劈柴,不知不觉过了六七年。

　　一天,祖师登上高坛,给弟子们讲经,讲得深入浅出,非常精彩。孙悟空的好多疑惑都被解开了,兴奋得抓耳挠腮,手舞足蹈。

　　祖师看到了,叫住他:"你怎么癫(diān)狂乱舞,不听我讲经?"

　　悟空说:"弟子在认真听呢,觉得师父讲得特别精妙,这才喜不自胜,欢呼雀跃。望师父恕罪!"

　　祖师心中暗喜,问:"你来洞里多少年了?"

　　悟空说:"弟子不知道过了多久。但是弟子常去后山打柴,发现那儿有一片桃林,桃子熟了七回,我也吃过七回桃子了。"

　　祖师点点头:"那就是七年了。你想学什么道?"

　　悟空说:"请师父指点。"

　　祖师说:"道门有三百六十门,你想学哪个门?"

　　"都听师父的。"

　　"我教你术字门,如何?术字门可以请仙问卜,趋吉避凶。"

悟空问:"学了能长生不老吗?"

"不能。"

"那我不学!"

"流字门集合儒家、释家、道家、阴阳家、墨家、医家,可以看经念佛,是道学基础,你学吗?"

"学了能长生不老吗?"

"不能。"

"不学!不学!"

祖师又说了静字门和动字门,悟空只问是否能长生,然后都摆手说:"不学!不学!"

祖师大怒,跳下高台,手里拿着戒尺,指着悟空说:"你这猢狲,这也不学,那也不学,究竟想学什么?"说罢走上前,在悟空头上敲打了三下,倒背着手,走进里屋,关了中门,撇下众人而去。

其他弟子都埋怨说:"你这泼猴,太不像话了!师父传你道法,你为什么不学?还和师父顶嘴!师父一生气,再也不出来讲经该怎么办?"

悟空不和大家争辩,只是一个劲儿赔笑脸。

好不容易挨到日落,悟空假装睡觉,大约子时①,他轻

---

① 子时:指夜里23点至凌晨1点。

轻起身，穿好衣裳，蹑（niè）手蹑脚地走到后门，只见门扉（fēi）半掩。

悟空大喜，侧身进了门，悄悄走到祖师床前。见师父睡下了，他便跪在床前等候。没过一会儿，祖师醒了，伸展身体，口中念道："难，难，难！道最玄，莫把金丹作等闲。不遇至人传妙诀，空言口困舌头干！"

悟空应声叫道："师父！弟子等候多时了。"

祖师听出是悟空，立即披上衣服，盘腿打坐，问道："你这猢狲，不去睡觉，到我这里做什么？"

悟空回答："师父白天打了弟子三下，是让我三更①时分来；师父倒背着手走进里屋，关上中门，是让我从后门进来，传我道理。所以弟子大胆前来。"

祖师暗暗高兴，心想：这猴头天地所生，果然聪明，竟能猜破我的哑谜。

悟空又恳求说："现在这里没有别人，请师父发发慈悲，传我长生之道，我一定永不忘师恩！"

祖师点点头，"既然你识破哑谜，我就传你长生秘诀，附耳过来，仔细听好。"

悟空将秘诀牢记在心，每天刻苦练习，道法日益精进。

---

① 三更：又叫子时，古代时间名词，指夜里23点到凌晨1点。

转眼又是三次桃熟,又过了三年。一天,祖师讲完经,问悟空:"你最近修行如何?"

悟空回答说:"弟子最近悟出了一些道理,道法练得还可以。"

祖师就说:"那我就再教你一些变身的本领吧。我这里有天罡三十六般变化和地煞①七十二般变化,你要学哪种?"

悟空顿时来了兴致:"师父,我愿意多劳多得,就学七十二般变化吧。"

祖师于是向悟空传授了口诀,悟空独自刻苦练习,没用多长时间,便将七十二般变化都学成了。

又有一天,祖师与弟子们在三星洞前观景。祖师问:"悟空,你最近学得怎么样了?"

"师父,我学会了飞举腾云。"说完,悟空纵身翻了个跟头,跳起五六丈,踏着云远去了,没过一会儿又飞回来,往返三里多。

祖师笑着说:"你这只能算爬云。神仙朝游北海暮苍梧,你半天只走出三里地,叫爬云都勉强。"

---

① 天罡、地煞:天罡(gāng)和地煞(shà)都是古代星辰的名字。道教称北斗丛星中有三十六个天罡星,一个天罡星代表一位神将,共有三十六位神将。北斗丛星中还有七十二颗地煞星,每颗地煞星上也有一个神,合称"七十二地煞"。此处天罡、地煞代表数量。

"师父,什么叫'朝游北海暮苍梧'呀?"悟空问道。

"就是早上从北海出发,游过东海、西海、南海,再回到北海的苍梧。一天之内能游遍四海,那才算腾云。"

悟空挠挠头,"这也太难了吧。"

祖师说:"世上无难事,只怕有心人。"

悟空立刻磕头行礼,"师父,那您就把这腾云的法术传给弟子吧。"

祖师说:"神仙腾云都是拔地而起,你却是连扯带跳。我传你筋斗云吧。一个筋斗可以翻出十万八千里。"

其他弟子羡慕无比:"悟空真是好运气!学会了筋斗云,以后可以送信传音,到哪儿都不愁没饭吃!"

悟空喜不自禁,当天晚上就趁着月色,学会了筋斗云。

春去夏来,一天,弟子们在松树下讲道。有人问:"悟空,前一阵师父教你的变化之法,你都学会了吗?"

悟空说:"不瞒各位师兄,我都会了。"

大家都起哄:"快变给我们看看!"

悟空得意扬扬地说:"你们想让我变什么?尽管出题。"

大家想了一会儿,有位师兄说:"就变棵松树吧。"

悟空念着口诀,摇身一变,果真变成一棵青翠挺拔的松树,没有一点儿猢狲气。大家都鼓掌喝彩:"好猴子,变得好!"

叫嚷声惊动了祖师。他急忙出门来看:"谁在大声喧哗?"

弟子们慌忙整理衣服,上前行礼,悟空也赶紧变回原形,站在师兄们身后。

祖师非常生气,教训众弟子:"你们大呼小叫,完全不像修行的人!"等他问明原因,便让其他弟子回去,只留下悟空。

祖师叹口气,说道:"悟空,你才学了这么点儿本事,就在人前卖弄,如果别人求你教他,你怎么办?如果不教,别人就要害你,只怕你会性命不保呀。我也不怪罪你,你下山去吧。"

悟空流着泪说:"师父让我上哪儿去?"

祖师说:"从哪里来的,就回哪里去吧。"

悟空悲伤不已:"师父的大恩弟子还没报答,弟子不敢走。"

祖师说:"你以后要是惹了祸,千万别说我是你师父。若是泄露半个字,我决不轻饶。"

悟空一看祖师铁了心要赶自己走,只得磕头拜别。他纵身驾起筋斗云,直奔东海而去,没过一个时辰,就回到了花果山。

悟空大叫:"孩儿们,我回来了!"

山崖下、花草中、树木里,顿时有成千上万只猴子拥上来,围住悟空,叩头叫道:"大王,你可回来了,怎么去这么久?我们一直想念你!最近有一个妖魔要强占我们的水帘洞,还抢走了我们好多东西和孩子。幸亏大王回来了,否则花果山都是别人的了!"

悟空一听非常生气:"这妖魔什么来历?好大的胆子,竟敢欺负到我头上!"

"大王,那家伙自称混世魔王,住在北边的水脏洞。"

"你们不要怕,我去会会他!"

说罢悟空驾起筋斗云朝北飞去,按众猴所指的方向,果然看见一座险峻的高山,山崖之间赫然有一座水脏洞。

几个小妖怪正在洞门外跳舞,远远望见孙悟空来了,吓得掉头就跑。悟空大喝:"快去向你们那个什么混世魔头通报,就说花果山水帘洞洞主报仇来了!"

魔王听到回报,笑着说:"那帮臭猴子,总提起他们有个大王,说是出门修行去了。那猴王拿什么兵器,穿什么衣服?"

小妖说道:"他光着头,穿一身红衣服,系一条黄腰带,蹬一双黑鞋子,不像和尚也不像道士,赤手空拳,什么兵器都没拿。"

魔王哈哈大笑:"把我的盔(kuī)甲拿过来!"他穿好黑铁甲,头戴乌金盔,身披皂罗袍,拿着一口大刀,跳出洞外,高声叫道:"谁是水帘洞洞主?"

悟空喊道:"白长了眼睛,看不见老孙在这儿吗?"

魔王笑说:"你这么矮小,又没有兵器,我就算拿刀杀了你,也不光彩。我赤手空拳也照样打得过你。"

"少废话,吃老孙一拳!"悟空纵身一跳,劈脸就打。他动作灵敏,专打肋骨关节,一来二去,魔王有些招架不住了,就拿起大刀朝悟空劈头砍来。

悟空急忙闪开,从身上拔了一撮(zuǒ)毫毛,丢进嘴里嚼碎,朝空中喷去,叫道:"变!"

只见毫毛变成二三百只小猴,把魔王团团围住,抱的抱,扯的扯,抠眼睛、捏鼻子、挠脚心,把魔王弄得晕头转向。悟空趁势夺了大刀,把魔王砍成两段,又率领小猴子冲进洞里,剿(jiǎo,用武力消灭)灭了剩下的妖魔。

悟空抖抖身子,把小猴子又变回毫毛,救出了被困的花果山猴子,一把火烧了魔洞。

猴子们问:"大王,我们被抓来时,只听到呼呼的风声,不知道现在在哪儿,我们怎么回家呀?"

悟空哈哈大笑:"那是那妖怪的障眼法,我也会。你们闭上眼,我带你们回家!"

悟空念声咒语,驾起狂风,过了一会儿叫道:"孩儿们,睁开眼!"

猴子们睁眼一看,已经身在花果山了,真神奇呀!他们个个欢天喜地,端来鲜果美酒,为猴王接风洗尘。

笑读西游

1. 孙悟空去哪里拜的师?他的师父是谁?
2. 孙悟空学会了哪些本领?

龙宫寻宝

孙悟空每天教小猴子们练武,自己却没有趁手的兵器。他单枪匹马闯龙宫,得到了一件绝世神器。

齐天大圣

孙悟空打败了混世魔王,夺了他的大刀,教小猴们砍竹子和树枝做刀枪,每天练武强身。热闹了一段时间后,悟空静下来细想:如果有人来攻打我们,我们用的都是竹竿木刀,怎么打得过?兵器还是要锋利一些的才好。

他把这个想法说给猴子们听,四个老猴走上前来,说道:"大王想要锋利的兵器,很容易办到。往东两百里有一个傲来国,大王可以去那里买一些或造一些兵器。"

悟空高兴地说:"那你们在这里玩耍,我去去就来。"

他翻了个筋斗云,飞过两百里水面,来到一座城池。他心想:我这就下去施展神通拿几件兵器。

于是他念动咒语,对着地上吸一口气,又呼一口气,便舞起一阵狂风,顿时飞沙走石。

三街六巷的人们纷纷跑回家里,关

门闭户。悟空于是直接走进兵器馆、武器库,打开门一看,里面刀枪剑戟(jǐ)、斧钺(yuè)弓叉,十八般兵器,样样俱全。

悟空爱不释手,心想:我一个人也搬不过来,还得使个分身法。

他拔下一撮毫毛,说了声"变",毫毛变成千百只小猴子,把兵器搬得干干净净。

花果山的猴子们正在洞门外玩耍,忽然听得风声呼呼作响,只见无边无际的猴子像一大片乌云,布满天空,吓得他们乱跑乱躲。悟空收了云雾,又收了毫毛,叫道:"小的们,别害怕,都来领兵器!"众猴子这才回过神来,上前抢刀夺枪。

第二天,悟空会集群猴,满山的狼虫虎豹、獐鹿狐獾(huān)等,共七十二洞的妖王都来参拜,进贡礼品,四时点卯①,以猴王为尊。各路妖王又送来金鼓、彩旗、盔甲,把花果山打理得整整齐齐,像铁桶一样牢固。

过了一段时间,悟空对众猴子说:"现在你们都有了合适的兵器,也操练熟了,但我这口刀却实在不顺手,怎么办?"

四只老猴上前说:"大王是仙圣,普通兵器自然是不中

---

① 点卯(mǎo):古时候各衙门主管官员在卯时(早上5点到7点之间)点名,查看下属到位的情况,叫"点卯"。这里是说那些妖王一年四季都要到孙悟空那里报到,表示臣服。

用,不知道大王能不能下到水里?"

悟空说:"我现在会七十二般变化,能上天入地,隐身遁(dùn,隐藏)形,水不能淹,火不能烧,哪里去不得?"

老猴笑呵呵地说:"大王既然有如此神通,就好办了。我们这铁板桥下的水,直通东海龙宫,大王何不找老龙王要件称心的兵器?"

悟空一听这话,喜出望外,三步两步跳到桥头,念着闭水诀,嗖地钻进水里,直达东海海底。

正在走着,忽然一个巡海夜叉①拦住悟空:"来人是何方神圣?快报姓名。"

悟空说:"我是花果山的孙悟空,以前跟你家老龙王是邻居。"

夜叉忙回水晶宫传报,东海龙王敖(áo)广立刻率龙子龙孙、虾兵蟹将出宫迎接。

献茶完毕,龙王问:"上仙何时得的道?学了些什么仙术?"

悟空说:"我学会了长生不老的法术。近来教儿孙们练武艺强身,总感觉少了件趁手的兵器,龙宫是富贵宝地,肯定有不少神器,所以我特来向您求一件宝贝。"

---

① 夜叉:梵语译音。佛教中传说的一种本领高强的恶鬼。

龙王不好推辞，就让鳊（biān）都司取出一把大刀来。悟空说："老孙不会使刀，请换一件吧。"

龙王又让鲌（bó）太尉领着鳝（shàn）力士，抬出一杆九股钢叉来。悟空跳下座位，接过钢叉试了一会儿，说："轻！太轻了！不顺手，请另赐一件。"

龙王惊呼道："这钢叉有三千六百斤重呢！"无奈，他又让鲤（lǐ）总兵抬出一根方天画戟，这件兵器足有七千二百斤重。

悟空接在手里，舞了两下，说："还是太轻！"

龙王越发害怕了，说："上仙，我宫中就数这根戟最重，再没有更厉害的兵器了。"

悟空笑着说："龙王还能没有宝贝？你再找找看。"

龙王说："真的没有了。"

这时龙婆、龙女从后面闪了出来，悄声说："大王，看这个仙圣，绝非等闲之辈，我们海中那块神铁，这几天霞光灿灿，瑞气腾腾，估计是正主儿出现了。"

龙王说："那是大禹治水时，定江海深浅的神铁，哪能当兵器？"

龙婆说："管它中不中用，赶紧送给他，把他打发走得了。"

龙王便依了龙婆的话,说还有一件宝贝。

悟空一听,赶紧说:"拿出来我看看。"

龙王摆手说:"我们这里没人能扛得动,上仙得亲自去看看。"

龙王把悟空带到海底,那里果然矗(chù,直立)立着一根金光万丈的铁柱子,约有一斗来粗,二丈多长。悟空用力抱住,说:"这柱子太粗太长了,要再短些、再细些才能用。"话音刚落,那宝贝就短了几尺,细了一圈。

悟空掂了掂,又说:"再细些、再短些更好。"那宝贝像是听见了似的,又细了不少。悟空十分欢喜,反复把玩着铁棒,只见棒子两头各有一个金箍(gū),中间是一段乌铁,箍上刻着一行字:"如意金箍棒,一万三千五百斤。"

悟空暗喜,心想:这宝贝居然能懂我的心意。那就让它再小些。棒子一直缩到了碗口粗细。

他抡起金箍棒,耍来耍去,一直耍到水晶宫里,吓得龙王胆战心惊,吓得鱼虾们缩头藏脑。

悟空笑着说:"多谢龙王好意。这金箍棒真好用,不过,好马配好鞍,你索性再送我一件合适的盔甲装备吧。"

龙王说:"这个真的没有,请您到别的海里转转。"

悟空说:"一客不犯二主。好坏你给我一件呀,要不然,

我们试试这棒子的威力如何!"

龙王顿时着了慌,说:"上仙切莫动手,我问问我弟弟吧,看他们那儿有没有,有的话立刻叫他们送来。"说罢命虾兵蟹将撞钟擂鼓,呼唤其他三海的龙王。果然,三海龙王没一会儿工夫便都到齐了。

东海龙王将悟空索要兵器和盔甲的事说了,气得南海龙王敖钦(qīn)要发兵捉拿悟空。东海龙王连忙拦住说:"别动武,别动武。那块铁碰着就死,磕着便亡。"

西海龙王敖闰(rùn)说:"不能和他动手,就姑且凑一副盔甲装备,将他打发了吧。咱们再上玉帝那儿告他一状,自有天兵来抓他。"于是,他们凑出了一双藕丝步云鞋,一副锁子黄金甲,一顶凤翅紫金冠,送给了悟空。悟空心满意足,一路挥舞着金箍棒,出了水晶宫,回水帘洞去了。四海龙王怒气难平,商量着什么时候到玉帝那儿告状。

悟空回来时已是焕然一新,他窜上铁板桥头,身上居然一点都没湿。猴子们见悟空金光灿灿,华彩照人,不由齐声

喝彩。悟空满面春风地登上宝座,将金箍棒竖在中间。

小猴子们对铁棒很是好奇,都围了上去,想拿起来试一试。可是,任猴子们怎么使劲儿,金箍棒纹丝不动。

悟空一把拿起金箍棒,笑着说:"老龙王说这宝贝是镇河的神铁,这几天它金光四射,好似知道主人要来。我便将它拿了回来。你们看,它能大能小,听话得很。"说着,他掂起铁棒,喊道:"小!小!小!"金箍棒马上变得像绣花针一样细小,可以藏进耳朵里。

悟空又叫:"大!大!大!"金箍棒顿时又粗得像根柱子,有二丈长。猴子们看得目瞪口呆。

悟空又使了一个法术,只见他身高万丈,头如泰山,眼似闪电,吓得狼虫虎豹、满山怪兽都来磕头拜见。悟空收了法术,把金箍棒藏进耳朵里。他把四个老猴封为健将,让他们管理花果山,自己则每天遨(áo)游四海,广交朋友,好不快活。

笑读西游

1. 东海龙王给了孙悟空一件什么兵器?它有什么特点?
2. 你知道这件兵器的来历吗?

齐天大圣

孙悟空大闹幽冥界,改了生死簿。玉帝让悟空到天庭养马,他却嫌官小,弃官而去。托塔李天王到下界去捉拿悟空,结果大败而回。玉帝为了息事宁人,封他"齐天大圣"。

这一天,孙悟空又在水帘洞里宴请宾客。送走客人后,他的酒劲儿上来了,便靠在铁板桥边的松树下,沉沉地睡着了。

他睡得正香,突然有两个小鬼拿着一张批文,上面写着"孙悟空"三个字,不由分说地把绳子套在他脖子上,要把他拖走。

悟空挣脱不开,只好踉踉跄跄(liàng liàng qiàng qiàng,走路不稳)跟着他们,一直走到一座城边。他抬头一看,城门上挂着一个大铁牌,上面写着"幽冥(yōu míng)界"三个大字。悟空顿时吓得酒醒了一半。

"幽冥界是阎王爷住的地方,为什么把我带到这儿?"

那两个小鬼说:"你阳寿已尽,我们奉命勾你的魂。"

悟空怒道:"我老孙超出三界之外,不在五行之中,不归他阎王管,凭什么来抓我?"

两个小鬼继续拖拽(zhuài)他,把悟空惹急了。他从耳朵里取出金箍棒,晃了晃,铁棒就变成碗口粗细,不费吹灰之力,就把这两个勾魂的小鬼打倒了。

他解开绳子,抢着棒子,一路打入幽冥城!直打得牛头鬼东躲西藏,马面鬼南奔北跑。

众小鬼跑上森罗殿,大叫:"大王,不好了!有一个毛脸雷公打进来了!"

殿中的十个阎王看到孙悟空一脸凶神恶煞,立刻高呼:

"上仙住手,请留大名!"

悟空说:"你都不认识我,还派人来勾我的魂!"

他们慌忙赔罪:"想必是办事的小鬼弄错了。普天下同名同姓的人很多,请上仙息怒。"

悟空瞪圆眼睛,"胡说!把生死簿拿过来给我看看!"

阎王不敢违抗,让判官呈上生死簿。悟空坐在森罗殿上,逐一查看文簿,发现自己的名字写在魂字簿第1350号。里面不仅记载了名字,还标注了他的寿命是三百二十岁。

悟空说:"把笔拿过来,我要把名字消了!"

判官恭恭敬敬把毛笔递上,孙悟空不仅把自己的名字抹了,还把其他猴子的姓名全都抹了。

他一把扔下生死簿,叫道:"咱们的账了了!老孙再也不归你管了!"他拿起金箍棒,又一路打出殿外。

刚要出城,他突然绊到了一个草疙瘩(gē da),摔了一跤,猛地醒来,才发现刚才是南柯一梦。美猴王把梦中的经历告诉了众猴子,说:"在那生死簿上,我把自己的名字划掉了,而且把咱们花果山所有猴子的名姓,都给删了。小的们,以后阎王爷都没法收你们了。"在场的猴子欢呼雀跃,四位健将还去各洞通报这个好消息,不一会儿,各洞的妖王都来贺喜。从此,他们天天一起喝酒聊天,无忧无虑。

悟空不知道,此时东海龙王正在天宫告他的状,请求玉帝出动天兵捉拿他呢。地府阎王向**地藏王菩萨**①求援,也把悟空大闹幽冥府、强改生死簿的事报告了玉帝。

---

① 地藏王菩萨:中国佛教四大菩萨之一,道场在九华山。职责是教化众生,救苦救难。

玉帝聚集各路神仙，问道："这妖猴真是无法无天，谁能去下界将这妖猴收服？"

太白金星①说道："这石猴是天地所生，既然已修成仙道，陛下不如降下圣旨，先把他招上天宫，给他封个小官。如果他违反天庭的条律，到时候再捉拿，也不必劳师动众了。"

玉帝很高兴，"那就有劳你去办这件事吧。"

太白金星拿着圣旨，驾着祥云来到花果山，让小猴去通报。悟空非常高兴，心想：我这两天正想上天庭逛逛呢，这么快就有人接我来了。想到这里，悟空整理衣冠，亲自来到洞外迎接。

太白金星高举圣旨："我是西方太白金星，奉玉帝的旨意，特来下界请你上天宫任职。"

悟空听完圣旨后，吩咐四健将说："你们看好家，管好猴儿们，我先上去探探路，如果过得好，就下来接你们，一起享福。"于是他欢欢喜喜地和太白金星一起走了。

孙悟空的筋斗云真是不同凡响！他竟然把太白金星甩到后面，自己先到了南天门。守门的天兵不肯放他进去，他正要发怒，太白金星匆匆赶到，说明了原因，天兵这才让悟空

① 太白金星：中国古代把金星称为太白星。《诗经·小雅·大东》："东有启明，西有长庚。"是说金星早晨出现在东方，也称启明星，黄昏出现在西方，又叫长庚星。

进入天宫。

悟空还是第一次来天宫,他环顾四周,目不暇接。天上一共有三十三座天宫,宫脊上有吞金兽;又有七十二重宝殿,殿里列着玉麒麟(qí lín)。只见处处金光四射,紫气蒸腾,又有千年不谢、万年常青的奇花异草点缀。再看那南天门,用碧绿的琉璃打造,上面镶嵌白色的玉石,雍(yōng)容华贵。两边各站一排高大威猛的镇天元帅,四周是一圈金甲神人,个个威风凛(lǐn)凛。

太白金星把悟空领到灵霄宝殿。悟空站在那儿,不说话,也不行礼。等玉帝问他,他才勉强躬身回答。仙官们都大惊失色:"这野猴子见了玉帝居然敢不行礼,真是该死。"

玉帝也不在意,问仙官哪里有空缺的官职,武曲星回复道:"各宫殿都不缺官员,只有御马监缺个管事的。"

"那你就做弼马温①吧。"

悟空只是答应了一声,连个谢字都没说,就去上任了。

御马监有一千多匹天马,他每天只管放马,看着马儿吃草,不知不觉过了半个月。

---

① 弼(bì)马温:养马的小官。弼,谐音避,温,谐音瘟(wēn)。民间传说猴子可以避除马患瘟疫,因此玉帝让孙悟空去养马。

有一天，官署（shǔ）里其他人请悟空喝酒，他随口问道："这弼马温到底是几品官？"

大家说："没有品级。"

"没有品级，那想必是很大吧？"

"不大，不大，只是末等官。您到任之后，就算把马养得再好，也不过落一个'好'字。但是稍有差池，就会受到责罚。"

悟空一听这话，顿时气得咬牙切齿："好啊，我在花果山称王称霸，玉帝老儿竟然骗我来养马，做下等奴仆的活儿！我不干了！"

他把桌子一推，拿出金箍棒，一路打出南天门，回花果山去了。

"小的们，俺老孙回来了！"

听到猴王的声音，众猴非常惊喜，纷纷围上来："大王，你去了十多年，可算回来了。"

悟空这才知道天上一日，相当于地上一年。众猴摆酒设宴为大王洗尘，这时有两个独角鬼王求见。

悟空问："你们来做什么？"

"早就听说大王在招兵买马，今日您从天庭归来，我们特献上赭（zhě）黄袍一件，为大王庆贺。请大王别嫌弃，收

了我们二人吧，今后愿追随您，效犬马之劳。"

悟空非常高兴，把鬼王封为前部总督先锋。鬼王问悟空在天庭当什么官，悟空便说了玉帝的安排，鬼王一听，愤愤不平地说："大王如此神通广大，凭什么给玉帝养马！您就算做个齐天大圣，又有什么不可以！"

"好主意！"悟空吩咐下去，在洞门立上旗帜，上写"齐天大圣"四字，命令所有人今后都要称呼他"齐天大圣"。

孙悟空一离开天界，就有仙官向玉帝禀报。玉帝心想：这猴子胆子也太大了，公然和我叫板。玉帝决定派天兵天将去把他抓回来，托塔李天王和哪吒（né zhā）三太子主动请缨（yīng）。于是玉帝封李靖（jìng）为降魔大元帅。

李靖回宫点将，命巨灵神为先锋，率军浩浩荡荡来到花果山。

巨灵神挥舞着宣花斧，来到水帘洞外，对守卫的豺狼虎豹吼道："快去告诉那弼马温，我奉玉帝旨意捉拿他回天庭，快快投降，免得伤及无辜（gū）！"

孙悟空得到通报，率领一群猴子来到洞外。巨灵神定睛一看，这猴子身穿黄金甲，明亮耀眼；头戴紫金冠，金光闪闪；脚蹬步云鞋，威风凛凛。他大喝一声："你这泼猴，快脱下这身装束,随我去向玉帝请罪,敢说半个不字,让你立刻粉身碎骨!"

孙悟空大怒:"少在这儿说大话!我本想一棒打死你,怕没人去报信,姑且留你一命。快滚回去告诉那玉帝老儿,老孙有天大的本事,凭什么让我给他养马?看到我的旌(jīng)旗了吗?就按这个名号给我升官。要是不答应,我就打上凌霄宝殿,让他龙床睡不安稳!"

巨灵神闻言抬眼细看,门外高高飘扬的旌旗上,赫然写着"齐天大圣"四个字。他冷笑三声,"泼猴,真是无法无天,竟然敢叫齐天大圣,吃我一斧!"

悟空举起金箍棒迎战,几个回合后巨灵神就招架不住了。金箍棒劈头打下,把他的宣花斧劈成了两半。巨灵神慌忙逃走,猴王哈哈大笑:"脓包!我暂且饶你一命,赶快回去报信!"

巨灵神回营请罪,李靖非常生气,想要斩了他,哪吒说道:"父王息怒,宽恕他吧。让孩儿去试试。"

哪吒来到水帘洞,悟空问道:"你是谁家的小孩?来这儿干什么?"

哪吒一瞪眼,"我是托塔天王的三太子哪吒,奉玉帝之命拿你回去。"

悟空笑道:"小太子,你的乳牙还没掉光呢,就敢说大话。

我不打你,回去告诉玉帝,要是封我做齐天大圣,我就听他的。"

哪吒怒道:"吃我一剑!"

悟空满不在乎,"我就站着不动,任你砍几剑。"

哪吒大喝一声:"变!"他顿时变成三头六臂,六只手里都拿着一样兵器,脚踏风火轮。

悟空暗暗惊讶:"这小孩还真会法术!看来不能轻敌,我也得施展神通!"他也大喝一声:"变!"

悟空也变成三头六臂,金箍棒变成三根,和六臂哪吒激烈对战。二人斗了三十个回合也不分胜负。

悟空眼疾手快,一面抵(dǐ)挡哪吒,一面拔下一根毫毛,"变!"

毫毛变成的悟空继续和哪吒缠斗,真身却跑到哪吒身后,朝他的左胳膊打了一棒。哪吒躲闪不及,受伤逃走。

哪吒回去向李靖报告战况,李靖大惊失色,决定先回天庭禀报,再带些天兵天将来。

玉帝听说孙悟空想做齐天大圣,非常生气,要加派人手去下界杀了孙悟空,这时太白金星又上前启奏:"陛下息怒!那妖猴什么都不懂,尽在那里信口胡言,真是不知天高地厚!陛下不如就封他一个空头衔(xián),不给他事做,也不给他俸禄(fèng lù,古代官员的工资),这样既免去兴师动众,

还能收束他的邪心，使天下安宁。"

玉帝觉得有道理，就命太白金星去下界把孙悟空找来。

悟空一看太白金星又亲自来请自己，心想应该有喜事，便再次恭敬地迎接他。太白金星说玉帝已经答应了悟空的条件，命他来请悟空回去就任。悟空虽说信不过玉帝，但打心眼儿里相信太白金星，便跟随他上了天庭。

在南天门外，天兵天将们拱（gǒng）手相迎，悟空也不客气，直奔灵霄宝殿。玉帝说："这次封你做齐天大圣，以后再不要胡作非为。"

悟空高高兴兴地答应了。

玉帝命仙官在蟠（pān）桃园的右边建起一座大宅院，送给齐天大圣，又赐（cì）他两瓶御酒。悟空一看玉帝又是赐豪宅，又是赏美酒，还算有诚意，便接受了，终于在天宫安顿下来。

从此他每天喝着小酒，和神仙们聊着闲天，日子过得潇洒快乐。

笑读西游

1. 东海龙王和地藏王菩萨为什么向玉帝告孙悟空的状？
2. 巨灵神的兵器是什么？

蟠桃盛会

孙悟空做了"齐天大圣",好不自在。但他偷蟠桃、盗仙酒、吃金丹,引得十万天兵来捉拿他。观音菩萨请来二郎神,把悟空押回天庭受审。

"齐天大圣"本来就是个空衔,孙悟空无牵无挂,自由自在,每天吃饱了就东游西逛,和各路神仙交朋友,彼此称兄道弟。

有位仙官对此很不满,把悟空的日常表现都汇报给玉帝,说:"陛下,那猴子整天无所事事,到处拉拢神仙,不论职务高低、年纪大小,都和他们称兄道弟,时间久了,只怕会生出事来。陛下不如给他安排点儿事情做,让他没闲工夫四处溜达。"

玉帝降旨召见悟空,悟空高高兴兴地来了,问:"陛下,召老孙有什么奖赏?"

玉帝说:"朕交给你一件差事。齐天大圣府旁边有一大片蟠桃园,交给你来看管。"

看桃园!悟空觉得这个差事还不错,谢恩后,他立刻来到蟠桃园查看。蟠桃园中没有夏天也没有冬天,花繁叶茂,果实累累,看得悟空满心欢喜。他赶紧喊来土地公,问道:"这里有多少棵桃树?"

土地公回答:"一共三千六百棵。前面一千二百棵,结的果实较小,三千年一熟,人吃了可以得道成仙;中间一千二百棵,六千年一熟,吃了可以长生不老;后面一千二百棵,果实有紫色花纹,九千年一熟,吃了可以和天地齐寿。"

悟空心想：真是仙桃呀！我花果山的桃子要是能有这么大的神通就好了！他把桃树仔仔细细查看了一遍才回府。从此以后，他再也不四处闲逛了，每隔几天就去蟠桃园转转。

不过，他也暗暗打定主意，等到桃子熟了，一定要摘一个尝尝。可是他每次去蟠桃园，土地公都跟在身边。

这一天，他心生一计，对土地公说道："我要在亭子里休息一会儿，你就在门外等着吧。"

土地公一走，悟空就脱了衣服，爬上桃树，挑了一个又大又熟的桃子吃。吃饱了，再穿好衣服，若无其事地出了门。自从尝到了甜头，悟空再也放不下了，满脑子都是仙桃的味道。过了两天，他又去吃桃子，如此这般，过了很久。

王母娘娘每年都要在瑶池举办蟠桃盛会,眼看到了桃熟的季节,王母娘娘便派七仙女到蟠桃园摘桃。

七仙女来到门口,被土地公拦下。土地公说:"齐天大圣负责管理此园,得通知他才能开园。"

"王母娘娘急用,快去把大圣找来!"

土地公和七仙女一起进园子找大圣,可是他们只看到亭子里有衣服,却不见人影。仙吏说道:"大圣可能出园会友了,你们先去摘桃,稍后我们向他禀报就是。"

仙女们走进桃林,从前面那片桃树上摘了两筐桃,在中间那片桃树摘了三筐桃,然后来到后园。按说后园的桃子是最大的,可是她们来来回回转了几圈,也没看到几个顺眼的桃子。仙女们很纳闷,心想今年的桃子是怎么了?又少又小。她们哪里知道,又大又熟的好桃子都被悟空吃了。

就在这时,一个仙女发现有个半红半白的大桃,她赶紧走过去,把桃子摘了下来,树枝轻轻摇晃了几下。

悟空一下子惊醒了。原来他吃饱了,变成二寸长的小人,就躺在这根树枝上睡觉。

悟空变回真身,拿出金箍棒,大喝:"哪儿来的妖怪,敢摘我的桃子!"

七仙女慌忙说明缘由,悟空问道:"开蟠桃盛会!有没有邀请我呀?"

仙女们摇头说不知道。

悟空就念起咒语，对仙女说："住！"他使了个定身法，把仙女们都定在树下，他要亲自去打探消息。

悟空驾着祥云，恰好遇见赤脚大仙，便问道："大仙这是要去哪里呀？"

赤脚大仙见是齐天大圣，乐呵呵地回答："大圣，我接到王母娘娘的邀请，正赶往瑶（yáo）池，参加蟠桃盛会呢！"

悟空一听，计上心来，说："大仙，玉帝说我的筋斗云翻得快，特让我去通知各路神仙呢。今年改规矩了，要先去通明殿谢恩，人到齐了以后一起去瑶池赴宴。"

赤脚大仙当真了，便改了道，朝通明殿的方向飞去。等他走远了，悟空摇身一变，变成赤脚大仙的模样，穿着大袍子，光着脚丫，来到瑶池。

瑶池的宴席已经布置好，只是宾客还没到齐。忽然一阵酒香传来，悟空转头去看，右边长廊下有几个仙官正在洗酒缸，准备往里倒酒呢。悟空馋得直流口水，他立刻拔下几根毫毛，丢在口中嚼了嚼，说了声："变！"

毫毛变作了瞌睡虫，爬到那几个仙官的脸上，他们立刻睡着了。

悟空抱起酒缸痛饮，又在宴席上吃了不少美味佳肴，过了好一会儿，拍拍肚皮说："客人来了肯定怪罪我，我还是

先回府睡觉吧。"

结果他酒醉迷了路,竟然来到了太上老君的兜率(dōu shuài)天宫。他想道:也罢,总想着来找太上老君,既然走到这儿了,就进去看看吧。

丹房里空无一人。悟空转来转去,发现丹炉旁边有五个葫芦,非常高兴,"金丹可是宝贝,趁太上老君不在,我要尝几颗。"于是他把葫芦里的金丹都倒出来,当成炒豆子一样吃了。

过一会儿他酒醒了,意识到自己闯了大祸,慌忙跑到西天门,使了个隐身法溜出去,回到了花果山。

猴子们看见大王回来了,非常高兴,献上美酒鲜果。悟空才发现喝惯了仙酒,喝不了凡间的酒了。于是他又潜回天庭,偷了几瓶仙酒回来和众猴分享。

这时七仙女解除了定身法,去找王母娘娘回禀,说园中大桃都没了,可能都被悟空偷吃了。王母气得去找玉帝评理。恰好造酒的仙官、太上老君都来告状,说宴席的酒菜和金丹也被偷吃了。

玉帝大惊,派仙官调查,不一会儿就知道这些事都是悟空干的。他非常生气,派李靖率十万天兵去花果山捉拿悟空。

九曜星①率先出战。悟空一开始只顾和其他兽王喝酒，懒得理会，等九曜星打进洞来，他才提起金箍棒迎敌，不一会儿就把九曜星打跑了。

---

① 九曜（yào）星：在天文学上指北斗七星和辅佐二星，《西游记》采用梵历中九星配日的说法，分别指水德星君、火德星君、金德星君、木德星君、土德星君、太阳星君、太阴星君、罗睺星君、计德星君。太白金星就是其中的金德星君。

　　李靖又派出四大天王和二十八星宿①，悟空则派出独角鬼王和七十二洞主，双方杀得昏天黑地、飞沙走石，一直战到太阳落山。悟空看天色已晚，拔毫毛变出千百个大圣，打退了哪吒和四大天王，回洞才发现鬼王和洞主都被天兵抓走了，猴子倒没有一个走失。

　　李靖收兵后，在花果山安营扎寨，把洞口围个水泄不通。夜里突然有人求见，李靖开门一看，居然是二儿子木吒，他惊喜过望："孩儿，你跟随南海观音菩萨修行，怎么到这儿来了？"

　　木吒法名惠岸，他答道："正是菩萨派我来打探军情。请父王允许我去试一试。"

---

① 二十八星宿：中国古代天文学家在靠近黄道面的纬度地带仰望星空，把天空中可见的恒星分为二十八组，沿黄道赤道分布一圈，称为二十八星宿。《西游记》中二十八星宿指天宫二十八个神仙，后文多次出现，帮助孙悟空战胜妖怪，例如昴日星官。

惠岸去向悟空挑战。二人势均力敌，打了五六十回合也难分胜负。惠岸渐渐体力不支，手臂酸麻，他只好虚晃一棍，趁机逃走。

李靖大惊，让惠岸赶紧回上界求救。观音菩萨听过回报，沉思了一会儿，对玉帝说："我知道有一个神仙能降服这个妖猴。"

玉帝十分高兴，"谁？"

"就是陛下的外甥二郎神。"

于是玉帝派大力鬼王去灌江口找二郎神。二郎神接到旨意，立刻牵着哮天犬，驾着老鹰，飞到花果山。他对李靖说："小仙和他斗个法，您的天罗地网不要松懈，再帮我竖一面照妖镜，以防他逃走。"

二郎神来到洞前，找悟空出来比试。二人斗了三百回合，二郎神突然摇身一变，身高万丈，青面獠牙，朝悟空头上劈去。

悟空不甘示弱,也施展法术变得和二郎神一样高大,用金箍棒抵住了二郎神。

二郎神的军队却趁机攻打群猴,悟空看到后,立刻变身,成了一只麻雀停在树上。

二郎神圆睁凤眼,看出麻雀是悟空变的,于是变成了一只老鹰去捉麻雀。悟空就变成一只鸬鹚①飞到天上,二郎神急抖羽毛,变成了一只大海鹤。悟空又潜入水中,变成一条鱼,二郎神则变成了鱼鹰。悟空慌忙变成水蛇钻入草中,二郎神就变成灰鹤,伸着长嘴去吃水蛇。

悟空又变成花鸨②鸟,二郎神就恢复真身,用弹弓打他。

悟空趁机滚下山崖,变成一座土地庙。他的嘴变成了庙门,牙齿变成了门扉,舌头变成了庙里的泥菩萨,眼睛变成了窗棂(líng)。只有尾巴不知道该变成什么,只好变成一根旗杆。

二郎神追到崖下,看到小庙,笑道:"庙宇哪有在后院竖旗杆的?肯定是这猢狲变的。看我不捣碎它的窗棂!"

悟空听了心里一惊:窗棂是我的眼睛,这二郎神好狠的心啊,我还是逃走吧。于是他变化身形,消失了。

① 鸬鹚(lú cí):大型水鸟,善潜水捕鱼。
② 花鸨(bǎo):一种长得像雁背部有花纹的鸟。

二郎神找不到悟空，就去请李靖帮忙。李靖拿照妖镜一看，说："妖猴使了隐身法，去了灌江口！"

二郎急忙赶回去，只见那孙悟空变成二郎神的模样，正大摇大摆地享受贡品呢，判官们在一旁恭敬地伺候着。二郎神非常生气，再次和悟空打成一团，难解难分。

观音菩萨和各路神仙一直在天上观战，他们决心助二郎神一臂之力。太上老君撸（lū）起衣袖，从左胳膊上取下一个钢圈，说道："这是金刚琢（zhuó），水火不侵，让我丢下去打他一下。"

金刚琢直直砸在悟空的头上，他跌了一跤，哮天犬趁机扑上去咬住他。没等他爬起来，天兵天将就冲上来，把他绑了个结结实实，再用勾刀穿了他的琵琶骨（肩胛骨），让他没法再变化。

玉帝降旨，要把悟空押到斩妖台行刑。

笑读西游

1. 蟠桃盛会上，孙悟空做了什么惹得玉帝大怒，要派天兵天将捉拿他？
2. 孙悟空和二郎神斗法的时候，二人分别变成了什么？

6 大闹天宫

孙悟空逃出八卦炉,大闹天宫,也想当个皇帝玩玩。玉帝请来如来佛祖帮忙,孙悟空和如来斗法斗不过,被压在五行山下五百年。时光荏苒(rěn rǎn),直到唐僧路过,他才重见天日。

齐天大圣

孙悟空被绑在降妖柱上，天兵天将们用刀砍、用剑刺、放火烧、用雷劈，都不能伤他分毫。他们回禀玉帝，太上老君建议道："这猴子吃了蟠桃，喝了御酒，又把我的五壶仙丹全吃了。被三昧真火①一烧，反而让他炼成了金刚不坏之躯。我看，只能把他放在我的八卦炉中用文火和武火来烧，只要把金丹慢慢炼出来，他就会化为灰烬。"

玉帝听了很高兴，赶紧下令把孙悟空押到兜率宫，推进八卦炉里。这八卦②炉有"乾、坎、艮、震、巽、离、坤、兑"八卦，巽代表风，有风就没有火。所以孙悟空就躲在"巽"这个位置。没想到，风吹起来的烟太厉害了，把他的眼睛给熏红了，一直流眼泪。就这样，他在八卦炉中足足被炼了七七四十九天，反倒炼成了"火眼金睛"。

这一天，太上老君觉得火候到了，打开炉子想取仙丹。孙悟空正在里面揉着眼睛，突然发现炉门开了，他嗖的一下

---

① 三昧（mèi）真火：三昧是佛教用语，真火是道教用语，也叫三昧神火。一般指"心者君火，亦称神火也，其名曰上昧；肾者臣火，亦称精火也，其名曰中昧；膀胱者，民火也，其名曰下昧。"可见，最厉害的属心中的火，代表着旺盛的生命力。

② 八卦：源自《周易》，是中国古老的文字表述符号，代表宇宙中的万事万物及其关系。乾（qián）代表天；坤（kūn）代表地；震（zhèn）代表雷；巽（xùn）代表风；离（lí）代表火；坎（kǎn）代表水；艮（gèn）代表山；兑（duì）代表泽。

就跳出来,一脚蹬翻了八卦炉,把太上老君撞了个倒栽葱。冲出门后,他像发疯的老虎、暴怒的巨龙一样,拿着金箍棒四处乱打,一直打到灵霄殿门口。一路上不管是什么神仙来阻拦,都被他一一放倒。

佑圣真君慌忙调来三十六名雷将,把孙悟空团团围住。孙悟空毫无惧色,摇身一变,长出三头六臂,耍开三条金箍棒,铁棒好像纺车一样滴溜溜地转,众雷神都不能靠近。

这一番打斗惊动了玉帝,他急忙派仙官去灵山的大雷音寺去请如来佛祖①。

看到如来,孙悟空怒气冲冲地问:"你是谁,敢来阻拦我?"

如来不慌不忙地笑着说:"我是西方极乐世界的释迦牟尼尊者。听说有个猖狂作乱的猴子动不动就大闹天宫,不知道你是什么出身,哪年得道的?怎么这么蛮横无理呢?"

孙悟空说:"我呀,是在天地中自然生成的。原本住在花果山,后来觉得凡间不够我耍的,便想到天上来耍一耍。俗话说,'皇帝轮流做,明年到我家'。玉帝如果把天宫让

---

① 如来佛祖:《西游记》里的"佛界之王",法力无边,能降伏孙悟空和其他各路妖魔鬼怪。他的原型是释迦牟尼(shì jiā mù ní)佛,即乔达摩·悉达多,佛教创始人。大雷音寺的原型也即释迦牟尼修行的那烂陀寺。

齐天大圣

出来,让我来当玉皇大帝,我就罢休,否则,我就把这天宫搅得稀巴烂!"

佛祖呵呵冷笑:"原来是个粗野的猴子精!你有什么能耐,要占天宫?"

孙悟空笑着说:"我会的法术可多了!我会七十二般变化、长生不老之术,还会筋斗云,一个筋斗能翻十万八千里。"

佛祖说:"我和你打个赌,你要是有本事一个筋斗翻出我的手掌心,就算你赢。我就请玉帝把天宫让给你。不然,你就下去凡间,好好修行。"

孙悟空一听佛祖这么说,心里暗暗发笑:这佛祖好呆,他那只手方圆不满一尺,我肯定能跳出去。于是他急切地说:"你说话可要算数!"

佛祖笑着说:"算数,算数!"于是他展开右手,那手掌就和一片荷叶一样大。孙悟空收了金箍棒,抖擞精神,威风凛凛地站在手掌心,大叫一声:"我去了!"便一个筋斗翻走了。

佛祖仔细看着,只见孙悟空像风车一样向前翻滚着,一路不停。

过了很久,孙悟空忽然看见前方有五根肉红色的柱子,心想:这里一定就是天尽头了。哈哈,灵霄宝殿我是坐定了。我得留下些记号,省得如来抵赖。

他拔下一根毫毛,"变!"毫毛变成一支毛笔,他拿起笔在柱子上写了一行大字——"齐天大圣,到此一游"。写完之后,还在第一根柱子下面撒了泡尿。

他又翻着筋斗云,回到原地,得意扬扬地对佛祖说:"我回来了,快叫玉帝把天宫让给我。"

佛祖笑骂道:"你这个尿精猴子,根本没跑出我的手掌心。"

孙悟空很生气:"我已经到了天尽头,还在柱子上留了记号,你敢和我一起去看吗?"

佛祖说:"你低头看看吧。"

孙悟空立刻把火眼金睛睁圆了,他看到佛祖右手中指写着"齐天大圣,到此一游",大拇指旁边还有些尿臊气。他大吃一惊,"我明明把字写在那撑天的柱子上,为什么会在他的手指上?我不信,我再去看看!"

他刚要走,佛祖把手掌一翻,再那么一扑,就把悟空推出了西天门外。佛祖的五根手指变成了一座五行山,把孙悟空压在了下面。孙悟空奋力挣扎,不一会儿,将头伸了出来。于是佛祖又写了一张帖子,念了咒语,命令弟子贴在五行山顶。这样,五行山就好像生了根一样,任孙悟空怎么挣扎,也只能勉强露出头来。佛祖又安排一名土地神守着五行山,吩咐说如果孙悟空饿了,就给他吃铁丸子。如果渴了,就让他喝熔化的铜水,等待服罪期满,有缘人自会来救他。

就这样,孙悟空被压在山底,整整过了五百年。

这一年是唐朝贞观十三年,唐朝在太宗皇帝李世民的治理下国泰民安,风调雨顺。太宗皇帝信奉佛教,一天,他听说玄奘(xuán zàng)大法师要在长安城的生化寺开坛讲经,等下了早朝,便率领文武百官赶到生化寺,现场聆(líng)听大师讲解佛法。

听经的人群里除了皇帝,还有一位身份特殊的人,他就是化身为一位高僧的观音菩萨。原来如来佛祖一直希望有人

能把大雷音寺的三藏经书传给四大部洲的民众,而观音菩萨就是奉如来之命,前来长安寻找能去西天①取经传经的人。

菩萨一边听着玄奘讲经,一边暗暗高兴,此人对佛法领悟得如此通透,不正是自己要找的人吗?于是,他高声说道:

"法师,你讲的是小乘佛教,不能超度亡灵升天,而大乘佛教里的三藏佛法可以让人去病消灾,延年益寿。"

太宗皇帝听了,兴奋地问:"哦,这么精妙的佛法在哪里有?"

"在西方天竺国的大雷音寺,也就是如来佛祖的所在地,距这里十万八千里。虽然路途遥远,但如果有人愿意去取经,不仅能造福天下百姓,他自己也能修成金身正果。"观音菩萨回答道。

"有谁愿意领朕的旨意,去西方拜佛求经,普度众生呀?"太宗皇帝环视四周,高声问道。

只见玄奘法师从人群中走了出来,向太宗行礼道:"陛下,贫僧愿意效犬马之劳,为陛下求取真经,保我大唐百姓平安,江山永固。"

太宗一听非常高兴,当场就和玄奘法师结拜为异姓兄弟。

---

① 西天:如来佛祖所在地,位于西牛贺洲,原型为古印度,是佛教的发源地。在唐代,古印度叫天竺。

齐天大圣

观音菩萨取出一件冰蚕①丝织成的锦襕袈裟（jǐn lán jiā shā）和一根九环锡杖，送给玄奘。玄奘披上那件袈裟，顿时祥光四射，仙气环绕，简直像活罗汉下凡，活菩萨降临，在场的所有人都赞叹不已。

观音菩萨频频点头，微笑着现出真身，所有人都惊呆了，直到菩萨踏上祥云，直上九霄，大家才缓过神来，全部拜伏在地。

第二天是个出行的好日子，玄奘进宫拜别太宗，打算即刻动身，踏上取经之路。太宗准备好通关文牒和一个紫金钵盂，又送给玄奘一匹宝马，亲自为他送行。在关口告别的时候，还送了他"三藏"的雅号，从此，人们就称呼玄奘为唐三藏。

笑读西游

1. 孙悟空的"火眼金睛"是怎么炼成的？
2. 孙悟空在如来佛祖的手心里做了什么事？

---

① 冰蚕：古代神话传说中的一种黑色的蚕。晋人王嘉《拾遗记》："有冰蚕，七寸，黑色，有角有鳞。以霜雪覆之，然后作茧。长一尺，其色五彩。织为文锦，入水不濡，以之投火，经宿不燎。"说冰蚕丝制成的衣物用品，水火不侵。后来文学作品中用来形容美好的丝织品。

初登征途

孙悟空保护唐三藏西天取经,打死强盗被师父责怪,一气之下想回老家。龙王晓之以理,悟空返回后却被戴上了金箍,只好乖乖完成使命。师徒二人在鹰愁涧遭遇第一难,失去了白马,却得到了一个意外的惊喜。

齐天大圣

唐三藏带着太宗皇帝的重托,骑着白马离开了长安,他暗暗发誓,取不到真经,决不返回。一路上他遭遇豺狼虎豹,妖精鬼怪,艰险重重。

这一天,他在一户农家借宿一晚后继续赶路,看到前方有一座巍峨的高山。送行的农户说:"这山以前叫五行山,现在叫两界山,东边属于大唐,再往西去就是鞑靼(dá dá)的地界,我不能再送你了。"

这时山脚下突然传来打雷一样的叫喊声:"我师父来了!我师父来了!"

农户惊叫道:"好像是山下的老猴子在喊叫,我们去看看。"

他们牵着马下山,走了一会儿,果然看见一只猴子从山下露出个脑袋来,两只手高兴得挥来挥去:"师父,你怎么才来呀?快救我出去,我能保你去西天!"

唐三藏吓了一大跳:只见这猴子尖嘴缩腮,头上堆着干巴巴的苔藓,耳朵里缠着乱蓬蓬的藤萝,脸颊两边没什么毛发,青草倒是沾了不少;眉毛、鼻子、手掌里全都是泥巴;只有一双火眼金睛滴溜溜地转动。

唐三藏惊呼道:"你是谁?为何叫我师父?"

那猴子说:"你是唐朝皇帝派去西天取经的人吧?我是

五百年前大闹天宫的齐天大圣,因为冒犯了众多神仙,被如来佛祖压在这里。之前观音菩萨路过这里,我求菩萨救我。菩萨说只要我不再行凶作乱,遵守佛法,诚心护送取经人去西方,事成之后就有我的好处。我愿意保护你去取经,认你当师父。"

唐三藏听了满心欢喜:"难得你有这样的善心,又受到菩萨教诲,我愿意收你为徒。可是我没有斧子,怎么救你出来?"

"山顶有如来佛祖写的金字封印,你只要把金印揭了,我就能自己出来了。"

于是唐三藏让农户牵了马匹,自己手脚并用,登上山顶,果然见到放着金光的封印。唐三藏朝封印拜了几拜:"弟子要去西天取经,如果和这神猴有师徒的缘分,就请允许我揭下金字。"

说完,他走上前去,轻轻一揭,就把金字揭掉了。他走下高山,告诉悟空,悟空高兴地说道:"师父,你走远点,我要出来了,别吓着你。"

唐三藏往东走了六七里,听见悟空高叫:"师父,再走远点!"

他又走了一会儿,这时传来一声巨响,地裂山崩。悟空跳到马前，跪下向唐三藏行礼，然后帮唐三藏收拾行李，牵起马匹。

唐三藏问起他的姓名，悟空说："师父，我法名叫孙悟空。"三藏一听很喜欢，说："悟空，我再给你起个浑名，叫孙行者，怎么样？"

"好！好！"孙悟空从此又自称孙行者，护送唐三藏去西天取经。

刚过了两界山，就有一只猛虎咆哮着朝唐三藏扑来。

孙悟空笑着说："师父不要怕，它是来给我送衣服的。"

只见他放下行李，从耳朵里掏出金箍棒，迎风晃晃，就变成一只碗口粗细的铁棒："这宝贝五百多年没用了，今天我要拿它赚件衣服来穿。"

孙悟空冲猛虎大喊一声，那老虎蹲下来一动也不敢动，他举棒一打，老虎立刻毙命，把唐三藏惊得险些掉下马。孙悟空又拔了一根毫毛，变成一把尖刀，把虎皮剥下。他把皮分成两半，收起一半，将另一半围在腰上，说道："师父，咱们先走吧，等找到人家，借些针线，再缝成衣服。"然后他把金箍棒收回耳朵里，请唐三藏上马。

唐三藏对金箍棒很好奇，孙悟空就细细给他讲了自己的故事和金箍棒的来历。唐三藏这才知道他有降龙伏虎、翻江

倒海、变化万千的本事,感到十分宽心。师徒二人边说话边赶路,不知不觉夕阳西下。

他们找到一户农家投宿,农庄的老主人拄着筇竹①拐杖来到门口,看到孙悟空面貌凶恶,好像雷公一样,吓得脚软腿麻,直叫道:"鬼来了,鬼来了!"

孙悟空笑骂道:"老头儿,你怎么这般没眼力呀!你小时候还在我跟前砍柴、捡野菜呢。我就是两界山下的齐天大圣,你仔细看看。"

老人家仔细一瞧,果然认出了他,赶紧请师徒二人进屋喝茶休息,又请他们住下。师徒二人于是好好洗了个澡,换上干净整齐的衣服,悟空这才有了行者的模样。

第二天一早他们就上路了,刚走到一处风景优美的山林中,突然闪出六个强盗,要抢劫马匹财物。他们把孙悟空围了起来,朝他劈头砍去,孙悟空站着不动,刀剑没有伤他分毫。

孙悟空笑道:"你们打累了吧,该轮到老孙我拿根针耍耍了。"

他掏出金箍棒,强盗吓得四散逃走,却还是都被他打死了。唐三藏非常生气:"他们只是抢钱,就算扭送到官府,也

---

① 筇(qióng)竹:产于我国西南部的一种竹子,质地坚硬,是做拐杖的好材料。杜甫诗《送梓州李使君之任》:"老思筇杖挂,冬要锦衾眠。"

罪不至死。你无故伤人性命,全无慈悲之心,还当什么和尚!"

"师父,我如果不打死他们,他们就会打死你!"

"我是出家人,就算死也不敢行凶。你以前就是没人管教,才受了五百年的难,现在既然入了佛门,就不能再任意行事,否则怎么去西天取经!"

孙悟空最受不了别人的气,他见师父絮絮叨叨(xù xù dāo dāo)说个没完,气得直冒火:"你既然说我当不了和尚,去不了西天,那我就不去了!"他纵身一跃,瞬间无影无踪。

唐三藏傻了眼:"这猴子怎么这么不经说?我才说了他几句他就跑了,叫也叫不回来。"唐三藏没办法,只能一个人孤孤单单地牵着马走了。没多久,迎面走来一位慈祥的老奶奶。她见唐三藏独自一人牵着马在山林中行走,很是凄凉,便问明原因,然后送给唐三藏一套棉衣,一顶花帽,并教给他一道紧箍咒,说:"一定要让你的徒弟戴上这顶帽子,以后他要是再不听话,你就念紧箍咒。"说完,老奶奶化成一道金光,往东边飞走了。唐三藏这才醒悟是观音菩萨来帮忙了,赶紧把紧箍咒背熟了。

孙悟空一个筋斗云来到东海,分开水道进了水晶宫,龙王赶紧出来迎接。龙王说:"听说大圣劫难圆满,恭喜恭喜,现在是要回花果山吗?"

孙悟空说:"我原本也有这个打算,但观音菩萨让我保唐僧取经,说这样才能修成正果。"

龙王笑着说:"可喜可贺,那大圣该往西走,怎么到东边来了?"

"我打死了几个拦路的小毛贼,那唐三藏就唠唠叨叨,尽说我的不是。我老孙才不受闷气呢!我先到你这儿来喝杯茶,然后就回花果山。"

龙王立刻让龙子龙孙端茶送水伺候着。

喝完茶,孙悟空回头看到墙上挂着一幅画,就问:"这画的是什么?"

"画的是汉朝的一位凡人张良,他得到神仙黄石公的天书后,帮助刘邦平定天下,后来归隐山林,得道成仙,修成正果。"龙王接着说道,"大圣,你要是不受辛劳,不受教诲,不保护唐三藏取经,终究只是个妖仙,修不成正果呀。大圣可要想好了,如果光图自在,可能会误了前程。"

孙悟空想了一会儿:"别说了,我回去找唐三藏就是了。"

孙悟空又驾了筋斗云回去,看到唐三藏呆呆地坐在路边,他喊道:"师父,你不赶路,在这儿干什么?"

唐三藏说:"我不知道你去了哪儿,也不敢离开,就在这等你啊。你去哪儿了?"

"我去东海龙王家喝了杯茶消消火。"

"出家人可不能说谎啊,你才走了不到一个时辰,怎么到得了龙王家?"

孙悟空得意地说:"我会筋斗云,一个跟头能翻十万八千里。"

唐三藏气恼地说:"好吧,你有本事能去讨茶,我没本事,只能在这儿挨饿。"

"那我去化斋。"

"不用了。"唐三藏指了指包袱,"里面有些干粮,你再拿钵盂弄些水来吧。"

孙悟空解开包袱,拿出几个粗面烧饼,发现里面还有一件棉布衣服和一顶嵌金花帽。他好奇地问道:"这衣服和帽子哪儿来的?"

唐三藏说:"这是我小时候穿的。穿上这衣帽,不用学就会讲经行礼。"

孙悟空高兴地说:"不如送给我吧。"

"你试试吧。"

于是悟空换上棉布衣服,戴上嵌金花帽,竟然非常合适。他正高兴,唐三藏突然偷偷念起了紧箍咒,他顿时感到头痛欲裂,疼得翻起了跟头,竖起了蜻蜓,满地打滚。他扯破了花帽,一摸头,竟然多了一个金箍,扯也扯不断,拽也拽不下来。

孙悟空气得大喊:"师父,你念的什么,是谁教你的?"

"刚才有个老人家教我的。"

孙悟空怒道:"一定是观世音,看我不去南海打死他!"

唐三藏又继续念咒,孙悟空只好跪地求饶。

孙悟空知道了紧箍咒的厉害,只好乖乖地整理好衣帽,继续保护唐僧西行。

寒冬腊月,北风刺骨,河里的水都结了厚厚的冰。唐三藏和孙悟空在山间的崎岖(qí qū,形容山路不平)小路上艰难地走了好几十天。这天,他们来到一座悬崖峭壁,唐三藏远远听到水声潺潺,问道:"悟空,是什么地方的水在响?"

孙悟空说:"我记得这里叫蛇盘山鹰愁涧。应该是山涧里的水响。"

他们继续前行,停下来观赏山涧的景色,只见鹭(lù)鸟在悠闲地散步,清风徐徐吹过,水波微微荡漾,一轮红日倒映在水中,真是美不胜收。师徒二人正陶醉着,突然有一条龙从深潭中蹿(cuān)出来,直扑唐三藏。孙悟空慌忙将师父拉下马。这条龙趁机一口吞了白马,就潜水消失了。

唐三藏缓过神来,让孙悟空去找白马,得知白马被龙吃掉以后,不由得伤心落泪:"这万水千山,前路迢迢(tiáo

tiáo，遥远），可怎么走啊！"

孙悟空大怒，要去找龙算账。唐三藏一把扯住孙悟空不让他走，孙悟空急得直跳脚。正左右为难时，空中来了几位仙官，说是奉观音菩萨之命前来保护取经人。于是悟空让他们保护师父，自己提着金箍棒，爬到山涧上面高叫："臭泥鳅，还我马来！"

那条龙吃了唐三藏的白马，正躺在涧水底下消食呢，听到骂声，立刻跳出水面和悟空打在一处。他们斗了很长时间，最终龙没了力气，翻身又潜入水中，任凭悟空怎么叫骂都不出来，就当自己耳朵聋了。

孙悟空向师父复命，唐三藏说："你之前打虎的时候，说你有降龙伏虎的手段，今天怎么降不了它了？"

孙悟空最经不起别人激将,听师父这么一说,火腾地上来了,"好,老孙再跟它比个高低!"

他跳到山涧边,用金箍棒搅动潭水,把鹰愁涧澄清的水,搅得像九曲黄河一样波浪滔天。那条龙十分气恼,跳出来骂:"哪里来的魔头,你为什么要欺负我?"

悟空回道:"你管我从哪里来的!你还了我的马,我就饶你性命!"

"马我已经吃完了,也吐不出来。就不还你,看你能把我怎么样!"

"看棍!"孙悟空不再多说,直接和龙打了起来。打了一会儿,那条龙实在打不过孙悟空,只好变成一条水蛇,钻到草丛里去了。

孙悟空去草丛里去找蛇,找不到踪影,就叫来山神和土地神打听那条龙的来历。原来它是西海龙王敖闰的三太子,因为触犯了天规,被玉帝贬到下界,观音菩萨特意安排它在这里等候取经人的。要想彻底收服它,必须请

来观音菩萨。

于是守护唐三藏的仙官去南海请观音菩萨。菩萨到后,让仙官在水潭边喊:"玉龙三太子,你快出来,南海菩萨在此。"

那条龙跳出水面,化成人形,上前行礼。菩萨摘了他脖子上的明珠,用杨柳枝蘸(zhàn)甘露,往他身上拂了拂,吹了口仙气:"变!"玉龙就变成了一匹白马。

菩萨说:"你用心保护取经人,功成之后就还你个金身正果。"

菩萨刚要返回,孙悟空一把扯住他的衣袖:"去西方的路太难走了,让我保护一个凡人,什么时候能到?说不定连老孙的命也搭上了。我不去了!"

菩萨好心劝道:"你以前刚进入人世时,还肯勤奋修道,现在怎么这么懒惰?如果真碰到危险,我定会亲自来救你。"他摘下三片杨柳叶,放在悟空脑后,变作三根救命毫毛,说:"哪天遇到你解决不了的难题时再用。要随机应变,好生

齐天大圣

使用。"

　　孙悟空这才欢欢喜喜地拜别菩萨,牵着白龙马,和唐三藏再次上路。

笑读西游

1. 孙悟空去了龙宫后为什么又主动回到唐三藏身边?
2. 为了对付任性的孙悟空,观音菩萨送给唐三藏什么秘密武器?

观音院丢袈裟

  三藏和悟空在观音院借宿。悟空给住持展示三藏的锦襕袈裟，住持起了歹心，想烧死师徒二人，夺了袈裟，不想反烧了寺院。一片混乱中，袈裟被偷走了。是谁偷走了袈裟？

过了鹰愁涧，唐三藏和孙悟空一路太平，不知不觉又向西走了两个月。他们俩边走边欣赏大好春光，来到一片青翠的山林。太阳快落山的时候，唐三藏远远望见山坳里有楼台殿阁的影子，就让孙悟空去看看那是什么地方。孙悟空抬头查看了一番，说："那是一座寺庙，我们去那里投宿吧。"

他们来到寺庙门前，寺庙的和尚看见孙悟空的样子，吓了一跳："那牵马的是个什么东西？"

三藏忙说："小点声！他是我的徒弟，性子急，要是听见你说的话，他会生气的。"

和尚吓得一哆嗦："你怎么招了个丑头怪脑的徒弟？"

三藏说："这你就看不出来了，他丑是丑些，可是有本事。"

进了山门，三藏看见正殿上写着"观音禅院"四个字，高兴地说："弟子屡次得到菩萨帮助，没来得及叩谢。今日正好拜谢。"

于是三藏进殿参拜，和尚负责击鼓，孙悟空去撞钟。三藏都拜完了，孙悟空还在那里撞个不停。

和尚问："你师父已经拜完了，你怎么还撞钟？"

孙悟空笑着说："我这是做一天和尚撞一天钟。"

钟声惊动了寺里的僧人，他们纷纷过来查看，看见悟空的相貌，都十分害怕。唐三藏解释了一番后，住持请他们到

正殿喝茶。

这位住持看起来年纪很大了,脸上布满皱纹;拄着根拐杖,走路颤颤巍巍,身上穿着翡翠毛镶边的锦衫,头上戴着嵌有猫眼石的帽子;招待客人用的是羊脂玉的盘子和珐琅①镶金的茶盅(zhōng),茶盅里面的茶比桂花还要香。

三藏品尝之后,连连夸赞物件精美。

住持谦虚地说:"您来自天朝上国,见过大世面,像我用的这些粗陋器物,有什么值得夸的!不知您有什么宝贝,能否借我看看?"

三藏说:"我们东土大唐没有什么宝贝,就算有,路途遥远,也没法带来。"

孙悟空插嘴说:"师父,我前几天看见包袱里有件袈裟,拿给他看看吧。"

住持笑道:"袈裟算什么宝贝啊,我有二三十件。师祖传下来的有几百件。"

孙悟空嚷着要看,住持就叫人抬出十二个箱子,把袈裟一件件抖开挂在衣架上。果然都是绫罗绸缎、刺绣锦衣。

孙悟空笑道:"好,好,收起来吧,看看我们的。"

---

① 珐琅(fà láng):用几种矿物原料混合烧成的涂料,多涂在铜质、银质器物表面,用来制作工艺品,如景泰蓝等。最早由西域传入中国。

齐天大圣

唐三藏扯住孙悟空,悄悄地说:"徒弟,不要和人斗富,咱们孤身在外,别惹麻烦。"

孙悟空问:"就让他看一眼,能有什么事?"

唐三藏道:"你不明白,古人说了,珍奇的东西,不能让贪婪(lán)奸诈的人看见,他看了,就会动坏心思。如果只是索取财物也就罢了,就怕他会谋财害命。"

孙悟空丝毫不把唐三藏的话放在心上:"师父放心,包在老孙身上。"他说完就去解包袱,包袈裟的油纸还没打开,就透出灿灿霞光。拿去油纸,抖开袈裟,刹那间,满屋红光,满院彩气。和尚们无不称赞。

住持见了这宝贝,果然起了贪心。他走上前对唐三藏跪下,眼泪汪汪地求三藏把袈裟借给他,仔细地看一晚上。唐三藏心软,只得同意。

晚上唐三藏在禅堂睡下了,悟空完全没有睡意。他听见外面脚步声乱响,心想:难道有贼?于是他变成一只蜜蜂,出门查看。

他看见和尚们正忙着搬柴运草,想把禅堂围起来。心想:师父说对了,他们果然是想谋财害命,把我们都烧死。这帮和尚实在可恨!真是该打!不过,如果我一棒子下去,把他们都打死了,师父又会怪我。

孙悟空想到这里,灵机一动,决定将计就计,让这些和尚吃点苦头。他一筋斗跳上南天门,找到广目天王,借来了辟火罩。

回到禅院,孙悟空用辟火罩护住了唐三藏和白马,然后去住持的房上坐着保护袈裟。等到和尚们放起火来,孙悟空吹出一口气,变作一阵狂风,刮得火苗呼呼乱窜,黑烟直冲云霄,整个寺院都笼罩在一片火海中,天空都映红了。满院的和尚乱成一团,叫苦连天。

火光惊醒了附近黑风山中的妖怪。他发现观音院起火,就跑来救火,结果被住持房间里的一团紫气霞光吸引住了。他悄悄溜进房间,发现了锦襕袈裟。他知道这锦襕袈裟是宝贝,也见财动心,火也不救了,拿起袈裟,趁乱跑回了黑风山。

火一直烧到天亮才熄灭,寺内一片狼藉。孙悟空把辟火

罩还给广目天王,再回禅堂叫醒师父。

唐三藏一觉醒来,看见昨天的楼台殿宇化为一片灰烬,不由大惊失色。孙悟空就把僧人放火的事告诉师父。唐三藏说:"你能护得了我和白龙马,为何不去救火?袈裟呢?袈裟要是有一点损坏,我饶不了你。"悟空连忙求饶:"师父别着急,我保管把袈裟完完整整地还给您。"

说完,悟空挑起行李,三藏牵着白马,向住持的房间走去。

和尚们看见唐僧师徒安然无恙,以为冤魂索命,都吓得魂飞魄散。

住持丢了袈裟,又烧了寺庙,正懊悔不已,焦急万分,突然听到悟空在外面大声索要袈裟,一时不知怎么办才好,情急之下,竟然一头撞死了。

孙悟空搜遍了整个观音院也没找到袈裟,想了半天,问道:"附近有没有妖怪?"

和尚们说:"南边二十里有座黑风山,黑风洞里住着个黑风怪。住持原来常和他讲经论道。"

孙悟空说:"肯定是黑风怪来这里查看火情时,顺手偷了袈裟,我找他去。"

悟空安顿好师父和白马,跳上云端,直奔黑风山而去。到了黑风山,他听到前面山坡有人说话,就悄悄走过去,藏在山石后面偷看。

只见三个妖魔席地而坐。上首坐着一个黑脸汉子,左边是一个道人,右边是一个白衣书生。黑脸汉子笑着说:"后天是我的生日,我昨夜得了一件锦襕佛衣,是个宝贝。明天我就大摆宴席,请各位道友观赏,开个'佛衣会'怎么样?"

孙悟空怒火中烧,举起金箍棒,跳出来高叫:"贼妖怪!你偷了我的袈裟,还敢办什么'佛衣会'。趁早还我!"他举棒就打,黑脸汉子慌得化作一阵风逃走了,道人吓得驾云逃跑,只有白衣书生跑得慢,被孙悟空一棒打死,现出原形,原来是一条白花蛇。

孙悟空追到黑风洞门口,他抡起金箍棒照门上打去:"妖怪出来!"

黑风怪走出来。悟空见他长得像炭一样黑,嘲笑道:"你小子是在这儿挖煤烧窑的吧?"

黑风怪问:"你是什么人,敢到我这里来放肆(sì,任意而行)?"

孙悟空说:"少废话,你趁火打劫,偷走袈裟,还在这里装蒜。我就是五百年前大闹天宫的齐天大圣,现在跟随大唐三藏法师上西天求经,快还我袈裟来!"

妖怪哈哈大笑:"原来你就是大闹天宫的弼马温!"

孙悟空最讨厌别人叫他弼马温,气得举起金箍棒就打。黑风怪抄起黑缨枪迎战,二人直打得彩雾喷发、火星四射,一直打到中午也不分胜负。黑风怪肚子饿了,就虚晃一枪,躲进洞里不出来了。

孙悟空打不开门,就先回观音院看望师父,吃过饭又回到黑风山。路上他撞见一个小妖怪,正拿着一个黄花梨盒子匆匆走着。孙悟空举棒把小妖怪打晕,打开盒子,发现里面是请观音院住持赏佛衣的请柬。

孙悟空心想,黑风怪一定还不知道那个住持已经一命呜呼了,于是灵机一动,摇身变成住持的模样,来到黑风洞。

黑风怪心想这住持怎么这么快就来了,赶紧把袈裟藏起来,然后请他进门喝茶。悟空装模作样地和黑风怪聊了一会儿,有个小妖急匆匆跑来报告:"大王!送信的被孙悟空打死在路边了!"

黑风怪立刻猜到眼前的住持是孙悟空变的,马上翻脸。孙悟空也现了本相,和妖怪打起来。他俩从洞内打到山顶,从地上打到云端,一直斗到红日西沉,也未见分晓。

妖怪打累了,又化作一阵风逃回洞里去了。孙悟空无奈,只能回观音院去。

第二天,孙悟空说:"这件事都怪观音菩萨,这座禅院给他香火,他却纵容妖怪在一旁做邻居。我要去南海找他!"

到了南海,见到菩萨后,悟空果真毫不客气地责怪菩萨。

菩萨说:"你这猴子,竟敢这么无礼!都怪你瞎卖弄,那黑熊精才偷了你的袈裟。你又吹风助火,烧了我的禅院,还敢向我讨要袈裟!"

那妖怪原来是黑熊精,孙悟空慌忙认错,请菩萨帮忙。

菩萨说:"那妖怪确实神通不小,和你不相上下。看在唐三藏的面子上,我就和你走一趟吧。"

路上他们遇到一个捧着仙丹的道

人，孙悟空想到一条妙计：让菩萨变成道人去找黑熊精，自己则变成玻璃盘中的一粒仙丹。

菩萨依计行事，来到妖洞。黑熊精出门迎接，菩萨说："小道敬献仙丹一粒，愿大王千寿。"

黑熊精没有怀疑，刚张嘴，药丸就滚进他的肚子里。孙悟空现了真身，在妖怪肚子里乱打一通，妖怪疼得满地打滚。

菩萨现出本相，说："孽畜（niè chù），还不快把袈裟交出来。"

黑熊精赶紧拿出袈裟，悟空就从他的鼻孔中飞了出来。黑熊精见到孙悟空，分外眼红，举枪就刺，菩萨连忙把一个金箍丢到他头上，升到半空，念起咒来。

妖怪丢了枪，疼得满地乱滚，喊道："我愿皈（guī）依佛门，再也不干坏事了，求菩萨饶命！"

菩萨慈悲，说道："你就到落伽山的后山做个守山大神吧。"

于是菩萨带着黑熊精返回南海。悟空放了一把火烧了黑风洞，拿上袈裟，回禅院找师父去了。

笑读西游

1. 是谁偷走了锦襕袈裟？
2. 孙悟空为什么讨厌别人叫他弼马温？

高老庄收八戒

高太公收了个上门女婿。他食量极大,还卷起妖风,囚禁翠兰。悟空和师父来到高老庄,他们能收服这个妖怪吗?

离开观音禅院,师徒二人又走了六七天。这一日天色已晚,唐三藏远远看见一片村庄,决定去找户人家投宿。

"师父别着急,我先看看情况。"孙悟空说完,仔细查看了一番:此刻夕阳的光辉洒在山林之中,鸟儿叽叽喳喳往回飞;家家户户的烟囱里冒出了炊烟,小路上,村民正把牛羊往圈里赶,家里的鸡鸭猪狗也都吃饱了,懒洋洋地准备睡觉。还有几个喝得熏熏然的村民,边唱边走。孙悟空这才放心:"师父,这里一定是个好去处,可以留宿。"

走进村庄,他们看见一个背着包袱的少年,急匆匆要去什么地方。孙悟空一把拉住他,打听村子的情况。

少年不想理他,但挣脱不开,只好说:"我们这里叫高老庄,我叫高才。我们高太公有个女儿被妖怪占了,关了有半年,都不让她和家里人见面。高太公让我去找法师降妖。我连着找了三四个和尚道士都不行,刚被高太公骂了一顿。求你放我走吧,我还有事呢。"

孙悟空拍着手笑道:"小子,你真有造化。快回去告诉你家太公,就说东土来的御弟圣僧去西天取经路过这里,保证帮他拿住妖怪。"

高才急忙回去禀告。高太公出门迎接，看见孙悟空又凶又丑的样子，转头就骂高才："家里那个丑头怪脑的女婿还没打发走，你怎么又招来个雷公害我？"

"老人家怎么能以貌取人？我丑归丑，有真本事就行了。我保证帮你赶走妖怪，救出女儿！"孙悟空叫道。

高太公听了，只好战战兢兢（jīng，小心，谨慎）地把唐僧师徒请进去。孙悟空询问妖怪来历，高太公叹口气说："我没有儿子，只有三个女儿。大女儿和二女儿都出嫁了，我就想着招个上门女婿。三年前来了一个模样标致的汉子，他自称姓猪，没有家人，我看他无牵无挂，就把他招进来。刚开始他干活儿倒也勤快，每天起早贪黑，耕田锄地都不用牛具。可是后来，我发现他竟然会变脸。"

孙悟空问："怎么个变法？"

高太公说："他原本是个又黑又胖的壮汉子，后来竟然变成个长嘴大耳朵的呆子！脸变得像猪头一样，脑后还有一

溜鬃毛。他特别能吃，一顿要吃三五斗米饭，还要吃一百多个烧饼当点心。幸亏他只吃素，要是吃肉，老朽这点家底，不出半年就被他吃光了！"

高太公喘口气，接着说道，"多吃点还是件小事。如今他动不动就飞沙走石，云里来雾里去，街坊邻里都吓得不得安生。他还把我的小女儿翠兰关在后院，半年多了也不让我见她，也不知道女儿是死是活！所以我只好去请法师降妖。"

孙悟空说："你放心，这事交给我了。今晚我就拿住他，把你女儿救出来。"

高太公非常高兴，问悟空要什么兵器、多少帮手？悟空只让他找几个人来陪着师父。

到了晚上，孙悟空让高太公带他去后院。他拿出金箍棒，砸开铜锁，救出翠兰。原来妖怪防备高太公抓他，每天都是夜深来，清早离开。

孙悟空让高太公先带女儿离开，他摇身一变，变成翠兰的模样，坐在房间里等妖怪。

过了一会儿，黑风卷起，飞沙走石。半空中出现一个长相丑陋的妖怪，黑脸大耳朵，穿着一件青不青、蓝不蓝的衣服，系着一条花布围巾。孙悟空暗暗笑着，捏着嗓子，娇滴滴地轻声叹气。妖怪不知那是假翠兰，进房就要搂她。假翠兰用

力一推,妖怪摔了个大跟头。

妖怪懊恼地问:"姐姐怎么了?怪我今天来晚了吗?"

假翠兰委屈地说道:"今天我的父母隔着墙骂我,说我的夫君不懂礼数,也不知道来历,败坏了门风。"

妖怪说:"我之前不是说过吗?我住在福陵山云栈洞,姓猪叫猪刚鬣(liè)。他要再问,你就这么回答。"

假翠兰说:"父亲说要请法师来抓你。"

妖怪笑着说:"别理他!我会三十六种变化,有九齿钉耙护身,怕什么法师、和尚、道士?就算请来九天荡魔祖师,凭我和他的交情,他也不会把我怎样。"

"他说要请五百年前大闹天宫的齐天大圣。"

妖怪一听这个名号,竟然有些害怕了,开门要走。孙悟空一把扯住他,抹了把脸,现出真身:"妖怪哪里走,看看我是谁!"

妖怪看到孙悟空龇(zī)牙咧(liě)嘴,火眼金睛,慌得手脚发软,急忙挣脱,化作狂风飞走了。孙悟空一直追到福陵山,追问妖怪来历。原来他曾经是天上的天蓬元帅,因为在王母娘娘的蟠桃会上喝多了,闯进广寒宫戏弄冒犯了仙子嫦娥,被贬下凡。结果投错了胎,变成人间一只有法力的猪。

他们两个从晚上斗到天亮,妖怪打不过就躲进洞中。孙悟空回去向师父汇报捉妖经过，然后又返回山中，一棍打碎洞门："吃糠的孬（nāo，不好，坏）种，快出来继续和老孙打！"

妖怪气得大喊："吃老猪一耙！"

孙悟空说："老孙把头就放在这儿，你用力打一下试试！"

妖怪用力挥动钉耙，没想到钉耙打在孙悟空的头上，只是激起了一些火花，没有伤到他分毫，吓得妖怪连声说："好头！好头！"

妖怪问："你这猴子不是住在水帘洞吗？为什么到这儿来欺负我？是我的老丈人请你来的吗？"

孙悟空说："不是他请的，老孙我改邪归正，保护东土大唐的三藏法师去西天求经，路过高老庄，听老太公诉苦才来降你。"

妖怪一听这话，立刻丢了钉耙，行礼说道："取经人在哪儿？劳烦你帮我引见。观音菩萨让我在这里等候取经人，我已经等了很久了。希望我能将功折罪，修成正果。"

孙悟空不知道妖怪的话是真是假，就让他赌咒发誓，还让他一把火烧了云栈洞，这才放下心来，变出麻绳捆住他的手，揪住他的耳朵回到高老庄。

妖怪拜见了唐三藏，说菩萨已为他取了法名，叫"猪悟能"。唐三藏知道他一直吃素，断了"五荤三厌"，于是又

给他起了个别名,叫"八戒"。

第二天,猪八戒担着行李,悟空牵着马,师徒三人继续取经之路。

笑读西游

1. 猪八戒为什么叫"八戒",住在哪里,用什么兵器?
2. 猪八戒原本是什么神仙?为什么会变成猪八戒?

黄风岭遇难

　　黄风岭中的妖怪抓走了唐三藏,还吹起一阵狂风,让火眼金睛的悟空迷了眼睛。到底怎么收服这个妖怪?师父能得救吗?

师徒三人披星戴月,风餐露宿,从春天一直走到了夏天,一路上,知了高声鸣唱,蝴蝶翩翩起舞,池塘里的荷花亭亭玉立。

这一天傍晚时分,他们走得又累又饿,便到一户人家化斋、借宿。唐三藏刚自我介绍,说要去西方拜佛求经,这户人家的老伯就直摆手,说:"别往西去啦,要取经,还是往东走吧。"师徒三人很奇怪,一打听才知道,再往西去有一座黄风岭,那里住着很多妖怪。

第二天,他们继续赶路,走了不到半天,果然看见一座十分险峻的高山。他们走到悬崖边查看:悬崖陡峭,怪石嶙峋(lín xún,形容山石突兀、重叠),山涧深不见底,看起来阴森森的;山前白云悠然飘过,山下泉水叮咚作响。他们正看得出神,突然间狂风大作,万树倾倒,动物四散奔逃。悟空使出本领,抓了一把风尾巴闻了闻,有股特别的腥味。他知道这场怪风一定是妖魔作乱。

这时,山坡下突然跳出一只斑斓(bān lán,色彩灿烂绚丽的样子)猛虎,把唐三藏吓得魂飞魄散,从马上跌了下来。猪八戒一个箭步冲到前面,举起钉耙就打:"孽畜,哪里走!"

那只老虎竟然直挺挺站起来,龇着白森森的钢牙,气昂昂地咆哮着:"我是黄风大王的前路先锋,奉大王命令来巡山,

要抓几个凡人去下酒。你是哪里来的和尚,敢动兵器伤我?"

猪八戒骂道:"我是东土大唐御弟唐三藏的弟子,奉旨去西天拜佛取经。你趁早让开大路,别惊了我师父!不然我这钉耙可不留情!"

老虎精哼了一声,猛地朝八戒脸上抓去,八戒抡起钉耙迎战,孙悟空也拿起金箍棒加入战斗。妖怪打不过,使了一招金蝉脱壳——把虎皮盖在石头上,自己则变作一阵风,逃走了。半路上看到坐在路边念经的唐三藏,顺手就把他抓走了。

孙悟空和猪八戒发现师父不见了,慌忙翻山越岭去寻找,一直找到妖怪的老巢黄风洞。老虎精出来迎战,几个回合后打不过孙悟空,就往山坡上跑,撞见猪八戒,被猪八戒一钉耙打死了。

孙悟空拖着死老虎又回到洞口,黄风大王十分恼恨:"我没吃掉他的师父,他却把我的先锋打死了,太可恨了!"

黄风大王穿着金盔金甲,拿着三股钢叉出来,看到悟空面黄肌瘦、身材矮小,不由笑道:"我当是什么扳不倒的好汉,原来是个骷髅(kū lóu)模样的病鬼,可怜,可怜!"

孙悟空说:"你也太没眼力见了!你打我一叉,我能长三尺。"

"吹牛谁不会!有本事你就硬着头,吃我一叉!"黄风大王举起三股钢叉，打了孙悟空的头一下。孙悟空弯下腰晃了晃，果然长了三尺。黄风大王惊得怒喝："别拿这种假把式吓唬我，让我见见你的真本事！"

他们两个在洞口打了起来，大战三十回合不分胜负。孙悟空揪下一把毫毛，变出一百多个孙悟空，每一个都拿着一根金箍棒，把妖怪围在空中。黄风大王毫不示弱，他张了三下嘴，呼出一口气，一阵黄风从空中刮起，顿时尘土飞扬，翻江倒海，把小孙悟空们吹得像纺车一样乱转。

孙悟空收回毫毛，独自迎战，又被妖怪喷了一口黄风，睁不开眼睛，挥不动铁棒，只好败下阵来。

黄风大王躲回洞里。孙悟空下山去找猪八戒："这妖怪的风太邪门了，吹得我眼睛酸痛，直流眼泪。我得找个大夫帮我看看，等治好了眼睛，再来救师父。"

他们离开山谷，找到一处幽静偏僻的庄院投宿。孙悟空直嚷嚷眼睛疼，问老主人附近有没有看眼病的医生。

老主人问道："长老的眼睛怎么了？"

"山上黄风洞里的黄风怪抓走了我师父，我去救师父，和黄风怪打了起来。那黄风怪对我喷了一口妖风，吹得我眼泪汪汪，眼珠酸痛。"

老主人说道："长老有所不知，那妖风叫三昧神风，能

吹得天昏地暗，刮得鬼神发愁。普通人若被吹到，当场就会送命。我以前也有迎风流泪的毛病，一位高人给我了一副三花九子膏的药方，治好了我的风眼。"

说完，老主人拿出一个玛瑙石的小罐子，用玉簪（zān）子挑出一点药，给悟空点上，嘱咐他不要睁眼，睡一觉就好。第二天天刚蒙蒙亮，孙悟空迫不及待地睁开眼睛，高兴地说道："真是好药，眼睛比平时看得更清楚啦！"

他想找老主人道谢，却发现昨晚的庄院不见了，只有些柳树和槐树在那里，猪八戒正趴在草地上呼呼大睡呢。孙悟空叫醒猪八戒，猪八戒埋怨道："这家人太懒了，搬家怎么不通知我们一声？我们睡得也太死了，拆房子都没听见声响。"

孙悟空哧哧笑道："你这呆子，快看树上贴了什么！"

猪八戒摘下树上的纸条，这才明白庄院的老主人是观音菩萨派来的神仙变的。

孙悟空再次来到洞口，这次他没有惊动妖怪，而是变成一只花脚蚊子，从门缝里飞了进去，找到了被绑在定风柱上的唐三藏。他让师父不要担心，然后飞到堂上偷听黄风怪和妖怪们的谈话。

一个老妖怪说："那猴子不见了，不是被吹死了，就是去搬救兵了。"

小妖怪们说:"大王,那猴子要是跑去搬救兵怎么办呀?"

黄风怪得意扬扬地说:"我才不怕那毛脸和尚去请救兵呢,想定我的风势,除非灵吉菩萨来了,其他人都没办法!"

孙悟空听了十分高兴,立刻赶回去和八戒通报消息,然后驾起筋斗云,飞到小须弥山①,去找灵吉菩萨。

---

① 须弥山:须弥是梵语的音译。原是印度神话中的山,后佛教指一个小世界的中心。在《西游记》中,灵吉菩萨住在须弥山。

　　灵吉菩萨说道:"当年如来赐了我一颗定风丹,一柄飞龙宝杖,让我镇压黄风怪。我饶了他的性命,让他隐居深山,不伤害无辜。没想到他竟想害你师父。我这就跟你去降妖。"

　　于是两人一起去了黄风洞。灵吉菩萨先躲在一边,让悟空去把黄风怪引出来。悟空依计前去挑战,二人打在一处,等黄风怪又要吹气的时候,灵吉菩萨从空中扔下飞龙宝杖。宝杖化作一条八爪金龙,一把抓住妖怪,把它摔在山崖上。妖怪现出原形。

原来黄风怪是一只黄毛貂鼠。孙悟空举起金箍棒要打，菩萨慌忙拦住："它本是灵山得道的老鼠，因为偷吃了琉璃盏里的灯油，怕被金刚抓住受惩罚，所以逃到了这里成精作怪。我要拿它去见如来，让如来处置它。"

孙悟空谢过灵吉菩萨，救出了师父，和猪八戒会合，再次踏上取经之路。

笑读西游

1. 黄风怪的原形是什么？使用什么兵器？他的看家本领是什么？
2. 哪位神仙降伏了黄风怪？是用什么宝贝降伏的？

大战流沙河

八百里流沙河巨浪滔天,河中还有个拦路的妖怪。孙悟空不通水性,几次三番也抓不住妖魔,他该怎么办呢?

齐天大圣

过了八百里黄风岭，往西一路平坦。师徒三人从夏天走到了秋天，只见面前一条大河波澜壮阔，却没有船只往来。

孙悟空跳到空中，手搭凉棚，四下查看，惊叹道："这条河，俺老孙扭一扭腰就能过去，师父可就难了。这河横看竖看，少说也有八百里。"

唐三藏不由得唉声叹气，突然发现岸上有一块石碑，上面刻着"流沙河"三字，还有四行小字碑文：八百流沙界，三千弱水①深。鹅毛飘不起，芦花定底沉。

师徒们正看着碑文，河中巨浪排山倒海般地涌过来，浪里钻出一个又凶又丑的妖怪，长着一头乱蓬蓬的红色头发、一张不黑不青蓝哇哇的脸，两眼圆瞪，像两盏闪亮的灯，最可怕的是脖子上还挂着九个骷髅（kū lóu，死人头骨）。

妖怪一个旋风，直扑向唐三藏，孙悟空慌忙抱住师父，向后撤退。猪八戒举起钉耙迎战，妖怪手握宝杖架住，他们打了二十多个回合不分胜负。孙悟空安顿好师父，抡起金箍棒，对着妖怪当头一棒。妖怪慌忙躲闪，钻进河里。

八戒气得直跳脚："哥哥，谁让你来的！那妖怪越打越招架不住，再有三五个回合，我就能抓住他了。"

---

① 弱水：中国古代神话中指水流湍急不易渡过的江河湖海，也指遥远险恶的河流。《山海经》记载："昆仑之北有水，其力不能胜芥，故名弱水。"

悟空赶紧赔不是,两人说说笑笑地去回禀师父:"这妖怪一定通水性,我们不杀他,只将他抓住,让他送师父过河就好。"

八戒说:"哥哥你去抓他吧,老猪我会保护好师父。"

悟空笑道:"贤弟啊,水里的事儿,我可不太擅长。我只有念了避水咒才能下水,要不就只能变成鱼虾蟹了。"

八戒拍拍胸脯:"老猪我当年总督天河,掌管八万水军,倒颇通水性。就怕这水里还有妖怪的七窝八代,万一打

不过就麻烦了。"

悟空说："那你去水里和他交战,假装打不过逃走,把他引出水面,我自会助你一臂之力。"

于是八戒脱去衣服鞋袜,双手舞动钉耙,分开水路,潜入水底。他找到了妖怪,问道："你是什么妖精,敢在这里拦路?"

那妖怪说道："我可不是什么妖魔鬼怪,也不是没名没姓的人。我原本是天庭玉帝那里的卷帘大将,因为蟠桃大会时不小心打碎了琉璃盏,被贬到这流沙河。我看你这家伙皮糙肉厚的,倒也还能凑合吃,看我今天不把你剁成肉酱。"

八戒破口大骂："你这妖怪太没眼力了,老猪我明明嫩得能掐出水来,你竟说我粗糙!休得无礼,吃你祖宗一钉耙!"

八戒和妖怪在水中打了两个时辰不分胜负。悟空保护着师父,眼巴巴望着他们两个,不方便动手。八戒虚晃一耙,

诈（zhà，假装）败往岸上跑，妖怪跟在后面追。快到岸边的时候，悟空再也忍耐不住了，跳到河边，举棒就打。妖怪嗖的一声，又钻进水中不见了。

八戒气得直嚷嚷："你这弼马温，真是个急猴子！等我把他引得再高些，你再动手不迟啊！现在给他吓回去了，不知道什么时候才会再出来。"

悟空好言安抚八戒，又去化斋饭，很快就化了一钵素斋回来。唐三藏见悟空速度这么快，就说："悟空，干脆你去化斋的人家求一个过河的方法吧，别和这妖怪苦苦僵持了。"

悟空笑着说："那家人离这儿五六千里，而且不识水性。"

八戒说道："哥哥既然五六千里都能瞬间来去自如，那为什么不把师父背在身上，飞过这流沙河呢？"

悟空反问道："你也能腾云驾雾，为什么不背师父飞过去？"

八戒说："师父是凡人，重如泰山，我是驾云飞过去，那云可托不起师父。"

悟空说："就是这个道理呀！我也是驾云，自然也驮不动师父。俗话说，遣泰山轻如芥子，携凡夫难脱红尘。师父要超脱苦海，必须要历经苦难，所以寸步难行。我和你只能保护着师父，路，还要他一步步自己走。"

八戒这才恍然大悟。

第二天，八戒再次下水，找到妖怪。妖怪刚睡醒，看到八戒拿着钉耙下来，赶紧拿出宝杖招呼："看杖！"八戒骂道："你这是什么破棍子？"妖怪说："我这可是月宫里吴刚[①]砍下的桂树枝做的！"说完又是一场恶战。八戒故技重施，再次诈败，妖怪这次却学精了，就是不肯上岸。悟空跳到半空，使出一招"饿鹰叼食"，从天而降直扑妖怪。妖怪听到风响，又一头钻进水中，消失得无影无踪。

孙悟空没办法，只好去普陀山紫竹林，找观音菩萨帮忙。菩萨笑着说："你这猴子又自大了，你没跟妖怪说你保护唐三藏去西天取经的事情吧？那流沙河的妖怪，是卷帘大将下凡，他已经听了我的劝，在那儿等着取经人呢。你只要说出你们是取经人，他就能归顺了。"说完，菩萨派徒弟木吒拿着一只宝贝红葫芦和悟空一同回去。

木吒拿着红葫芦，腾云来到流沙河上，高声叫着："沙悟净，取经人在这儿，你还不速速归顺！"

原来这妖怪名叫"沙悟净"。沙悟净听了木吒的一番介绍，慌忙来到岸边，向唐三藏道歉并磕头拜师。

---

① 吴刚：中国古代神话中居住在月亮上的仙人，他被天帝惩罚在月宫无休止地砍伐桂树。

八戒不依不饶地说:"你早点归顺,我们也不至于打到现在呀!"

悟空笑着说:"兄弟,你别怪他,是我没报出师父的名字,没说出取经的事。"

于是唐三藏让悟空用戒刀给沙悟净剃去头发。现在的悟净看起来还真有和尚风范,于是三藏也给他取了个别名,叫沙和尚。

沙和尚把脖子上的骷髅解下来,按九宫格排列,把菩萨的红葫芦放在中间,就变成了一条法船。

唐三藏上了船,猪八戒和沙和尚一左一右扶持着,孙悟空牵着白龙马在半空跟着,前头还有木吒保护,唐三藏稳稳当当地渡过了流沙河。上岸后,木吒收走了红葫芦,骷髅也化作一阵风不见了。三藏拜谢了木吒,带着三个徒弟继续往西走了。

笑读西游

1. 你能说一说沙和尚的长相吗?或者画一画他的肖像。他原本是什么神仙?
2. 孙悟空和猪八戒都能腾云驾雾,为什么不能驮唐三藏飞过河?

偷吃人参果

　　唐僧师徒路过五庄观,这座道观里有不同寻常的仙果。三个徒弟嘴馋偷吃了人参果,被镇元大仙的弟子痛骂,孙悟空一气之下打倒了人参果树。这下可惹了大麻烦!

唐僧师徒四人一路向西，走着走着，他们遇到了一座高山。只见那山高大险峻，漫天彩云飘荡，清风阵阵吹来；白鹤栖息在松柏上面，幽鸟在青竹间鸣叫，锦鸡在野花间奔跑；荆棘密密森森，芝兰清清淡淡，涧水曲曲弯弯，峰峦重重叠叠。漫山遍野的美景，看得人目不暇接。唐三藏感叹道："一路走来，我们见过不少山水，都不如此山好景，真是别具幽趣。"

　　他们放慢脚步，一路游玩，来到一座清静肃穆的寺院。门口石碑上写着："万寿山福地，五庄观洞天"。他们决定进去看看。进了第二道门，门上又有一副对联："长生不老神仙府，与天同寿道人家"。走到第三道门里，两个骨清神爽、风采异常的童子清风和明月出来迎接他们。

　　清风和明月把他们请到正殿里，说师父镇元大仙到天上的弥罗宫讲道去了。孙悟空不相信，说童子信口胡诌，唐三藏劝住了孙悟空，吩咐三个徒弟去放马做饭。

　　看见只剩下唐三藏一个人，清风和明月急匆匆离开了。不一会儿回来时，竟然端着一个盘子，上面放了两个果子，对唐三藏说："师父，这是我师父临走前特意交代留给你的，你吃了解解渴吧！"

　　唐三藏看了一眼，吓得跳到一旁，战战兢兢地说："善哉！善哉！今年也算是丰收，怎么这里闹饥荒吃起人来了！这是

未满三天的孩子,怎么能拿来解渴?"

清风暗地里想:"这师父真是肉眼凡胎,不认识我们这仙家异宝啊。"

原来,这果子叫草还丹,又叫人参果,是天地混沌①、鸿蒙②未开时生出的一颗灵根。天下四大部洲,只有西牛贺洲的五庄观才有。这果子三千年开花,三千年结果,三千年才能吃。果子长得就像刚出生不满三天的小婴儿,吃一个能活四万七千年。观主人镇元大仙五百年前在兰盆大会上,结识了如来的第二个弟子金蝉子,也就是唐三藏的前世,当时金蝉子曾经亲手传茶给镇元大仙。所以现在镇元大仙见金蝉子的转世——唐三藏路过这里,就想请他吃人参果,以报五百年前的旧情。

明月劝道:"师父,这不是人,是树上结的人参果,吃一个没关系的。"

不过,任清风明月怎么劝说,唐三藏都不敢吃。清风和明月只好把人参果拿回房间。这人参果也怪异得很,放久了就硬了,没法吃了。清风和明月心想,好东西不能浪费了,

---

① 混沌(hùn dùn):我国传说中指宇宙形成以前模糊一团的景象。

② 鸿蒙:古人认为天地开辟之前是一团混沌的元气,这种自然的元气叫鸿蒙。

于是二人一商量，一人一个分着吃了。一边吃一边聊着人参果的秘密，还说了一通"没见过唐三藏这么傻的人"之类的话。

他俩的房间紧挨着厨房，猪八戒正好在厨房做饭，听见两个小童在偷吃人参果，忍不住直流口水，恨不得马上去摘一个来吃。

猪八戒顾不上做饭了，他也知道单凭自己的本事，不太可能摘到人参果，于是去找孙悟空帮忙。他探头探脑地四下观看，终于看见孙悟空牵马回来了，就赶紧叫住他说："这观里有一件宝贝，你知道吗？"

孙悟空问："什么宝贝？"

猪八戒故意卖关子："说了你也没见过，拿来你也不认得。"

孙悟空夸口道："老孙五百年前游仙访

道时,什么没见过?"

"哥哥,人参果你见过吗?"

孙悟空吃了一惊说:"这个真没见过,我只听说过人参果吃了能延年益寿,难不成这里有?"

猪八戒说:"刚刚那两个童子拿给师父吃,师父不敢吃。他们小气得很,既然师父不吃,也该让给咱们吃,他们自己却偷偷吃了。我想哥哥你本领大,能不能去偷几个?"

孙悟空说:"这个容易,老孙手到擒来。"说着便要走,猪八戒一把拉住他说:"哥哥,我听他们说要拿什么金击子去打,你去找找,小心点,别走漏了风声。"

于是孙悟空使了个隐身法,闪进隔壁的房间,屋里没人。孙悟空四下里找金击子,只看见窗棂上挂着一根手指粗细的金棍子,有二尺长短,底下是一个蒜疙瘩形状的头,上边系着绿绒绳。孙悟空想:"应该就是这个东西了。"他取下来,去了花园。

花园里有一棵枝繁叶茂的树,叶片如芭蕉扇般大小,大树高耸入云,树根处合抱有七八丈粗。孙悟空倚在树下往上看,向南的树枝上露出一个人参果,真像个小孩似的,随风手脚乱动,摇头晃脑。孙悟空非常高兴,夸道:"好个宝贝!果然罕见!"

爬树摘果子可是猴子的看家本领。孙悟空嗖的一声蹿上树去,用金击子敲了一下,果子就噗的一声落下来。但是等他跳下来,在地上、草丛里找了半天,却怎么也找不到果子。

孙悟空心想:"真是蹊跷,难道是因为他有脚,会走路?但走也走不出墙去呀。会不会是花园中的土地不许老孙偷他的果子?"于是,他念口诀叫出土地公。

土地公施礼道:"大圣呼唤小神有什么吩咐?"

孙悟空说:"当年我偷蟠桃、盗御酒,也没有人敢跟我分一杯羹(gēng)!怎么今天只偷了一个果子,就被你捞走了?这果子是树上结的,空中飞过的鸟也该有份,老孙吃他一个又何妨?"

土地公连忙说:"大圣错怪小神了。这宝贝是地仙之物,小神连闻一闻的福分都没有。大圣有所不知啊,这果子与五行相克:遇金就落,所以敲的时候必须用金器;遇木而枯,打下来不能用木器接着,要垫上丝帕;遇水便化,吃的时候要用瓷器盛清水,化开了吃;遇火就焦,遇土而入。大圣刚才把果子打落到地上,它就钻进土里去了。这片土地有四万七千年,比铁还硬,就是钢钻也钻不动。大圣若不信,可以打一下试试。"

孙悟空拿出金箍棒,照地上狠狠打了一下,没想到,哐

嘟一声响,金箍棒被震得弹了起来,地上却无半点痕迹。孙悟空说:"果然。我这铁棒能把石头打得粉碎,就是生铁也能打出痕迹,却打不伤这地。看来是我错怪你了,你回去吧。"

孙悟空再次爬上树,这回敲果子时,他用衣服兜着,不一会儿,就兜了三个果子。悟空跳下树,兴冲冲地回到厨房。猪八戒忙凑上来问:"哥哥,拿到了吗?"

"老孙手到擒来。把沙师弟叫来一起吃。"于是他们三人各分了一个吃了。

猪八戒食量大,嘴也大,他把果子一口吞下去,嚷嚷道:"我什么味儿都没吃出来,有没有核都不知道。好哥哥,再给老猪弄几个尝尝吧。"

孙悟空不理他,把金击子丢进隔壁房间。这时清风明月回房拿茶水，听见猪八戒说"人参果吃得不快活"，便有些疑心，又看见金击子在地上，大惊道："不好了，别是他们偷了咱们的宝贝吧！"

两人忙去花园查看，只见园门大开。他们在树下翻来覆去数了好几遍，发现果子只剩二十二个。

明月气愤地说："果子原有三十个，师父开园时吃了两个，刚才又打了两个给唐三藏吃，应该还有二十六个。可现在只有二十二个，肯定是唐三藏的徒弟偷了，咱们找他去！"

两个人回到殿上，指着唐三藏乱骂一通。唐三藏听得摸不着头脑："仙童啊，有话好说，你们这是什么意思？"

清风说："你是耳朵聋了吗？你偷吃了人参果，还想抵赖！"

"阿弥陀佛！那东西我看了就觉得心惊胆战，哪儿敢偷吃。"

"你不敢吃，你手下人却敢偷吃。"

唐三藏忙叫三个徒弟来问，八戒死不承认。唐三藏说："徒弟呀，咱们出家人不打诳（kuáng，欺骗）语，若是真吃了，给他们赔礼道歉就是了，何苦抵赖。"

孙悟空听师父说得有理，就承认自己摘了三个果子和猪八戒、沙僧吃了。清风明月大嚷："明明偷了四个，还说不

是贼!"两人得理不饶人,骂得更加起劲。孙悟空气得瞪圆双眼,把金箍棒攥紧又松开,忍了又忍,心想:"我不能当面打人,不如送他个绝后计,让大家都吃不成!"

孙悟空趁他们不注意,拔了一根毫毛,变出一个假悟空站在原地挨骂,真身来到园中,抡起金箍棒,乒乒乓乓一阵好打,又使神力推倒了人参果树。人参果遇金就落,遇土就入,眨眼间全都不见了。孙悟空收了金箍棒,又回到殿里。

清风明月还在那里骂呢。过了半天,见唐僧师徒也不还口,便疑心是不是错怪了他们。他俩决定再去清查果子的数量。二人来到园中,只见一片狼藉,树倒根露,叶子落了一地,树上一个果子也没有了。二人吓得两腿发软,跌倒在地,连连叫苦:"这可怎么好,师父回来怎么交代?"

他们明白一定是孙悟空搞的鬼,但心知势单力薄,只好强打精神,回殿上向唐三藏赔礼:"果子没有少,只因树大叶密,我们刚才没查清楚。"孙悟空知道是谎话,也不揭穿他们。唐三藏却信以为真,便叫猪八戒盛饭。清风明月又献上了各色小菜,还提了一壶好茶伺候。

师徒四人刚拿起碗,清风明月嘭的一声把门关上,插上了锁,骂道:"偷嘴的秃驴,偷了仙果,又推倒我家仙树,你们别想走了!"然后又骂了半天才走。

唐三藏埋怨悟空:"你这猴头,总是闯祸,你偷吃了他们的果子,让他们骂几句也就算了,怎么又推倒人家的果树?这回可怎么办?"

孙悟空说:"师父别担心,只要你不念紧箍咒,我保证大家都能离开这儿。"

晚上明月高照,悟空拿着金箍棒,使了个解锁法,对着门一指,几层门的锁都"哗啦"一下开了。孙悟空让师父和猪八戒等人先走,自己去清风明月的房间扔了两个瞌睡虫,让他们睡上一个月。

师徒四人马不停蹄赶了一夜的路,到天明时经过一片树林,唐三藏累得靠着大树休息,八戒枕着石头睡觉,沙僧卸了担子打盹。孙悟空却一点都不困,在树枝上跳来跳去,玩个不停。

笑读西游

1. 镇元大仙为什么请唐三藏吃人参果?
2. 孙悟空一共打了几个人参果?

13 大闹五庄观

镇元大仙回来看到人参果树被毁了,便把师徒四人抓了起来,让他们赔人参果树。孙悟空遍访四洲,想找到办法救活果树。

镇元大仙带着众小仙从元始宫开会回来,到了观门口,看见观门大开,地上干净清爽,高兴地说:"清风、明月还挺中用的。平常日上三竿,他们连腰都懒得伸。今日我们不在,他们倒知道勤快打扫。"谁知等他们进了门,却没有看见清风、明月的影子,大殿里冷冷清清的,也不见香火。

小仙们说道:"是不是他们趁我们不在,拐了观里的东西跑了?"

镇元大仙说道:"岂有此理!肯定是他们昨晚贪玩,忘记关门,早上又睡懒觉还没醒。"

于是众人来到他们的房间,撬开门板,把他们拖下床,他们仍然鼾(hān)声如雷,怎么都叫不醒。大仙笑着说:"成仙的人怎么会睡得这么死,恐怕是有人捉弄了他们。"

他叫人拿水来,念动咒语,喷一口水在他们脸上,才解了睡魔。

清风、明月抹抹脸,发现师父回来了,吓得跪倒在地,磕头说:"师父啊,你说东土来的和尚是你的旧相识,他们明明是一伙凶狠的强盗啊!"

大仙笑道:"别着急,慢慢说。"

二人把事情经过详细说了一遍。大仙说:"没关系,我现在就把他们抓回来。"

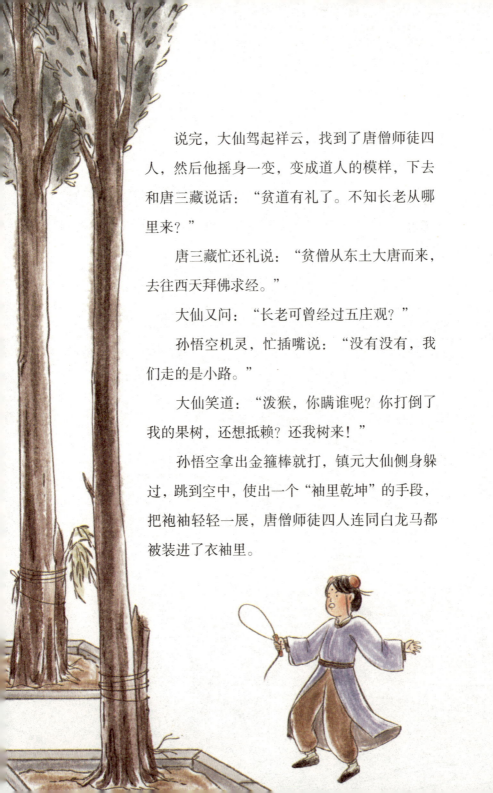

说完,大仙驾起祥云,找到了唐僧师徒四人,然后他摇身一变,变成道人的模样,下去和唐三藏说话:"贫道有礼了。不知长老从哪里来?"

唐三藏忙还礼说:"贫僧从东土大唐而来,去往西天拜佛求经。"

大仙又问:"长老可曾经过五庄观?"

孙悟空机灵,忙插嘴说:"没有没有,我们走的是小路。"

大仙笑道:"泼猴,你瞒谁呢?你打倒了我的果树,还想抵赖?还我树来!"

孙悟空拿出金箍棒就打,镇元大仙侧身躲过,跳到空中,使出一个"袖里乾坤"的手段,把袍袖轻轻一展,唐僧师徒四人连同白龙马都被装进了衣袖里。

大仙回到五庄观,把他们一人绑在一根柱子上,对弟子说:"拿我的龙皮七星鞭来,先打他们一顿,给我的人参果树出出气。"

小仙拿鞭子蘸了水,问:"师父,先打哪一个?"

大仙说:"唐三藏为师不尊,先打他。"

孙悟空知道师父不禁打,忙说:"您这话不对,偷果子的是我,打倒果树的也是我,怎么不打我,倒先打他?"

大仙笑道:"这泼猴倒也刚烈,那就先打他三十鞭。"

孙悟空怕他仙家法术厉害,看准他要打腿,就把腰一扭,把腿变作熟铁,任他去打。

大仙又吩咐说:"还该打三藏教训不严,放纵顽徒。"

孙悟空说:"先生又错了。偷果子时,我师父不知道。纵然有教训不严之罪,我做弟子的,也该替打。还是打我吧。"

大仙说:"这泼猴虽然奸猾,却也有些孝心,那就还打他吧。"

小仙又打了三十鞭,累得满头大汗,孙悟空却不疼不痒。这时天色已晚,镇元大仙吩咐明天再打。

等到观里的人都睡熟时,悟空把身子变小,挣脱了绳子,又去解开师父和两个师弟的绳子,找到马匹、行李,一起逃走。出了观门,孙悟空叫住猪八戒说:"师弟,你力气大,你去

砍四棵柳树来。"

于是猪八戒用嘴拱倒四棵树,抱到孙悟空跟前。孙悟空把四棵树绑在柱子上,念动咒语,把树变成师徒四人的模样。收拾妥当后,二人追上唐三藏,依旧是一夜马不停蹄地赶路。

第二天,镇元大仙吃过早饭,说:"这回该打唐三藏了。"

小仙抡起鞭子对"唐三藏"说:"师父让打你呢。"那树也应道:"打吧。"

小仙乒乒乓乓打了三十下,接着又打了"猪八戒"和"沙和尚",等打到"孙悟空"时,在路上的孙悟空打了个寒噤(jìn,因冷而哆嗦),暗道不好:"我以为他昨天打了两顿,今天不会再打了。虽是打化身,真身也不好受,我还是收了法吧。"他慌忙念咒收了化身。小仙一看四个人都变成了柳树,吓了一跳,赶紧向师父报告。

大仙冷笑道:"真不愧是大闹天宫的美猴王,果然有些本事。你走也就罢了,干吗弄些柳树来哄我。看我不捉你回来。"

大仙纵上云头,转眼就追上了唐僧师徒,孙悟空三人一起迎战,不到半个时辰,又被镇元大仙用袍袖笼回去了。

这次,大仙吩咐弟子把唐僧师徒牢牢捆住,又用布裹好,还抬上一口大锅,烧起柴火。他恶狠狠地说:"熬上一锅油,把孙悟空下锅炸了，给我的人参果树报仇！"

孙悟空笑嘻嘻地说："正好给老孙洗洗澡，去去痒。"他嘴上这么说，心里还是怕镇元大仙在油锅里做手脚。他四下一看，发现日晷^①台西边有个石狮子，于是他把狮子变成自己的模样，而真身跳到空中，看着那些道士。

不一会儿，油锅开了。四个小童来抬"孙悟空"，使了好大劲也抬不动，又来八个，也抬不动，再来四个，还是抬不动。他们说："这猴子小是小，倒也结实。"

最终二十个小仙才抬起"孙悟空"，往锅里一扔，砰的一声，溅出的油点子把小道士脸上烫出了好几个大包！

烧火的小童大喊："锅漏了，锅漏了！"话刚说完，油已经漏尽了。众人上前一看，发现油锅里原来是一只石狮子。

大仙十分生气："罢了，这猴头也拿不住，就炸了他师父，给人参果树报仇吧。"

孙悟空心想：师父可不禁炸呀，我还得救他。于是他落回地面说："我来下油锅了。"

镇元大仙上前扯住孙悟空说："我也知道你的本事，这

---

① 日晷（guǐ）：我国古代计时的天文仪器，由晷盘和晷针组成。"日"指"太阳"，"晷"表示"影子"，"日晷"的意思是"太阳的影子"。原理是根据晷针在阳光照射下在晷盘上投影的位置和长度来记录时辰或刻数。

回是你没理,你纵然有天大的本事,也别想逃走。就算是去西天见了佛祖,你也得还我的树。"

孙悟空笑着说:"想要树活,有什么难的?你早这样说,能省多少事!放了我师父,我还你一棵活树怎么样?"

大仙说:"你要是能救活我的树,我就和你结拜为兄弟。"

孙悟空说:"没问题,我保证把你的树救活。"

大仙叫人给唐三藏等人松了绑。唐三藏问:"悟空,你有什么办法?"

孙悟空说:"我去东洋大海,遍游三岛十洲,肯定能求到一个起死回生的良方。我三天就能回来。"

唐三藏说:"要是三天不回来,我可要念紧箍咒了。"

孙悟空嘱咐让小仙侍候好师父,就纵起筋斗云,快如闪电,疾如流星,先去了蓬莱仙境。白云洞外,寿星正在看福星和禄星下围棋。

孙悟空上前行礼,道出事情原委,三星说:"你这猴子,真是不知天高地厚。镇元大仙是地仙[1]之祖,我等才是神仙之宗,你虽然成了天仙,但辈分还低得很,你冒犯了他,怎么能逃得脱呀?那人参树是仙木之根,我们没法救活。"

---

[1] 地仙:《西游记》中,将神仙分成天、地、神、人、鬼五个等级,天神级别最高,以后逐级降低。镇元大仙是地仙,级别虽然没有天仙高,但他是地仙中修为最高的,所以法力要强于低级别的小天仙。

孙悟空听后愁眉紧锁,说:"我就是找遍天涯海角也不碍事,可是师父只给我三天时间,若不回去,他便要念那紧箍咒。"

三星答应孙悟空去五庄观拜访镇元大仙,帮他讲情,也帮他争取点时间,等他求得良方回来再离开。于是孙悟空又纵起云,到了方丈仙山。

迎面走来一个神仙,孙悟空认得是东华大帝君,便上前施礼。他说明来意,帝君说:"我倒是有一粒'九转太乙还丹',能医治世间生灵,却不能医树。若是一般的凡间果木,或许还有点希望,但人参果是天开地辟时生出的灵根,如何能治呀?没办法,没办法!"

孙悟空一看没戏,也不耽搁,急急告辞,一个跟头又翻到了瀛(yíng)洲海岛,见到瀛洲九老,又把求方医树的事说了一遍,九老也没办法。

孙悟空只好来到了落伽山,观音菩萨早派了守山大神来迎接他。

孙悟空定睛一看,那大神不正是黑风山那个黑熊精吗?黑熊精被观音收服后在这里修行,他客客气气地将孙悟空领到菩萨面前。

孙悟空拜见菩萨,说明来意,又说走遍三岛十洲,众神都没有良方。

菩萨笑着说:"你怎么不早来见我?"

孙悟空一听,心中大喜,想道:"造化了,菩萨肯定有办法!"

菩萨和孙悟空一起到了五庄观,众人忙出来迎接。菩萨来到花园,叫孙悟空伸开手,用杨柳枝蘸着瓶中甘露,在他手心里画了一道起死回生的符,让他把手伸到树根下。

孙悟空攥着拳头,小心翼翼地伸到树根下,不一会儿,树根下出现了一汪清泉。菩萨说:"拿玉器舀起水,扶起树,从头上浇下,自然树根复位,叶长果出。"

镇元大仙就命小童拿出二三十个茶杯、四五十个酒盅,舀出清泉。孙悟空、猪八戒、沙和尚一起扶起树,菩萨用杨柳枝蘸着泉水,洒在树上,口中念着咒。水洒完了,那树果然青枝绿叶,果实累累,一数,有二十三个。

大仙十分高兴,命小童摘下十个果子,开个人参果会。大仙、海上三星和菩萨各吃了一个,唐三藏知道这是仙家宝贝,不再害怕,也吃了一个,吃完果然脱胎换骨,神爽体健。孙悟空和两个师弟各吃了一个,观中众小仙分吃了一个。

镇元大仙和孙悟空不打不相识,误会解除后,一见如故,情投意合,结为好兄弟。镇元大仙一心想留他们多住一段时

间，无奈唐三藏取经心切，婉拒了镇元大仙的盛情挽留，他们和镇元大仙依依惜别，再次上路。

笑读西游

1. 孙悟空都向哪些神仙求过医树的方子？
2. 人参果树复活以后，上面有几个人参果？为什么是这个数字？

给孩子讲西游

1.《西游记》里的世界为什么是四大洲?

四个大洲的说法源自佛教,认为世界的中心是须弥山,周围被咸海环绕,海上有四个大洲,东边是东胜神洲、西边是西牛贺洲、南边是南赡部洲、北边是北俱芦洲。

四大洲不仅是佛教对人类世界生活区域的划分,同时也是等级划分,一个洲代表一个等级,东胜神洲的人等级最高,那里的人寿命最长,幸福指数最高。其他几个洲代表的等级依次降低。

2.压住孙悟空的山为什么叫五行山,而不叫五指山?

在《西游记》中,佛祖的五根手指变成金、木、水、火、土五座连在一起的大山,将孙悟空牢牢地压在山下。那山叫五行山,并不是五指山。

五行的说法出自道家。古人把宇宙中的万物分成五种属性,即金、木、水、火、土,相互之间相生相克。也就是说,如果事物性质相同或相近,就相互促进,如果性质相反,就会相互限制。孙悟空是宇宙中的一员,也在五行之中,所以也遵循五行学说,这就是他能被五行山压住的道理。

孙悟空在五行中属金,所以他饿了吃铁丸子,渴了喝铜水,这些金属性的饮食和悟空是相生的,都有利于悟空,这意味着如来佛祖并不是要消灭孙悟空,而是让他在五行山中反省、思过,等待唐三藏去解救他,带他一起修行。

3. 通关文牒是什么？

《西游记》中，唐三藏从长安出发西行时，唐太宗送给他一份通关文牒，后面师徒每到一个国家，都要倒换通关文牒，盖上国玺官印。通关文牒就是官府颁发给人们通过关卡时所需的官方文书，是一种通行证式的文书，相当于现在的护照和签证。

自汉代到明清，"通关文牒"曾被称为传、节、过所、公验、路证等，在清末被西方护照制度取代。

4. 袈裟、钵盂、禅杖都是什么家伙事儿？

袈裟出自梵语，指不正的颜色、坏色、赤色、染色，袈裟衣就是指颜色不正的衣服。

佛教戒律规定，出家人不能穿正色的衣服，只能穿混合颜色的衣服，以体现简朴。所以，"袈裟"就逐渐演变成佛教徒法衣的代名词。袈裟是用布条拼接而成的，上有长方形格子，所以也称为"百纳衣""福田衣"。

钵盂（bō yú）是古代佛教徒的必备法器，是出门化斋时用的饭碗，底平，口略小，形稍扁。

钵 盂

一般高僧圆寂之前，会把自己用的袈裟和钵盂传给得到自己真传的弟子，这就是成语"衣钵相传"的由来。

禅杖原指佛教徒坐禅欲睡时，用来使其惊醒的竹杖。后泛指僧人用的手杖。锡杖起源于天竺的僧人。当僧人出门化缘时，为避免敲门惊扰到主人而招人讨厌，便制作锡杖，在杖头装上铁环，摇动铁环，发出声响，便起到敲门通报的作用。所以，锡杖也叫声杖。

《西游记》中，唐三藏从长安出发时，观音菩萨送他锦襕袈裟和九环锡杖，唐太宗李世民送他一个紫金钵盂。

5. 流沙河在哪里？

流沙河的原型应当是流经新疆和静、和硕、焉耆（yān qí）等县的开都河，起源于天山，向东南注入博斯腾湖，全长 610 千米。博斯腾湖现在是国家 5A 级风景区。

流沙河是开都河位于焉耆县境内的一段。

《大唐西域记》记载，公元 630 年，唐僧取经路过开都河，因水大草深，无法通行，于是从焉耆绕道铁门关，整整走了七天七夜。

6. 盘古开天辟地

盘古开天辟地是中国古代神话。传说很久以前，天和地还没有分开，宇宙混沌一片。有个叫盘古的巨人，在这混沌之中，一直睡了一万八千年。

有一天，盘古突然醒了。他见周围一片漆黑，就抡起大斧头，朝眼前的黑暗猛劈过去。只听一声巨响，混沌一片的东西渐渐分开了。轻而清的东西，缓缓上升，变成了天；重而浊的东西，慢慢下

降,变成了地。

天地分开以后,盘古怕它们还会合在一起,就头顶着天,用脚使劲蹬着地。天每天升高一丈,盘古也跟着越长越高。这样不知过多少年,天和地逐渐成形了,盘古也累倒了。

盘古倒下后,他的双眼变成了太阳和月亮;四肢,变成了大地上的东、西、南、北四极;肌肤,变成了辽阔的大地;血液,变成了奔流不息的江河;汗,变成了滋润万物的雨露;声音,化作了隆隆的雷声;呼出的气息,变成了四季的风和飘动的云。

7. 南柯一梦

出自唐代李公佐的传奇小说《南柯太守传》。

唐朝末年有一个叫淳于棼(fén)的人,家住广陵郡(今江苏扬州),他家院子里有一棵根深叶茂的大槐树,盛夏之夜,晚风习习,树影婆娑,树下是一个乘凉的好地方。

淳于棼生日那天,亲友都来祝贺,他一时高兴,就多喝了几杯。夜晚,等亲朋好友都散了,他也带着浓浓的醉意,在槐树下睡着了。

睡梦中,他到了大槐安国,正赶上京城会试,他便报名一试,没想到高中状元。皇帝见淳于棼一表人才,十分欣赏,便把公主许配给他,就这样,状元公成了驸马郎,一时传为京城的美谈。

婚后的淳于棼幸福美满。皇帝希望他能施展才华,建功立业,便派他去南柯郡任太守。到任后,淳于棼心系百姓,勤勉刻苦,把南柯郡治理得井然有序,百姓都过上了好日子。皇帝想把淳于棼调回京城升官,但当地百姓听说太守要离任,纷纷拦住马头,极力挽留。淳于棼被百姓的真诚打动,只好留了下来,在南柯郡一待就是二十年。皇帝欣赏淳于棼的政绩，赏赐了他很多金银珠宝。

有一年，敌兵入侵，大槐安国的军队溃不成军。败报传到京城，皇帝大为震惊，急忙召集文武大臣商议对策。大臣们听说敌兵凶猛异常，前线将士连连败退，一个个吓得面如土色，你看我，我看你，都束手无策。

皇帝气愤地说："你们平日养尊处优，享尽荣华，朝中一旦有事，你们都成了没嘴的葫芦，一句话都不说，要你们有何用？"

宰相向皇帝推荐了淳于棼。皇帝立即下令，让淳于棼统率全军，与敌军决战。

可是，淳于棼对兵法一无所知，与敌军刚一交战，立刻一败涂地，手下兵马被杀得丢盔弃甲，东逃西散，淳于棼自己也差点被俘。皇帝震怒，免掉了淳于棼的一切职务，将他遣送回家。

淳于棼羞愤难当，大叫一声，从梦中惊醒，只见月上枝头，繁星闪烁。这时他才意识到，一切不过是一场梦。所谓的大槐安国就是大槐树下的蚁穴，南柯郡就是大槐树的一根树枝。

后来用"南柯一梦"泛指一场梦，或比喻一场空欢喜。

写给孩子的西游记

战妖斗魔

原著 (明) 吴承恩
改写 刘莎

化学工业出版社
·北京·

图书在版编目（CIP）数据

写给孩子的西游记. 战妖斗魔 /（明）吴承恩原著；刘莎改写. —北京：化学工业出版社，2021.5
ISBN 978-7-122-38559-8

Ⅰ.①写… Ⅱ.①吴…②刘… Ⅲ.①章回小说-中国-明代 Ⅳ.①I242.4

中国版本图书馆CIP数据核字（2021）第029878号

出 品 人：李岩松　　　　　策划编辑：笪许燕
责任编辑：笪许燕　汪元元　营销编辑：龚 娟　郑 芳
责任校对：宋 玮　　　　　装帧设计：王 婧

出版发行：化学工业出版社（北京市东城区青年湖南街13号
　　　　　邮政编码100011）
印　　装：凯德印刷（天津）有限公司
880mm×1230mm 1/32 印张5 字数79千字
2021年5月北京第1版第1次印刷

购书咨询：010-64518888　　　　售后服务：010-64518899
网　　址：http://www.cip.com.cn
凡购买本书，如有缺损质量问题，本社销售中心负责调换。

定　价：90.00元（全3册）　　　　　　版权所有　违者必究

前　言

　　《西游记》是中国古典神魔小说的代表作，也是妇孺皆知的"四大名著"之一。自从1986年改编的电视剧《西游记》在央视首播，师徒四人西行取经的故事就成为几代人的童年记忆，神通广大的孙悟空更是成为孩子心目中的大英雄。

　　电视剧只在固定时段播出，为了获知更多剧情，小时候的我从亲戚家借来了《西游记》原著。可是半文半白的语言，对于刚上小学的我来说，实在是太难懂了，我只好去读《西游记》连环画。长大后，中学课业繁忙，我一直没时间读完《西游记》的全本原著。

　　没想到，我和《西游记》的缘分并没结束。大学毕业时，我选择"影视文学"作为毕业论文的方向，想探讨影视作品对文学原著的改编及流变。搜集资料后我发现，能够承载这一命题的恰恰是吴承恩的这部奇书。早在央视版电视剧之前，上海美术电影制片厂的《大闹天宫》就在国际上斩获多个奖项，深刻影响了亚洲动画产业；

香港邵氏电影公司拍的《西游记》系列电影,为邵氏的壮大奠定了基础。当年我还不知道,2015年上映的《大圣归来》会看哭无数喜爱国漫的"大朋友",《西游记》将会成为大"IP",源源不断地为创作者提供灵感。

《西游记》确实是部常看常新的巨著。影视化只是它走向大众、彰显魅力的一种形式,想要更深入地感受它的文学魅力,还要回归原典,读原著。

然而原著是根据宋元话本和戏曲创作的,呈现出的古代说书的讲述方法,略显冗余,半文半白的语言又比较难懂。所以我想为孩子们改写一部适合他们阅读的,既精彩又精炼的《西游记》。

原著共有100回,有的故事一回就讲完,有的故事跨了好几回,还有的故事细说佛法,不具备戏剧性。我细细品味、推敲原著的布局谋篇和生动细节,在改写时,重新梳理情节,将平淡的"转场"故事一带而过,集中笔墨展现那些耳熟能详的故事,交代清楚来龙去脉。

公元7世纪初,唐朝和尚玄奘西去天竺取经,一来一去耗时整整19年。他口述西行见闻,著成《大唐西域记》12卷,虽然这是一套西域百科全书,但他的弟子似乎对师父一路上经历了哪些磨难,是否

遇到妖魔，又是如何借助神力逢凶化吉的故事更感兴趣。自此，唐僧取经的神话故事在民间流传，至明代吴承恩著书时，已经流传了900多年。什么样的故事能让一代又一代说书人津津乐道？必然是那些具有极强戏剧张力的情节、生动幽默的语言和鲜活有趣的人物的故事。

于是在改写时，我尽力保留和还原原著的幽默对话。小读者将看到嬉笑怒骂的孙悟空、"奸懒馋滑"的猪八戒和花样"作死"的各路妖魔。吴承恩创作《西游记》，不是为了塑造完美无缺的英雄形象，也无意展现安居乐业的太平盛世，研究者分析，他将孙悟空当作人心的幻象来刻画，因此常用"心猿"来代指孙悟空。吴承恩用佛教故事的外壳，来表达"明心见性"的哲学思想，孙悟空的一生遭遇，寓意着一个人修心、认识自己的过程。所以，小读者不要惊讶原著中的孙悟空为什么和电视剧、动画片里的不太一样。原著中的人物都是既有优点也有缺点，和我们普通人一样，一点点历练，一步步成长的啊。

希望这部改写的作品，能让小读者走近原著，感受到阅读的乐趣，成为《西游记》的小"粉丝"，那我这个忠实粉丝就非常欣慰、非常开心啦。

开卷有益，欲知内容如何，就翻过这一页开始读吧。

目录

14. 三打白骨精 / 001

15. 路遇黄袍怪 / 011

16. 猪八戒义激猴王 / 023

17. 金角大王和银角大王 / 036

18. 装天的葫芦 / 047

19. 者行孙和行者孙 / 056

20. 乌鸡国 / 068

21. 收服红孩儿 / 081

22. 三清殿戏三仙 / 095

23. 车迟国斗法 / 106

24. 三仙现原形 / 116

25. 献祭灵感大王 / 127

26. 通天河战鱼精 / 138

给孩子讲西游 / 149

14 三打白骨精

　　白骨精想吃唐僧肉,三次变成人去迷惑唐三藏,都被孙悟空识破。唐三藏却误会孙悟空打死好人,念起了紧箍咒,把孙悟空赶回花果山。没了孙悟空,唐三藏接下来的旅程会怎样?

唐僧师徒走到一座高山中。走着走着,唐三藏忽然觉得太阳暗淡了一点,阴森森的,他有点害怕。孙悟空挥舞着金箍棒,大吼一声,吓得狼虫虎豹四散奔逃。唐三藏这才放心往前走,过了一会,他觉得有点饿了,就让孙悟空去化些斋饭来吃。

孙悟空一纵身,跳入云端,手搭凉棚,四处观看,发现正南方的山上有一片鲜红的点子。孙悟空非常高兴,回报师父:"师父,南山上有熟透的山桃,我去摘几个来。"

山高必有怪,冷峻(jùn)必生精。这高山里果然有妖精,孙悟空刚走,山中的妖精就现身了。她看到唐三藏,不胜欢喜,心想:真是造化!大家都说东土来的和尚是金蝉子转世,十世修行的原体,吃他一块肉就可以长生不老。今天倒被我遇上了。

妖精想去抓唐三藏,但又害怕他身旁的猪八戒和沙和尚。于是她在山坳里摇身一变,变成一名眉清目秀的女子,步履(lǚ)款款地向唐三藏走来。

唐三藏看见了,让猪八戒先去看看怎么回事。八戒见女子俊俏妩媚(wǔ mèi),被迷得神魂颠倒,根本认不出她是妖精。他上去套近乎:"女菩萨,你手里拿的是什么?"

妖精左手提着青砂罐，右手拿着绿瓷瓶，娇滴滴地说道："长老，我这青砂罐里是香米饭，绿瓷瓶里是炒面筋，我是来还愿、给过路的僧人提供斋饭的。"

八戒一听有饭吃，一溜烟地跑回去报告师父。唐三藏站起身来，双手合十问道："女菩萨，你是什么地方的人，为什么要给僧人提供斋饭？"

妖精说："师父，这山叫白虎岭，我家就住在西面。我父母乐善好施，经常给过路的僧人提供斋饭。我丈夫在山北锄田，我本是去给他送饭的，看到三位长老在此，我便过来了，愿意将饭菜送给各位长老，请不要嫌弃。"

唐三藏说："善哉，善哉！我的徒弟去摘果子了，很快就回来，我不能吃你的饭。你丈夫要是知道了，一定会责怪你的。"

妖精好言相劝，唐三藏就是不肯吃。这可把猪八戒急坏了。他嚷嚷道："现成的饭不吃，偏要等那猴子来！"说着就一嘴拱倒了罐子，张口要吃。

正巧孙悟空拿着桃子回来了。他睁圆火眼金睛，一下就认出眼前的女子是妖精变的。他举起金箍棒要打，唐三藏慌忙拦住："悟空，你干什么，不要伤了好人！"

悟空生气地说："这个女子是妖精，你别上她的当！"

唐三藏也生气了:"你不要乱说话,女菩萨好心给我们斋饭,怎么会是妖精?"

悟空说:"师父是不是看她长得漂亮,动了凡心,就把她当好人了?"

唐三藏羞得满脸通红,说不出话来。悟空瞅准机会,举棒朝妖精打去。妖精早有防备,使了一招解尸法,留下一具假尸首,真身化作一缕烟不见了。

唐三藏战战兢兢:"悟空,你太过分了,无故伤人性命!"

悟空说:"师父,你来看看罐子里是什么东西。"

唐三藏等人凑过来一看,那青砂罐和绿瓷瓶里,哪有什么香米饭和炒面筋,只有青蛙、癞蛤蟆和虫子。

唐三藏有三分信悟空的话了,八戒却因为到嘴的饭没了,气不打一处来:"这个女子怎么就是妖精了?大师兄手重把人打死了,是怕师父你念紧箍咒,才故意使障眼法,把好端端的饭菜变成这些东西的。"

唐三藏一听,觉得有理,便念起了紧箍咒,孙悟空慌忙求饶,保证不再伤人性命,唐三藏这才停下来。

妖精侥幸逃脱,暗恨道:都怪这个毛脸和尚毁了我的计划。我绝不能饶了他们。

于是她摇身一变,又变成一位八十多岁的老妇人,手拄一根拐杖,一步一哭地走了过来。

猪八戒惊道:"师父,不好了,那女子的妈妈来寻人了!"

孙悟空说:"那女子不过十八岁,这老婆婆看起来有八十多岁,怎么可能是她的妈妈?让老孙去看看。"

孙悟空走到近前,认出老婆婆是妖精变的,话不多说,举棒就打。那妖精反应挺快,一见金箍棒,又留下一具假尸首,自己化成青烟逃走了。

唐三藏肉眼凡胎,自然看不到这些。他见悟空一面立下保证书,一面又去伤人,气得足足念了二十遍紧箍咒,那金箍深深地陷了进去,把悟空的头勒得像个葫芦。悟空疼痛难忍,一个劲儿求饶。

三藏说:"你无心向善,有意作恶,我不要你做徒弟,你走吧!"

悟空说:"师父既然让我走,那烦请师父念个松箍咒,把我头上的箍摘下来吧。"

三藏说:"菩萨只教我紧箍咒,可没教我松箍咒。"

悟空恳求说:"如果没有松箍咒,那师父还是带我一起上路吧。"

唐三藏无奈:"你起来吧,我再饶你这一次,万万不可再行凶了。"悟空再三保证:"再也不敢了,再也不敢了。"说完扶师父上马,继续赶路。

妖精在半空中看到他们要离开,恨恨地想:过了这座山,就不是我的地盘了。要是其他妖魔抓了唐三藏,该笑话我没能耐了。决不能放他们走。

于是妖精再生一计,变成一位白发苍苍、慈眉善目的老公公,拄着龙头拐杖,身穿鹤氅①一边转动佛珠,一边念着"南无阿弥陀佛"。

唐三藏见了满心欢喜。八戒却说:"师父,我看这个老汉是个祸根。他肯定是来寻找女儿和老伴的。自古杀人偿命,师父,他肯定会找你算账的。"

悟空连忙阻止八戒:"呆子,别在这儿胡说八道,吓唬师父。我去瞧瞧。"

孙悟空迎上前去,问道:"这位老人家,你怎么一边赶路一边念经?"

妖精说:"我女儿去田里送饭,到现在也没回家。我的老伴去找她,也没回来。想必她们都被害了性命,我是来寻找她们的尸骨回去安葬的。"

孙悟空笑道:"妖精你还演戏!你能骗过其他人,却骗不了我!我认得你!"

悟空又拿出金箍棒,不过这次他有些犹豫:不打妖精吧,让他把师父抓了,我还得费心劳力地救师父;打这个妖精吧,师父又要念紧箍咒,我可真吃不消了。

---

① 鹤氅(hè chǎng):用鸟的羽毛制成的外套,也泛指一般的外套。陆游《八月九日晚赋》:"薄晚悠然下草堂,纶巾鹤氅弄秋光。"

想到这里，悟空念动咒语，把土地公和山神唤了出来，悟空说："这妖怪几次三番来戏弄我师父，这次我一定要将他拿下，你们都在云端帮我看住他，别让他逃了。"

悟空举棒打妖精，妖精又想化出元神逃走，可是众目睽睽（kuí，注视），她无处可逃，终于魂飞魄散，现出原形：原来是一具白骨，脊梁上写着"白骨夫人"四字。

悟空带唐三藏去看妖精的本相，猪八戒却说："师父，他又把人打死了，怕你念咒，才使障眼法把人变成这副模样。"

唐三藏耳根真软，又信了八戒，念起紧箍咒，要赶孙悟空走。悟空疼得直打滚，委屈地说："师父，那明明就是妖怪，她屡次要害你，我才将她打死。你为什么不信我，只听那呆子挑拨离间？我走容易，只怕没有人能保护你去西天取经了！"

见悟空不肯走，唐三藏让沙和尚从包袱里取出纸笔，写了一封贬书，递给孙悟空："拿着这个，你再也不是我的徒弟了！"

孙悟空收了贬书，说道："师父，请受我一拜，我才去得安心。"

唐三藏不肯受他拜恩，悟空只好拔下毫毛，变出三个分身，四面围住唐三藏下拜。

拜完后，孙悟空嘱咐沙和尚："路上小心，如果有妖怪拿了师父，就提我老孙的名字。"

唐三藏还是很生气："我是个好和尚，不提你这坏人的名字。你快走吧。"

孙悟空见自己三番四次服软求饶，唐三藏都不肯原谅自己，只好忍气吞声，含着眼泪，驾起筋斗云，回花果山去了。

笑读西游

1. 白骨精为了吃掉唐三藏变化了几次？都变成什么了？
2. 为什么大家都说吃唐僧肉可以长生不老？

15 路遇黄袍怪

唐三藏赶走孙悟空后,误闯进黄袍怪的洞府,被妖怪捉住了。猪八戒和沙和尚斗不过妖精,该怎么办呢?

东洋大海边,烟波浩荡,潮来汹涌。巨浪滚滚,仿佛卷起了千年的积雪;风声呼啸,盛夏六月却生出了萧瑟(xiāo sè,形容冷落,凄凉)的秋意。

孙悟空望着熟悉又陌生的大海,不禁感叹:"这一别,已经五百多年了!"

他纵身一跃,跨过东洋大海,来到花果山。本以为会受到猴子猴孙们的热烈欢迎,没想到花果山上冷冷清清,不见猴子踪影。只见山峰倒塌(tā)、林木焦枯,溪涧干涸(hé),一片衰败景象。

孙悟空顿时觉得凄凉,正黯(àn)然神伤,这时草丛中跳出七八个小猴,拥上前磕头,高叫:"大圣爷爷,您终于回来了!"

"你们怎么不出来玩耍?我来了好久了,怎么一只猴子都没看见?我花果山原有四万七千多只猴子,如今都哪儿去了?"

"自从您被抓到天宫去,花果山就被二郎神一把火给烧了。我们没有食物,损伤大半。后来猎人又进山打猎,掳(lǔ)走了很多猴子。这些猎人实在凶狠,有硬弩(nǔ)强弓、黄鹰猎犬,还有各种陷阱,里面放着尖枪倒钩。白天我们是不敢出门了,都躲在洞穴里,只有晚上才敢偷偷出来找点东西吃。"猴子们流着眼泪说道。

孙悟空听了大怒,他卷起一阵狂风,把进山的一千多个猎人都吹跑了,然后把原来的旗子收集起来,打出"重修花果山,复整水帘洞,齐天大圣"的旗号。他又去四海龙王那里,要了些甘霖仙水,把花果山洗得一片青翠葱茏,再种上榆柳松楠、桃李枣梅,渐渐地,花果山恢复了往日的生机。孙悟空在花果山又过上了逍遥自在的日子。

唐三藏、猪八戒、沙和尚三人继续向西走。过了白虎岭,来到一片松林。唐三藏说:"八戒,我有些饿了,你去化些斋饭吧。"

猪八戒往西走了十多里,也见不到一户人家。他想:猴子在的时候,师父要什么有什么。如今猴子不在了,我才知道什么叫"当家才知柴米贵,养儿方知父母恩"啊。他又想道:我要是现在回去了,师父肯定不信我走了这么远。不如我再多待几个时辰,也好回话。想着想着,他居然一头拱进草丛中,呼呼地睡起大觉来。

唐三藏等了好长时间也不见猪八戒回来,就让沙和尚去找他。沙和尚走了以后,唐三藏一个人待在树林里觉得很无聊,就想散散步解闷。他一路看着闲花野草,不知不觉就迷路了。

走着走着,唐三藏突然看见一座金顶放光的宝塔。他非常高兴,想进庙烧几炷香,就走到塔下,揭开门帘走进去。他猛一抬头,发现石床上睡着一个妖魔!那妖魔青面獠(liáo)牙,大嘴两边是乱蓬蓬的毛,两个拳头像化斋的钵盂一般大,两只蓝色的大脚像木桩一般。妖怪身上斜披着淡黄色的袍子,身旁还放着一把闪闪发光的大刀。

唐三藏吓得浑身发软,急忙往外跑。然而妖魔已经惊醒了,他吩咐小妖:"把那个和尚抓起来,我重重有赏!"

小妖一拥而上,把唐三藏捉住,抬到妖魔面前。

妖魔一看唐三藏圆头大脸,两耳垂肩,细皮嫩肉的,不由得心头暗喜。他问清楚唐三藏的来历,笑道:"和尚,你是一个人去西天吗?"

唐三藏老老实实地回答说还

有两个徒弟。妖魔说:"好,连徒弟算上白马,一共四个,够吃一顿了!"他吩咐小妖关上前门,等猪八戒和沙和尚来寻找师父,自动送上门来。

沙和尚找到了还在呼呼大睡的猪八戒,揪着他的大耳朵把他叫醒。他们回到树林中,发现师父不见了,一路寻找,也来到宝塔下,发现门上写着"碗子山波月洞"。

沙和尚认出这是妖精的洞府,猪八戒不怕,高声叫门。妖魔穿好铠甲,拿着武器出来要捉他们。

猪八戒和沙和尚一起上阵,使尽浑身解数,战了三十个回合也不能取胜。这时唐三藏被捆在柱子上,吓得哭哭啼啼。忽然一个妇人走过来,问道:"你是哪里来的和尚?怎么被关在这里?"

唐三藏说:"女菩萨,我无意中走进你家,要吃便吃吧,还问这个做什么?"

妇人说:"我不吃人。西边三百多里有个宝象国,我本是宝象国的三公主,十三年前中秋月明时被妖怪捉来,才与他做了夫妻。长老别怕,我能救你。你取经会路过宝象国,还盼你带封信给我父母。"

唐三藏慌忙点头答应。公

主写了一封家书,悄悄交给唐三藏,然后把他解了,让他从后门逃走。公主走出前门,只听到叮叮当当的声音从半空飘来,原来猪八戒和沙和尚还在和妖怪拼杀呢。公主高声叫道:"黄袍郎!"

妖魔听到公主呼唤,立刻撇下猪八戒和沙和尚,来到公主面前。公主说:"我原来许过一个愿,希望能找到一个如意郎君,如果愿望实现了,就会给僧人布施还愿。刚才我睡了一觉,梦中有个金甲神人,向我讨还誓愿。我一下子惊醒了,便来找郎君。刚才我发现洞里捆着一个和尚。希望郎君看在我的份上,把他放了吧,权当给我还愿了。"

黄袍怪说:"既然夫人发话了,放了他就是。"

于是黄袍怪扭头对猪八戒说:"我不是怕你们,今天看在我夫人的份上,我饶了你们,快走吧。要是你们再敢踏进我的地盘,决不轻饶。"

猪八戒和沙和尚赶紧牵马挑担,到后门找到师父,落荒而逃。

等他们到了宝象国,唐三藏请求面见国王,把公主的家信交给了他。

国王读完信,痛哭流涕,问道:"谁能带兵除妖,救我百花公主？"一连问了好几遍，文武官员面面相觑（qù，看，瞧）没有一个人敢站出来。过了一会儿，大臣们提议："臣等都是凡人，如何打得过妖怪？这个长老从大唐一路走来，一定有些降妖的本事，不如请他去吧。"

唐三藏说："贫僧不会降妖，一路都靠两个徒弟保护。他们确实能逢山开路，遇水搭桥。"

国王便传旨叫猪八戒和沙和尚上殿。虽然唐三藏做了铺垫，说徒弟样貌丑陋，国王还是被吓得不轻。

国王问："哪位长老会降妖？"

猪八戒抢先说道："我乃天庭的天蓬元帅，因犯了天条才下凡，现在做了和尚。第一会降妖的自然是我。"

国王说："既然是天将下凡，必然懂得变化。"

猪八戒说："你出个题目吧。"

"变一个大的吧。"

猪八戒念动咒语，叫一声"长"，立刻变成八九丈高的巨人，吓得文武百官心惊胆战。

有将军问道："长老，变大有极限吗？"

猪八戒夸口说："这要看风从哪个方向来，要是刮起南风，我能把青天拱出个大窟窿！"

国王非常高兴，赐给猪八戒御酒。八戒喝了酒，立刻驾

云去降妖了。

沙和尚对师父说:"我们两个勉强和黄袍怪战成平手,现在二师兄独自去,恐怕打不过,我去帮帮他吧。"于是沙和尚追上猪八戒,二人一起来到波月洞。

猪八戒挥起钉耙往门上用力一砸(zá),把门打了个大窟窿,吓得守门的小妖赶紧去通报。

黄袍怪拿了兵器出来,大喝一声:"臭和尚,我饶了你师父,你们怎么又来了?"

猪八戒说:"你把宝象国的公主骗来洞里,霸占为妻,我奉国王旨意,特来捉你。你趁早把自己绑了,免得老猪动手。"

黄袍怪气愤不已,举刀就砍,猪八戒和沙和尚一起迎战。只打了八九个回合,猪八戒便招架不住了,他对沙和尚说:"你先和他斗着,老猪要上厕所。"说完他竟然一转身,钻进草丛里,躲了起来。

黄袍怪见猪八戒跑了,就奔着沙和尚打来,可怜沙和尚措手不及,被妖怪抓进洞里去了。

妖怪回到洞中,暗自盘算:唐三藏是上邦大国来的,必然懂得礼义,我已饶了他的性命,他不可能又叫徒弟来抓我。想必是公主送信回国,走了风声。

妖怪来到公主房中怒骂,公主吓得跪倒在地,却不承认

自己送过信。妖怪揪着公主的头发,去和沙和尚对峙(zhì),沙和尚见妖怪凶狠,要杀公主,心里不忍,就说道:"我们来讨公主,只因宝象国国王提起他失踪的女儿。我师父见过画像,说似乎在洞里见过,国王才叫我们来提你。你要杀就杀我,不要冤枉好人!"

妖怪信了沙和尚的话,赶紧扔了刀,向公主赔罪。他换了身新衣服,对公主说:"夫人,你在家喝酒,好好看着两个孩子,不要放了沙和尚,我去宝象国认认亲。"

公主劝他:"你还是不去的好。你长得丑陋,不要吓着

我父王。"

"那我变个俊俏模样去。"妖怪说完，变成一个相貌英俊、风度翩翩（piān）的年轻男子，纵身上了云头，直奔宝象国。

到了宝象国，妖怪自称三驸马，请求面见国王。见到国王后，他花言巧语地说："臣十三年前外出打猎，遇到一只斑斓猛虎，身上驮着一个女子。臣一箭射中老虎，救了那女子，她没说自己是公主。臣要是知道她的真实身份，怎敢擅（shàn）自与她结为夫妻？我们情投意合，还生了两个孩子。我本想杀了老虎，但公主心善，让我把老虎放了。没想到，它在山中修炼成精，专门害人。臣听说有几个唐朝的僧人路过，都被老虎害了。料想它可能会拿着通关文牒，变成唐三藏的模样，来朝中哄骗陛下。"

说着说着，他突然一指唐三藏："陛下，请你看清楚，坐在你身旁的便是十三年前驮公主的猛虎，不是真正的取经人！"

国王看妖怪相貌堂堂，气宇轩昂，对他颇有好感，就将信将疑地问道："驸马，你怎么认得这和尚是猛虎？"

妖怪说："臣住在山中，吃的是老虎，穿的是老虎，与它们朝夕相处，怎么会不认识？"

国王说："你既然认得，就让他现出本相来。"

　　妖怪使了一招"黑眼定身法",他借了一碗水,念了咒语,吸起一口水朝唐三藏喷去,叫声"变",唐三藏顿时变成一只斑斓猛虎,爪牙锋利,面目狰狞(zhēng níng,面目凶恶),吓得国王魂飞魄散。

　　几个大胆的武将费了半天劲,才把老虎活捉了,关进铁笼子里。国王得到女儿的消息,又得了个满意的驸马,十分高兴,于是立刻传旨,大摆宴席,感谢驸马救驾之功。

笑读西游

1. 孙悟空重回花果山时,见到的为什么是一片衰败景象?
2. 黄袍怪的夫人是哪个国家的公主?叫什么?

16 猪八戒义激猴王

孙悟空被赶走了,沙和尚和猪八戒也没有消息。白龙马听说师父被变成老虎,十分危险,一着急就变回龙的模样和黄袍怪打起来,却又打不过。如何才能请回孙悟空帮忙呢?

宝象国的国王看着黄袍怪变成的驸马实在喜欢,就把他请进大殿里,安排他坐了上席,又选了十八个宫女吹弹歌舞,陪着他饮酒作乐。妖怪喝多了,大笑一声,突然现出本相,抓过一个弹琵琶的宫女就吞进肚子,其他宫女吓得四散逃命,东躲西藏,不敢出声。

妖怪没人管束,在宫里胡作非为,把宫里糟蹋得不像样子。外面的百姓也不知情,还在传唐三藏是个老虎精,传来传去,这些话被馆驿(yì)里的白龙马听到了。他想:"我师父是个好人,肯定是妖怪使了法术害了师父。大师兄不在,八戒、沙和尚也没有消息,这可怎么办?"

等到夜深人静的时候,白龙马挣脱缰绳,变回龙的模样,腾云驾雾,去救唐三藏。小白龙在半空中看到妖怪还在里面胡吃海塞,笑道:"这妖怪真没出息,这么快就露出了马脚。我先耍耍他,再救师父不迟。"

于是小白龙摇身一变,变成一个体态轻盈、面容姣(jiāo,美好)好的宫女,进入殿里,给妖怪斟酒。

妖怪问"宫女"会不会跳舞,"宫女"说:"略会一些,只是空着手,舞得不好看。"妖怪就把自己的刀解下来给她。

"宫女"拿着刀,在妖怪面前上上下下、左左右右舞了一通,趁妖怪看得发呆时,朝他一刀劈去。妖怪侧身躲过,

战妖斗魔

随手抄起一个熟铁打造的满堂红①,与小白龙打斗起来。

小白龙现出本相,两个在空中打斗。八九个回合后,小白龙体力不支,把刀扔向妖怪,妖怪接住刀,把满堂红砸向小白龙。

小白龙被击中后腿,慌忙躲进御水河里。妖怪找不到他,依旧回去喝酒。小白龙在水底待了半个时辰,直到听不见声音,才带着伤回到驿馆。

猪八戒在草丛中睡到半夜才醒。他想:我一个人单枪匹马,救不了沙和尚,不如先回去找师父,让国王再派些人手。

他回到馆驿,却怎么也找不见师父,看到白龙马浑身是水,后腿有伤。猪八戒大惊,说:"这是怎么回事?想必是歹人打劫师父,把马打坏了。"

---

① 满堂红:古代的一种灯台,下面是底座,上面是油灯。

白龙马突然开口说话:"师兄,你知道师父有难吗?"

猪八戒吓了一跳:"天哪,你怎么说话了!你要是说话了,一定是大难临头了!"

白龙马就把唐三藏被妖怪变作猛虎、自己和妖怪打斗的事说了一番,然后对猪八戒说:"二师兄,你快去把大师兄请回来,只有他能救师父。"

猪八戒不肯去:"我撺掇(cuān duo,在一旁鼓动某人做某事)师父念紧箍咒,害得他被赶走,他肯定恨死我了,怎么会跟我回来。再说他那金箍棒厉害着呢,要是被它打上几下,我可就活不成了。"

白马说:"不会的,大师兄是个有情有义的猴王,你先别说师父有难,只说师父想他,把他哄来。等他看到师父的遭遇,肯定会出手降妖,救出师父。"

猪八戒没办法,只好说:"既然你话都说到这个份儿上了,我若再不去就显得我太没良心了。我去试试吧,他要是来呢,我就跟他一起回来,他要是不来,我也就不回来了。"

他扛起钉耙,撑起两个大耳朵,顺风驾云来到了花果山。他老远就听见吵嚷声,仔细一看,原来是一千二百多只猴子在大呼"万岁!大圣爷爷!"

猪八戒心想:"这猴子好舒服,怪不得不做和尚了。我要是有这样一个山寨,我也不当和尚了。现在怎么办?好歹也得见他一面。"

猪八戒怕孙悟空打他,就藏在猴群中一起磕头。孙悟空坐得高,眼又尖,猪八戒那大脑袋哪里藏得住,他早就看见了缩头缩脑的猪八戒,大笑一声:"把那个混在猴群里乱拜的野人给我拿上来!"

话音刚落,小猴子们一窝蜂地把猪八戒抓了起来,按在地上。孙悟空假装不认识他,问道:"你是哪里来的野人?"

猪八戒低头说道:"大王,我不是野人,是熟人。"

孙悟空说:"我这手下的猴子,都长得差不多。就你这模样,还想蒙混过关?快老实交代。"

猪八戒气愤地说:"好歹做了几年兄弟,你这就翻脸不认人了。"

孙悟空笑道:"那你倒是把头抬起来啊。"

猪八戒心一横,把嘴往上一伸:"看吧!你不认得我,也应该认得我这张大长嘴吧!"

孙悟空再也忍不住了:"哈哈,原来是你这呆子呀。你不和唐三藏去取经,来这里干什么?莫不是唐三藏把你也赶走了?"

猪八戒赔着笑说:"师父想你了,让我找你回去。"

孙悟空说:"他那天对天发誓,还亲手写了贬书,怎么可能会想我!"

战妖斗魔

猪八戒接着说;"师父真的想你了,我不骗你。你走了以后,师父嫌我和沙师弟笨头笨脑,什么都干不好。不像你,问一答十。师父每天都在念叨你的好处,所以才让我来请你回去的。"

"咱们不聊这些了,你好不容易来一趟,走,我带你好好欣赏一下花果山的风景。"说完,孙悟空就拉着猪八戒一起去巡山。

他们一路到了山顶,猪八戒放眼望去,只见山上龙盘虎踞(jù,占据),山坳里流水潺潺,树林间日影摇动,花草树木郁郁葱葱,树上果实摇摇欲坠,真是一派祥和自在的好

景象，不愧是人间少有的洞天福地。猪八戒边看边赞叹，和孙悟空说说笑笑，走下了山。山路边早有小猴子捧着紫巍巍的葡萄、黄森森的枇杷（pí pa）、香喷喷的梨枣、红艳艳的杨梅等着他们享用。等猪八戒吃饱喝足，孙悟空说道："天色不早，我也不多留你了，就此别过。"

猪八戒愣住了，说："你不跟我回去呀？"

孙悟空说："我这里天不收地不管，自由自在，才不要回去做那寡淡无味的和尚。你去跟唐三藏说，既然赶我走了，就不要想我再回去了。"

猪八戒不知道说什么才好，估计他一时半会也不会回心转意，也不敢再多劝，只好告辞了。

孙悟空派了两个小猴子悄悄跟在猪八戒身后，听听他说什么。

猪八戒边走边骂："这个臭猴子，我好意请他，他竟然不来！不做和尚，非要做妖怪！"

小猴子回去报告孙悟空，孙悟空大怒，让手下把猪八戒抓回来。

孙悟空要打猪八戒二十大棒，猪八戒赶紧磕头求饶："哥哥，看在师父的面子上，饶了我吧！"

孙悟空不理他，猪八戒又说："不看师父，那就看在菩萨的面子上，饶了我吧！"

孙悟空一听菩萨，有些心软了，问道："你老实交代，唐三藏是不是又遇到什么麻烦，派你来哄我回去？"

猪八戒说："没什么麻烦，师父真是想你了。"

孙悟空骂道："讨打！我老孙身在水帘洞，心随取经僧。那唐三藏步步有难，处处有灾，你还不趁早告诉我！"

猪八戒这才说了实话。

孙悟空说："我临走时叮嘱过，再遇到妖魔，就说老孙是师父的大徒弟。你怎么不提我的名字？"

猪八戒一听，心想我不如使个激将法，就说："怎么没提呀！不说还好，一提起你，那妖怪就说要抽你的筋，扒你的皮，把你炸了吃呢。"

孙悟空听了，气得抓耳挠腮，上蹿下跳："妖精竟敢骂我，我非得把他拿住，碎尸万段不可！"他转身对猴子们说："小的们，这天上地下都晓得我孙悟空是唐僧的徒弟，我要继续保护他去西天取经。你们一定要守好花果山，等我功成回来，和你们共享天伦之乐。"

孙悟空和猪八戒一起来到波月洞。妖怪不在家，有两个小孩儿在洞外玩耍。孙悟空不管三七二十一，把两个孩子抓

了起来。孩子吓得连哭带嚷，惊动了公主。

公主急忙走出洞来，高叫道："那汉子，我又不曾得罪你，你为什么抓我儿子？他老子厉害，要是知道了，绝不会放过你！"

孙悟空说："我是唐三藏的大徒弟孙悟空。我师弟沙和尚在你洞里，你放他出来，我就还你的孩子。"

公主赶紧把沙和尚放了。孙悟空对猪八戒和沙和尚说："你们带着这两个孩子到宝象国，引那妖怪回来，我候在这里和他打斗，不要伤了城里的百姓。"然后孙悟空又去安抚公主，吩咐她躲起来，自己变作公主的模样等在洞中。

猪八戒和沙和尚照孙悟空说的，把孩子带进皇宫，说："这是黄袍怪的孩子，被我们抓来了！"

黄袍怪被惊醒了，怕猪八戒骗他，就赶回洞府查看。假公主号啕痛哭，说猪八戒劫走了沙和尚，抢走了孩子。

黄袍怪说："事已至此，我必须让那个和尚给我儿子偿命！夫人，你怎么样，哪里不舒服？"

假公主说："我觉得心口疼。"

黄袍怪说："没关系，我有个宝贝，在疼的地方抹一抹就好了。但你要仔细些，不要用大拇指弹，否则我就现出本相了。"

假公主心里窃笑：我还没用刑，你自己倒全招了！

黄袍怪从口中吐出宝贝，原来是一颗舍利子内丹。假公主接过宝贝，一口吞了下去。黄袍怪大惊，挥拳便打，被假公主拦住。

孙悟空现出本相，说："妖怪，看看我是谁！"

黄袍怪说："我看你有些眼熟，一时想不起姓名。你把公主藏哪儿了？还敢骗我的宝贝！我这里有百十来号帮手，你就是满身是手，也打不出门去。"

孙悟空叫声"变"，他立刻变作三头六臂，一路打过去，如入无人之境，把满洞的小妖打个精光。气得黄袍怪举宝刀来砍，他们在山顶上打了五六十个回合也不分胜负。

孙悟空卖了一个破绽，引黄袍怪攻击，趁他不注意，当头就是一棒。抽回金箍棒时，妖怪却不见了。

孙悟空想："妖怪说他认得我，应该是天上来的，待我去天上问问。"

他一个筋斗翻上南天门，找玉皇大帝，查点名录。原来这黄袍怪是奎星①私自下界，如今他脱离岗位十三天，在人间就是十三年。

玉帝派仙官收了黄袍怪，罚他去给太上老君烧火。孙悟

---

① 奎（kuí）星：二十八星宿之一。

空谢了玉帝,回到波月洞,将百花公主带回宝象国。国王父女团聚,对孙悟空感激不尽。

国王命人抬出铁笼,把老虎解了铁索。唐三藏被妖法困住,不能说话,可是心里明白。

孙悟空笑着说:"师父啊,你嫌我作恶,把我赶走,你倒是一心向善,怎么弄出这个恶模样?"

猪八戒劝说道:"哥哥,你不要再揭师父的短了,快救他吧。"

孙悟空说:"呆子,你总是撺掇师父针对我。你是他得意的好徒弟,你怎么不救他?我是来报妖怪骂我之仇的,现在收拾了妖怪,我该回去了。"

沙和尚一听,也赶紧跪下求情:"哥哥,不看僧面看佛面,你既然来了,就救师父一命吧。我们要是能救,也不会专门去请你呀。"

孙悟空逞(chěng)了口舌之快,发泄了心中的委屈,便扶起沙和尚,说:"取水来。"

猪八戒赶紧取出紫金钵盂,装了水递给孙悟空。

孙悟空念动真言,吸了一口水,喷在老虎身上,这才退了妖气。

唐三藏现了原身,看见孙悟空站在面前,一把拉住他说:

"悟空,你从哪儿来的?"

沙和尚就把孙悟空降妖救师父的事说了一番,唐三藏十分感动:"贤徒,多亏了你。你回来真是太好了,回到东土,你的功劳第一。"

孙悟空笑着说:"师父不念紧箍咒,我就谢天谢地了。"

唐三藏和孙悟空冰释前嫌,其乐融融。休息一晚上后,继续西行,求取真经。

笑读西游

1. 唐三藏被黄袍怪变成了什么?
2. 谁说服猪八戒去花果山请孙悟空救唐三藏的?

17

金角大王和银角大王

  平顶山上住着金角大王和银角大王,他们一心想吃唐僧肉,施展法术抓住了唐三藏、猪八戒和沙和尚。孙悟空被妖精的三座大山压住,他如何脱身,战胜妖怪,救出师父呢?

战妖斗魔

唐僧师徒四人离开宝象国,平平安安走了几个月,又到了鸟语花香的春天。

这一天,他们来到了一座巍峨险峻的高山。这山路可真是难走:山高得遮天蔽日,草深得寸步难行;处处是悬崖峭壁,一不小心就可能掉进万丈深渊。山上不见人的踪影,只有些野马、山羊时不时地在眼前窜来窜去。

唐三藏停下马,正进退两难的时候,看到一名樵夫在山坡上砍柴。樵夫一抬头,也看见了他们。他慌忙放下手中的斧头,冲师徒四人高叫:"众位长老,这座山里有一伙妖怪,十分凶狠,专吃你们这种过路人。"

唐三藏吓得魂飞魄散,坐都坐不住,赶紧让孙悟空上前问话。孙悟空问道:"大哥,请问这里的妖怪到底是什么来路?是老手还是新手?还请大哥告知,我好让土地山神把妖魔打发走。"

樵夫哈哈大笑说:"你真是个疯和尚!尽在这里说大话,你有什么本事能把妖魔打发走?这座山叫平顶山,山里的莲花洞中有两个妖魔,指名道姓要吃唐三藏。他们随身有五件宝贝,神通广大着呢,就算是擎天的玉柱①,架海的金梁,

---

① 擎天的玉柱:支撑天的柱子,比喻栋梁之材。此处形容妖怪的本领高强。

也抵挡不住。你们千万不要前去。"

孙悟空毫不畏惧:"要是天魔,就交给玉帝,要是土魔,就交到土府;西方的归佛,东方的归圣;是蛟(jiāo)精就交到海里,是小鬼就交给阎王。这天上、地下、海里,都有我的熟人。管他妖魔什么来头,我老孙都能收拾。"

说完,孙悟空回禀师父:"没什么大事,就是有几个妖精罢了。有我在,怕什么!继续往前走!"

他们继续向前走,发现樵夫不见了。孙悟空睁开火眼金睛,四处寻找,在云端发现了值日功曹①,这才明白樵夫是值日功曹变的,特意来提醒他们的。

孙悟空想让猪八戒先去探探妖精的虚实,就故意哭丧着脸,揉着眼睛回来。他唉声叹气地说道:"师父,刚才报信的是值日功曹。他说山高路险,妖魔又十分凶狠,咱们改日再去吧。"

唐三藏慌忙说:"路都走了一半了,现在为什么要后退?"

孙悟空说:"我当然会尽心,但是势单力薄,妖魔太多,恐怕难以战胜。"

唐三藏点点头:"兵书说寡不敌众。让八戒和沙和尚给

---

① 值日功曹:也叫四值功曹,道教所信奉的天庭中值年、值月、值日、值时的四位小神,相当于天界的值班神仙。他们的主要工作是考察记录功劳,掌管功劳簿。

你当帮手，随你调动，不就行了吗？"

孙悟空要的就是师父这句话。他擦擦眼泪说道："那八戒必须依我两件事。"

孙悟空让猪八戒自己选，是留下来伺候师父，还是去巡山。猪八戒觉得伺候师父太麻烦，就选择去巡山。他扛起钉耙，雄赳赳气昂昂地奔进深山去了。

孙悟空看猪八戒走了，忍不住冷笑。唐三藏骂道："你这泼猴，你撺掇他去巡山，又在这里笑话他！"

孙悟空说："八戒绝对不会好好去巡山的，也不敢去找妖怪，他肯定随便找个地方躲一会儿，回来编个谎话骗咱们。"

唐三藏说："你怎么知道？"

孙悟空说："师父要是不信，我就跟着他去看看。"

于是孙悟空变成一只知了，追上猪八戒，落在他耳朵后面。猪八戒走了七八里路，果然把钉耙一扔，回头指手画脚地骂道："你们都自在舒服，偏叫我来巡山，有妖怪我还不躲着，傻子才去找他们！我不如找个地方睡上一觉，睡醒了回去交差。"

一不做，二不休，猪八戒找到一处草坡，钻了进去，用钉耙弄出个平坦的地方，躺下伸了伸懒腰，说道："真快活！就是那弼马温也没有我这么自在。"

孙悟空一看，忍不住变成一只啄木鸟，照着猪八戒的嘴就啄了一下。八戒跳起来，捂着嘴乱嚷："有妖怪，有妖怪！戳了我一枪，嘴好疼啊！"

他发现只是一只啄木鸟，就又躺下睡了。孙悟空又啄了一下他的耳根，气得猪八戒大喊："为什么要欺负我！想必这里是它的窝，算了，我不睡了。"

猪八戒往前走了四五里，看到有三块青石头立在路中央，就对石头作揖（yī）说："回去师父要是问有没有妖怪，我就说有；要问是什么山，我就说是石头山；问什么洞，也说是石头洞；问是什么门，就说是钉钉的铁叶门；问里面有多远，就说往里有三层；若问门上钉子有几个，只说老猪记不清了。哈哈，编好了，回去哄那弼马温去喽。"

孙悟空先他一步，回去见了唐三藏，把猪八戒编的谎话告诉了他。过了一会儿，八戒回来了，果然用那些谎话骗师父，被孙悟空一一揭穿了。

孙悟空要打猪八戒五棒，以示惩戒，八戒忙向师父求情。唐三藏说："悟空说你会编谎话，我还不信。没想到真被他说中了，你确实该打。不过，现在人手不够，暂且饶过你，等过了山再打。"说完让猪八戒再去巡山。这一次猪八戒疑神疑鬼，见到什么都以为是孙悟空变的，再也不敢偷懒了。

莲花洞中的妖怪金角大王,早就盘算着要吃唐僧肉,于是把唐僧师徒的画像给了银角大王,叫他带三十个小妖去巡山。

猪八戒也真是倒霉,正好遇上了银角大王。猪八戒心想,如果说自己是取经的和尚,肯定会被抓走,于是就说自己是过路的。

小妖拿着画像说:"大王,这和尚长嘴大耳,很像画像中的猪八戒。"

猪八戒赶紧把嘴往回缩,藏进衣服里。银角大王就让小妖拿钩子去钩猪八戒的嘴。猪八戒被钩得直冒火,抡起钉耙和银角大王打了起来,二人你来我往,斗了二十回合,不分胜负。

猪八戒发起狠来,甩耳朵,喷唾沫,又吼又叫,发疯似的挥舞着钉耙,银角大王也有些害怕了,就招呼小妖一起上阵。猪八戒见这架势,也慌了,掉头就跑。没想到道路不平,他被藤蔓绊了一跤,刚要爬起,又被小妖绊了个嘴啃泥。小妖一拥而上,拉鬃(zōng)毛、揪耳朵、扯尾巴,把猪八戒抬回洞里去了。

唐三藏坐在那儿眼皮直跳,说:"八戒去了这么久,怎

么还不回来？"

孙悟空说："师父还不了解他？要是真的有妖怪，他早就跑回来了。估计是没遇上妖精，他一直往前走了。他一向懒惰，走得慢，咱们去追他吧。"

银角大王把猪八戒押给金角大王看，金角大王说："兄弟，你抓错人了，这个和尚没用。"

银角大王说道："哥哥，这个和尚叫猪八戒，是唐三藏的徒弟。虽然没什么用，却有一身好肉。把他拉到后院水池里浸一浸，拿盐腌了，留着阴天下酒。"于是猪八戒被小妖拖去了后院。

金角大王派银角大王再去巡山，他站在高处，看见唐僧师徒走过来，孙悟空边走边耍棒给师父壮胆。

银角大王吓得魂飞魄散，说："早就听说孙悟空的大名，今天一看，果然名不虚传，咱们所有人加起来，也休想打得过他。"

小妖们说："大王怎么长他人志气,灭自己威风。"

银角大王说："硬拼不行。唐三藏只可智取，我已经想到了一个好计策。你们先回去，别告诉大王，待我使个神通抓住他。"

小妖散去,银角大王变成一个神清目爽、仙风道骨的老道士。老道士假装摔断了腿,在路边直哼哼:"救命,救命!"

唐三藏停下马问道:"是什么人在呼救?"

妖怪从草里爬出来,对着唐三藏不停地磕头。唐三藏见他脚上流血,忙问怎么回事。

妖怪说他是外出做法事的道士,在回来的路上,老虎叼走了他徒弟，他逃跑时摔伤了腿。

唐三藏要把马让给他骑，妖怪推托说腿坏了，骑不了马。唐三藏让沙和尚卸下担子，背着他走，他又说沙和尚的脸色晦气，让他看着害怕。于是，唐三藏只好让孙悟空背着他走。

沙和尚暗暗笑道："真是个没眼力的老道，我背着不好，偏让大师兄驮，待会到了师父看不见的地方，看他不把你的筋给摔断了。"

孙悟空背起妖怪，笑着说："你这点手段，只能骗骗我师父。我知道你是山里的妖怪，想吃我师父！"孙悟空打算瞅准机会，把妖怪丢下山崖。

唐三藏骑马走在前面，很快就转过山坳不见了。妖怪见机会来了，不等孙悟空动手，就念起口诀，使出个移山倒海的法术，把须弥山召唤来，劈头要压悟空。

孙悟空把头一偏，须弥山压在了他的左肩上，他笑着说："我不怕！就是身子一边偏，不好背东西啊。"妖怪见一座山压不住孙悟空，又念动咒语，召来峨眉山。孙悟空又把头一偏，山压在了他的右肩上，但他仍然健步如飞。

妖怪吓出一身冷汗，忙念咒语，把泰山也移过来了。泰山压顶，孙悟空终于招架不住了，骨软筋麻，瘫倒在地。

银角大王立刻驾风去追唐三藏。沙和尚用降妖杖和他对

阵,可根本不是他的对手。银角大王一把抓起沙和尚,把他夹在胳肢窝下,又一把抓住唐三藏,张开大口叼起白龙马,刮起狂风回到莲花洞。

他兴冲冲地高叫:"哥哥,我把和尚都抓来了!"

金角大王一看,说:"怎么没拿住那个有手段的孙悟空?只有抓住了他,咱们才好安心吃唐僧肉。"

银角大王说:"哥哥也太抬举他了,他已经被我压在三座山下面不能动弹了。"

金角大王非常高兴:"贤弟真是好手段。孙悟空也得捉来吃了才放心。"

银角大王唤来小妖精细鬼和伶俐虫,吩咐道:"你们俩拿上我的紫金红葫芦和羊脂玉净瓶。只要站到高处,大喊孙悟空的名字,就能把他收进去。到时候贴上太上老君急急如律令奉敕(chì,帝王的诏书)的符纸,他就会化为脓水。"

小妖领命而去。

笑读西游

1. 谁提醒唐僧师徒,前面的山里有妖怪?
2. 平顶山莲花洞的两个妖怪是谁?他们有几件宝贝?

18 装天的葫芦

金角大王和银角大王有五样宝贝。他们让两个小妖带着两样宝贝去抓孙悟空,孙悟空就想了个好办法,从小妖手里骗到了这两样宝贝。

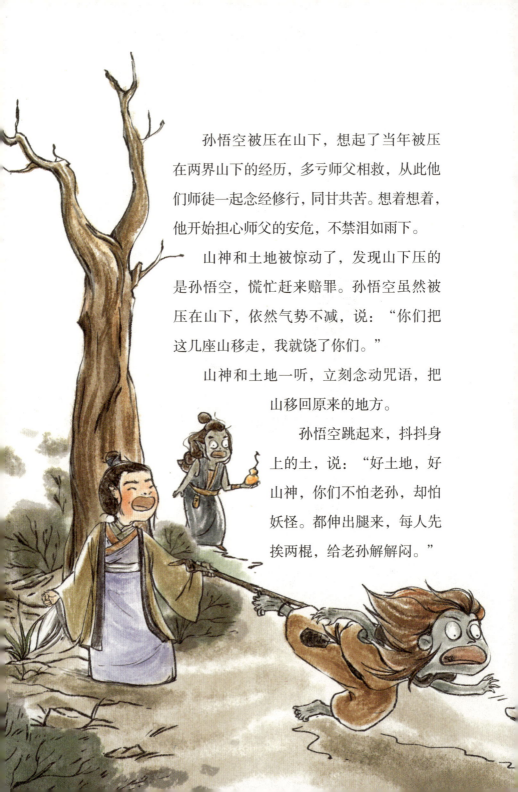

孙悟空被压在山下,想起了当年被压在两界山下的经历,多亏师父相救,从此他们师徒一起念经修行,同甘共苦。想着想着,他开始担心师父的安危,不禁泪如雨下。

山神和土地被惊动了,发现山下压的是孙悟空,慌忙赶来赔罪。孙悟空虽然被压在山下,依然气势不减,说:"你们把这几座山移走,我就饶了你们。"

山神和土地一听,立刻念动咒语,把山移回原来的地方。

孙悟空跳起来,抖抖身上的土,说:"好土地,好山神,你们不怕老孙,却怕妖怪。都伸出腿来,每人先挨两棍,给老孙解解闷。"

土地说:"那妖魔神通广大,法术高强,把我们关在他的洞里,每日听他调用呢。"

孙悟空听了,仰面大叫:"苍天哪!苍天哪!想当初混沌初分,开天辟地,花果山生了我老孙。我遍访名师,学得一身本领,随风变化,降龙伏虎,大闹天宫,何等威风,都没敢随心所欲地使唤土地和山神,这妖魔也太猖狂了!既生老孙,又何生这妖魔?"

孙悟空正捶胸顿足,忽然看见远处山坳里有一团灿烂的霞光,正往这边来。孙悟空问:"那放光的是什么物件?"

土地说:"那是妖魔的宝贝,想必是拿来抓你的。"

孙悟空问:"这妖怪平常都与什么人来往?"

"他们喜欢烧丹炼药,爱和全真道人来往。"

于是孙悟空摇身一变,变成一个老道士,坐在路边等待。不一会儿,两个小妖到了。孙悟空伸出金箍棒,小妖没有防备,被绊了一跤。

小妖叫道:"若不是我们大王敬重道士,我们一定要和你理论一番。"

孙悟空赔笑说:"理论什么呀,道士见道士,都是一家人。"

小妖不依不饶:"你为什么绊我们?"

孙悟空笑着说:"你们见了我,要跌一跤,做见面钱呀。"

"从没听过有这样的见面钱。你肯定不是我们这里的道士。"

孙悟空说:"当然不是,我是蓬莱山来的。"

小妖转怒为喜:"蓬莱是仙山,那您就是老神仙喽。我们肉眼凡胎,冲撞了您,您别见怪。"

孙悟空一看小妖已经进了圈套,就开始套小妖的话。

当小妖说要去捉拿孙悟空时,悟空故作惊讶地说:"那猴子本事不小,你们两个肯定不是他的对手,我去助你们一臂之力吧。"

小妖说:"不用你帮忙,我们大王给了我们两件宝贝,能把那只猴子装进去。"

"什么宝贝?"

精细鬼说:"我拿的是红葫芦,他拿的是玉净瓶。"

两个小妖对孙悟空毫无防备,把宝贝拿出来给孙悟空看,还告诉了他宝贝的用法。

孙悟空心想:厉害,厉害,那天值日功曹报信,说妖怪有五件宝贝,这儿有两件了,不知另外三件是什么。于是他说:"能把你们的宝贝借我看看吗?"

小妖想都没想就把宝贝递了过去。

孙悟空心中暗喜：真是好东西，我若现在抬脚就走，那两个小妖也拿我没办法。但他转念一想，不好，如果直接抢走了，岂不坏了名声！

孙悟空想了个主意，他把宝贝还给小妖，然后说："你们还没见过我的宝贝呢。"他拔了一根尾巴上的毫毛，叫声"变"，一个七寸长的大紫金红葫芦立刻出现在他的腰上。悟空解下葫芦。

伶俐虫接过来看了看说："师父，你这葫芦虽大，模样也好看，却不中用。"

"怎么不中用？"

"我们这两件宝贝，每个能装一千人呢。"

孙悟空说："装人有什么稀奇！我这葫芦，连天都能装。"

伶俐虫动心了，对精细鬼说："能装天的宝贝，不如咱们跟他换了吧。"

精细鬼说："人家装天的宝贝，怎肯跟咱们换。"

伶俐虫说："那就把玉净瓶也给他。"

孙悟空心中暗喜，问："真的要换吗？"

小妖说："真能装天就换。"

孙悟空说："也罢，我就装一个给你们看看。"

他念了一句口诀,叫来日游神、夜游神①,托他们向玉帝报信,要借天装一会儿。

玉帝听了说:"这个泼猴,天怎么能装?"

哪吒三太子上前奏道:"万岁,到北天门跟真武帝借皂雕旗,在南天门上一展,把日月星辰都遮起来,伸手不见五指,就能骗妖精说天装起来了。"

玉帝派哪吒去借旗。日游神赶紧回到孙悟空耳边汇报,孙悟空抬头看到天上祥云缭绕,知道助力的神仙到了,就回头对小妖说:"可以装天了。"

小妖说:"快点,装个天怎么那么慢。"

孙悟空说:"我得念咒啊。"他把假葫芦抛上天,毫毛变的葫芦轻得很,被风吹到山顶,飘飘荡荡了半个时辰才落下来。南天门那里,哪吒唰啦啦展开皂雕旗,把日月星辰都遮住了。

小妖大惊:"天怎么黑了?"

孙悟空说:"天被装进来了,日月星辰都进了葫芦,没有光,当然黑了。"

小妖害怕地说:"快把天放出来吧,我们知道你的葫芦

---

① 日游神、夜游神:中国古代神话中白天和夜晚轮值巡游的神,负责监督人间善恶。

能装天了。"

孙悟空通知哪吒收了旗,现出青天白日。

小妖笑着说:"真是好宝贝!不换的是傻子。"

孙悟空得到了红葫芦和玉净瓶,把假葫芦递给他们,说:"不许反悔啊。"

小妖信誓旦旦地说:"绝不反悔。"

孙悟空拿了宝贝,跳上南天门,谢了哪吒,便低头查看两个小妖的动静。

两个小妖拿着假葫芦争相观看,再一抬头,发现孙悟空不见了。

伶俐虫说:"果然是神仙,这么快就不见了。"

精细鬼说:"甭他呢,咱们也装天试试。"

他们也把葫芦往上一抛,葫芦马上落了下来,什么也没发生,太阳照得好好的。

伶俐虫慌了,说:"怎么没动静?不会是个假葫芦吧?"

精细鬼说:"大概还得念念咒。"他又把葫芦扔起来,说:"叫玉帝借天装一会儿。"可还是没有动静。

孙悟空在空中听得明白,怕他们摆弄的时间长了,露了馅,忙把毫毛收上身来。

葫芦突然不见了,两个小妖急得在地上、草里乱找一通,又在身上翻了半天,连个影子也没找到。小妖吓傻了,愣了一会儿,只好回去复命。

孙悟空见他们回去了,就变成一只苍蝇跟着他们进到洞里。

金角大王和银角大王正在喝酒,小妖跪下说:"大王,我们回来了。"

金角大王问:"拿住孙悟空了吗?"两个小妖只是磕头,不敢说话。再问,还是磕头。问到第三遍,精细鬼说:"求大王饶命。"他把遇到道士、换宝贝的事一五一十地说了。

金角大王气得暴跳如雷,说:"这老道士肯定是孙悟空变的。那猴头神通广大,到处都有熟人,也不知是哪个毛神把他放出来,骗了我的宝贝!"

银角大王说:"兄长息怒。那猴头果然有些手段,被我三座大山压住了,还能逃出来。我要是不抓住他,就不配在西方路上做妖怪!"

金角大王问:"你有什么办法?"

银角大王说:"咱们有五件宝贝,被他骗去了两件,还有三件。七星剑和芭蕉扇在我身上,幌金绳在母亲那里。不如派人去压龙山请母亲过来吃唐僧肉,让她带上幌金绳来绑孙悟空。"

金角大王说:"好,这次就派巴山虎和倚海龙去吧。"

两个小妖也领命出门了。

笑读西游

1. 孙悟空从两个小妖手里骗走了什么宝贝?
2. 两个小妖叫什么名字?

者行孙和行者孙

孙悟空从老妖怪那里得到了幌金绳,本打算用来对付银角大王,却反被他捆了,红葫芦和玉净瓶也被收走了。他能救出师父和师弟吗?

孙悟空听说金角大王和银角大王派小妖去压龙山请老母亲来吃唐僧肉，还要让老母亲把幌金绳带来抓他，就跟了出去，变成一个戴着狐皮帽子的小妖，喊道："前面的，等我一下。"

倚海龙回头问："你是哪里来的？"

孙悟空假装生气地说："怎么连自家人都不认识了？"

"你看着面生。"

"我在外面当差，你们没见过我，当然看着面生。大王差你二位去请老奶奶，怕你们走得慢，耽误了正事，差我来催你们快走。"

两个小妖不再疑惑，把他当作自家人，急急忙忙向前飞奔，一口气跑了八九里。

孙悟空问："还有多远？"

"还有十五六里。"倚海龙用手一指，"林子那边就是了。"

孙悟空看林子不远了，就取出金箍棒一挥，两个小妖应声倒下。孙悟空拔根毫毛变成巴山虎，自己变成倚海龙，往压龙洞去了。

孙悟空找到洞府，朝门内喊："我是平顶山莲花洞派来接老奶奶的。"

进了门，孙悟空看到里面坐着一个老奶奶。他心里想：老孙既然变作小妖来请她，没有站着说话的理，一定得磕头

才行。我自打生出来,只拜过佛祖、菩萨和我师父,今天却要拜这个妖精,真是有失尊严。罢了罢了,都是为了救师父,这也是无可奈何的事。

　　孙悟空跪下来磕头,说道:"小的见过奶奶。我是从平顶山莲花洞来的,二位大王请奶奶去吃唐僧肉,让您带上幌金绳,去捆孙悟空。"

　　老妖怪喜出望外,说:"好孝顺的儿子。这就走。"老妖怪拿上幌金绳,坐上轿子,就跟着孙悟空走了。

　　走了五六里,孙悟空对抬轿子的两个轿夫说:"停下来歇一会儿吧。"然后他拔下毫毛,变成一个大烧饼,故意吃得很香。轿夫们也饿了,央求分一点尝尝,悟空趁他们分烧饼时掏出金箍棒,一棒一个结果了他们。

　　老妖怪听见动静,探头出来查看,被孙悟空劈头一棒,现了原形,原来是一只九尾狐狸。孙悟空搜出幌金绳,又拔下毫毛变成巴山虎、倚海龙和轿夫,自己则变成老奶奶的模样,坐在轿子里。

　　金角大王和银角大王听到通报,以为老母亲来了,连忙出来迎接。大大小小的妖怪都跪拜磕头。孙悟空暗笑:"这下我不亏啦。"

　　金角大王和银角大王也跪下磕头:"孩儿拜见母亲。"

孙悟空说:"我儿起来。"

被吊在梁上的猪八戒哈哈笑了一声。沙和尚问:"你笑什么?"

"我以为是什么老奶奶来了,原来是弼马温来了。"

沙和尚说:"你怎么认出是大师兄?"

猪八戒说:"他一弯腰,我就看见他的尾巴了。"

孙悟空继续装模作样地问道:"我儿,叫我来什么事?"

"今早我们抓住了唐三藏,请母亲来吃唐僧肉,好延年益寿。"

孙悟空说:"我儿,唐僧肉我倒不爱吃,我听说有个叫猪八戒的,耳朵肥肥大大的,你割下来给我下酒吧。"

猪八戒慌了,大喊:"你个混蛋,进来就是想割我的耳朵啊!"

这时巡山的小妖飞奔进来汇报:"大王,不好了!孙悟空打死了奶奶,混进来了!"

金角大王抄起七星宝剑,朝孙悟空砍来。孙悟空将身子一晃,顿时满洞红光,他化成一缕烟,出洞了。银角大王气得追出洞去,和孙悟空在空中打了起来。一个高喊:"孙行者,快还我的宝贝和母亲,我就饶了唐僧,放你们取经去!"

一个大骂:"妖怪,还我师父,敢说半个不字,绝不轻饶!"

两人你来我往，斗了三十个回合也不分胜负。

孙悟空寻思：这妖怪也挺有本事的，我既然有了三件宝贝，何苦要和他打斗，瞎耽误工夫？

想到这里，他扔出幌金绳，想绑住银角大王，没想到那妖怪会念松绳咒，一下就挣脱了。接着银角大王把幌金绳朝孙悟空扔过去，又念了紧绳咒。孙悟空被捆得结结实实，不能挣脱，紫金葫芦和玉净瓶也被妖怪搜走了。

金角大王大喜，安排酒席给银角大王庆功。

孙悟空被拴在柱子上，趁妖怪们不注意，用毫毛变了个假身吊在原处，真身变成一个小妖。

他对金角大王说："孙悟空在柱子上动来动去，会把幌金绳磨坏的，应该换根粗壮些的绳子。"

于是金角大王把腰带给了孙悟空，孙悟空趁机把解下的幌金绳调包，用毫毛变了一条假幌金绳，还给了妖怪。

孙悟空走出门外，变回真身，对把门的小妖说："快进去告诉你家主子，者行孙来了。"

小妖赶紧进去报告，金角大王大惊："刚拿住个孙行者，怎么又出来一个者行孙？"

银角大王说："怕他干什么，我去拿葫芦把他装来。"

银角大王拿着红葫芦走出门来，见这个猴子与孙行者长得一模一样,便问:"你是哪儿来的?"

孙悟空说:"听说你抓了我哥哥,我来找你要人的。"

银角大王说:"是我抓了他,现在锁在洞里。我不和你打,我就叫你一声,你敢答应吗?"

孙悟空说:"你叫一千声,我应你一万声。"

银角大王高叫:"者行孙!"

孙悟空心想:这不是我的真名字,就算答应了,应该也没事。

他应了一声,结果嗖的一下就被吸进葫芦里了。原来这个宝贝不管真名假名,只要应声,就会被装进去。

葫芦里漆黑一片,孙悟空把头往上顶,塞子塞得紧,一动不动。他记得小妖说过,在这葫芦里待上一时三刻,就会被化成脓水。他有些焦躁了,但转念一想,自己在太上老君的八卦炉中炼了七七四十九天都没事,这么一个小葫芦,怎么奈何得了他?

银角大王提着葫芦进洞,向金角大王报告战果。金角大王非常高兴,说:"先别急着揭盖,等摇得响时再揭。"

孙悟空心想:等我化了才能摇响,不如等他摇时,我哄哄他吧。

可是等了半天,也没人来摇,孙悟空只好乱叫:"啊呀,

腿都化了。"

妖怪只顾喝酒,还是不摇。孙悟空又叫:"天哪,腰也化了。"

金角大王说:"都化到腰了,揭开看看。"

孙悟空听见了,就拔了一根毫毛,变成半截身体,真身变作一只小虫子,趴在葫芦口边。等妖怪揭开盖子往里看时,孙

悟空早飞出去了,变成倚海龙,站在妖怪旁边。

金角大王斟了满满一杯酒,用双手递给银角大王说:"兄弟,你辛苦了,多喝几杯。"

银角大王把葫芦递给倚海龙,双手去接杯子。孙悟空得到葫芦,趁他们不注意,把葫芦藏进怀里,变了个假的拿在手里。银角大王喝完酒,接过葫芦,也不辨真假。

孙悟空悄悄溜到门外,现了本相,叫:"妖精开门!行者孙来了!"

小妖急忙进去禀报。金角大王大惊:"怎么捅了猴子窝了!幌金绳上拴着孙行者,葫芦里装着者行孙,现在又来了个什么行者孙?"

银角大王说:"兄长放心,我这葫芦能装下一千人,我再去把他装进来。"

银角大王还像上次一样,走出门来问:"我叫你一声,你敢答应吗?"

孙悟空说:"你叫我,我就答应;那我叫你,你敢答应吗?"

银角大王说:"我叫你,是因为我有一个能装人的宝葫芦,你叫我干什么?"

悟空说:"我也有一个葫芦。"他拿出来晃了晃,妖怪大惊:"你这葫芦是哪里来的?怎么和我的一模一样?"

孙悟空反问他:"你的葫芦是从哪里来的?"

银角大王得意扬扬地说:"我的葫芦是混沌初分时,结在昆仑山的仙藤上,太上老君亲自摘下的。"

孙悟空说:"我的葫芦也是昆仑山的仙藤结的。我这个是雄的,你那个是雌的。"

银角大王说:"不论雌雄,能装人的就是好宝贝。"

孙悟空说:"说的是,你先来。"

银角大王就拿着葫芦,跳到空中,叫:"行者孙!"

孙悟空答道:"爷爷在此!"说完,还好好地站着。

银角大王又叫了八九声,悟空也连应了八九声,一点事都没有。他嘿嘿笑道:"轮到我了。"

孙悟空跳起来大叫:"银角大王!"

银角大王刚一答应,就被装了进去。孙悟空拿着葫芦,一心要救师父,就赶紧回到莲花洞来。没过一会儿,葫芦里响声不绝，银角大王已经化了。

守洞的小妖看见了，慌忙进去禀告："大王，行者孙把二大王装进了葫芦里，正在那儿摇呢！"

金角大王一听，放声大哭。小妖又报："行者孙又在门口叫骂呢！"

金角大王把芭蕉扇插在后衣领里，提起七星剑，率领三百多个小妖冲出门去。他骂道："你这猴子太过分了！害了我母亲，又害我兄弟！"

孙悟空说："你连一个妖精的性命都舍不得，那我师父、师弟连带白龙马四条命，都平白无故地被你吊在洞里，我岂能舍得！"

金角大王不容分说，挥剑就砍。两人打了二十回合不分胜负。金角大王把剑一指："小妖们一齐上！"三百多个小妖一拥而上，把孙悟空围在中心。

孙悟空毫不畏惧，拔了一把毫毛吹出去，变成千百个孙悟空，有的使棒，有的抡拳，把一群小妖打得七零八落。

妖怪们被围在中间，金角大王忙取出芭蕉扇，连扇了七八下，漫山遍野都是熊熊烈火。孙悟空怕毫毛烧着，忙收了回来，纵起筋斗云，跳离了火海。

他回到莲花洞，闯进去救师父。忽然看见洞里放出金光，

走到近前才发现是羊脂玉净瓶。

孙悟空拿了玉净瓶往外走,正撞上金角大王回来,他立刻纵起筋斗云,逃得无影无踪。

金角大王见洞里再没有一个活着的小妖,忍不住放声大哭。他伏在石桌上,宝剑倚在桌边,扇子插在衣领里,不一会儿竟然睡着了。

孙悟空又偷偷溜进洞中,发现金角大王睡着了,就走上前来抽出芭蕉扇,没想到扇柄碰到了金角大王的头发,把他弄醒了。

金角大王抬头一看是孙悟空,又和他打了三四十回合,终于抵挡不住,逃去了压龙山。

金角大王来到压龙山,和舅爷阿七大王合兵,第二天又杀回莲花洞。

这次孙悟空、猪八戒、沙和尚齐上阵,阿七大王被打败,孙悟空趁金角大王不注意,跳到空中,举起玉净瓶,大叫一声:"金角大王!"

金角大王还以为是自家的小妖呼叫,回头应了一声,嗖的一下就被装进了瓶子。七星剑落了下来,也归了孙悟空。

师徒四人欢欢喜喜,再次上路。正走着,忽然听见空中有人喊:"和尚哪里去?还我宝贝!"

孙悟空仔细一看，原来是太上老君。

太上老君说："葫芦是我盛丹用的，净瓶是我盛水用的，七星剑是我用来炼魔的，芭蕉扇是我用来扇火的，幌金绳是我勒袍子的腰带。那两个妖怪，一个是我看金炉的童子，另一个是看银炉的童子。他们偷了我的宝贝，逃下界来，我正找他们呢。你抓住了他们，也算是立了一功。"

孙悟空说："你这老官儿，纵容家属为非作歹，该问一个管教不严的罪名。"

老君说："不关我的事，是菩萨的安排，让他们在这里化成妖魔，考验你们是不是真心向西取经。"

孙悟空只好把宝贝还给太上老君。老君打开葫芦和净瓶的盖子，倒出两股仙气，然后用手一指，仙气化成两个仙童，随他去了。

笑读西游

1. 金角大王和银角大王的五件宝贝分别是什么？有什么来历？
2. 被吊在梁上的猪八戒是怎么认出孙悟空的？

乌鸡国

乌鸡国国王深夜托梦给唐三藏,说自己三年前被一个道士害了。孙悟空和猪八戒降妖伏魔,并要来金丹让国王起死回生。

唐僧师徒风餐露宿，走到一座山中，找到一座寺院借宿。

深夜，三个徒弟都睡了。唐三藏走到院子里，看月光皎洁，玉宇深沉，大地分明，不由得心旷神怡，回到屋里，又在灯下念了一会儿经书。到三更时分，唐三藏把经书收进包袱内，打算去睡觉。

这时，门外突然扑啦啦地刮起一阵寒风，灯光忽明忽灭。唐三藏虽然心惊胆战，但是困意上来，就趴在桌子上睡着了。

迷迷糊糊中，唐三藏隐隐听到有人喊叫："师父！"

他抬头一看，门外站着一个人，浑身上下水淋淋的，含着眼泪，嘴里不住叫道："师父！"

唐三藏呵斥道："你是什么妖怪，竟敢深夜来捉弄我！我三个徒弟都是降妖伏魔的英豪，要是让他们见到你，一定会把你粉身碎骨，化为灰烬。你还是趁早离开吧！"

那人说："我不是妖魔鬼怪，你仔细看看。"

唐三藏壮着胆子仔细看，发现这个人头戴冲天冠，腰束碧玉带，身穿龙袍，应该是位国王！

唐三藏慌忙弯腰行礼，然后去搀扶那个人，想请他坐下，没想到却扑了个空。再仔细看，那人还在原地。唐三藏纳闷，就问怎么回事。

那人说道："离这里四十里远的西边有个乌鸡国，我正

是那里的国王。五年前,乌鸡国大旱,国库空虚,钱粮断绝,就连我也没有肉吃。我效仿大禹治水,沐浴斋戒,昼夜焚香祈祷。可是三年过去了,情况没有一丝好转,河流和水井全都干得没有一滴水。就在这危急的时刻,来了一个钟南山的道士,他自称能呼风唤雨。我立即请他登坛作法,果然,顷刻间大雨滂沱(pāng tuó)。我说只要下三尺雨就够了,他说久旱无雨,下少了不能充分润泽土壤,便又多下了两尺。我感激他仗义相助,就和他结拜为异姓兄弟。"

唐三藏问:"既然道士有呼风唤雨、点石成金的本事,陛下为何离开王国到这里来呢?"

乌鸡国国王叹息道:"我请他留在皇宫,和我同吃同住两年多。一天,我和他一起到御花园赏花,忽然间,不知道他扔了什么东西,八角琉璃井里现出万道金光。他很神秘地让我到井边看看是什么宝贝,我完全没有防备,便伸头去看,结果被他推到井里,还用石板盖住了井口,堆上泥土,在上面种了一棵芭蕉树。可怜我啊,已经在井中冤死三年了!"

唐三藏这才知道原来眼前的人是国王的鬼魂,吓得腿脚酸软,毛骨悚(sǒng)然,无奈,继续问道:"你死了三年,文武百官难道都不去找你吗?"

"那道士把我害死以后,立刻变作我的模样,占了我的江山。他神通广大，据说龙王、十代阎罗都和他称兄道弟，我去哪里申冤啊！我这孤魂野鬼四处游荡，好不凄惨。幸好在山门外遇到了夜游神，刮起神风把我送到您这里来。我听说您手下的大徒弟能斩妖除魔，恳请您帮助我捉拿妖魔！我一定会**结草衔环**①，报答恩情。"

"我徒弟干别的不行，捉妖怪确实拿手。只是那妖怪变得和你一样，我徒弟再有手段，也不能轻易大动干戈，要是治我们一个欺邦灭国之罪，该怎么办呢？"

乌鸡国国王把手中的金镶白玉圭放下，说道："我朝中还有亲人。那道士没有这个宝贝，您可以拿它当信物，去见我的儿子。太子明天早上会出城打猎，师父把我的话转告他，他就会相信的。"

他交代完毕，转身离开，突然摔了一跤，把唐三藏惊醒了。

唐三藏这才发现刚才是做了一个梦。他慌忙叫醒悟空，把梦里的事说了一番。孙悟空打开门，发现台阶上真的有一个金镶白玉圭。

孙悟空想好了计策，第二天早晨辞别师父，跳到空中打量。乌鸡国东门大开，果然看到一队人马出城打猎，中间那

---

① 结草衔环：结草，把草结在一起，绊倒敌人搭救恩人；衔环，嘴里衔着玉环。旧时比喻感恩报德，至死不忘。后世用结草衔环代指报恩。

位器宇轩昂、有帝王气象的将军，正是太子。

孙悟空摇身一变，变成一只小白兔，在太子马前乱跑。太子看见小白兔，拉弓搭箭，一箭射中了兔子。

其实孙悟空并没有被箭射中，他眼疾手快，一把接住箭头，一溜烟跑了。

太子纵马来追，孙悟空就在马前不远处跑，一直把太子引到宝林寺。

到了宝林寺门口，孙悟空把箭插到门槛上，溜进庙里。太子发现白兔不见了，心中很疑惑，但转念一想，偷得浮生半日闲，不如去庙里游览一番。

寺里的和尚都出来迎接太子。太子来到正殿要拜佛，发现当中坐着个和尚一动不动，正是唐三藏。

太子非常生气："你这个无礼的和尚，我是乌鸡国的太子，你怎么坐着不动？给我拿下！"

侍卫想要用绳子绑住唐三藏，孙悟空暗自施法，侍卫们围着唐三藏团团转，却都无法靠近。

三藏说道："贫僧是东土大唐来的

和尚,要去雷音寺拜佛进宝。"

太子不屑一顾说道:"东土大唐穷得很,能有什么宝贝?"

"我身上的袈裟是第三等的宝贝,还有第一等、第二等的好宝贝呢!"

"你那袈裟还露着半边胳膊,能值什么钱?你还有什么宝贝,都拿出来给我看看。"

唐三藏于是拿出一个红色的盒子,说道:"我这盒子里有一样宝贝,叫立帝货,可以上知五百年,中知五百年,下知五百年,过去未来的事无所不知。"他打开盒子,孙悟空变成的小和尚跳出来,到处乱走,把太子吓了一跳。

太子说:"这个老和尚说你能知过去和未来的事,难道你会用龟壳占卜吗?"

孙悟空不屑地说:"我什么工具都不需要,仅凭三寸不烂之舌,就能万事皆知。你本是乌鸡国的太子,五年前,乌鸡国大旱,来了个道士,求雨成功,与你父亲结拜为兄弟,对不对?"

"对,有这回事,你再说说看。"

孙悟空让太子屏（bǐng）退左右，把道士谋害国王、变作假国王的事说了一遍，还把金镶白玉圭拿出来给他看。但是太子将信将疑。

孙悟空说："你要是不信，可以回去问你的母后。为了不泄露消息，你一个人回去，否则要是让妖怪知道，你们母子都性命难保。"

太子急急忙忙回去，从后门进宫找到母后。他追问母后这三年过得怎么样，母后也刚被乌鸡国国王的鬼魂托梦，正疑惑是真是假，看到太子手中的金镶白玉圭，她泪如雨下，想起这三年来假国王对自己冷若冰霜、前后判若两人的态度，她相信唐僧师徒说的是实话。

太子匆忙返回宝林寺，请求孙悟空帮忙降妖，揭开事实真相。为了不惊动妖怪，孙悟空让他先行回城。

深夜，孙悟空把猪八戒叫醒，说道："我听太子说，妖怪有个好宝贝，我们不如把它偷来，明天进城就不怕打不过妖怪了。"

"偷到的宝贝能给我吗？老猪我不会念经，以后也好用它换口斋饭吃。"

"没问题，走吧！"

于是猪八戒爬起来穿好衣服，欢欢喜喜地和孙悟空一起驾云来到乌鸡国。他们翻过宫墙，来到御花园，找到那株芭蕉树。

猪八戒举起钉耙，耙倒了树，又用嘴一拱，地上露出一块石板。他拱开石板，里面飘出霞光和白气。他笑道："宝贝在放光呢！"走过去细看，却发现是星月的光芒照得井水反光。

猪八戒埋怨道："你要早说是井里有宝贝，我就带根绳子来了，没有绳子，我下去后怎么上来？"

孙悟空把金箍棒拿出来，往两头一扯，叫声"长！"金箍棒变成七八丈长。他说道："你抱着一头，我把你放下井，等你拿到宝贝，我再提你上来。"

猪八戒抱着铁棒，孙悟空轻轻把他提起来，然后放入井中。

猪八戒嚷道："快到水边了。"孙悟空不理，把棒子

往下一按，猪八戒扑通掉到水里。

孙悟空说："宝贝就沉在水底，你好好找一找吧！"

猪八戒往井底游，竟然来到了井龙王的水晶宫。井龙王早知道孙悟空会去降妖，就把乌鸡国国王的尸首指给猪八戒看："那个就是宝贝，你驮上去吧。"

猪八戒气得摇着大耳朵说："这算什么宝贝！不驮不驮。"

井龙王说："天蓬元帅，他可是乌鸡国的国王，被妖怪害死，投到井里。我给他用了定颜珠，所以他就像睡着了一样，尸首一点也没腐坏。你把他驮出去，说不定齐天大圣能让他起死回生呢。"

井龙王费了半天口舌，见猪八戒还是不肯驮，就派夜叉把尸首送到水晶宫外。

猪八戒一扭头，水晶宫不见了，只剩下他和国王的尸首，慌得直喊："师兄！快救救我！"

孙悟空让猪八戒把国王的尸首驮上来，才肯放下铁棒救他。猪八戒没有办法，只好硬着头皮把国王背了上来。孙悟空摸了摸国王的身体，还是软的，非常高兴："造化，造化，这注定我们降妖会成功呀！"说完让猪八戒把国王驮回寺庙见师父。

唐三藏见那国王容颜未改，像活着一样，难过得抽泣起来。

八戒笑道:"师父,他又不是你家长辈,你哭什么呀!"三藏生气地说:"徒弟啊,出家人慈悲为本,你的心肠太硬了。"

猪八戒恼怒孙悟空让他干了苦差事,心里一直盘算着如何报复他。现在机会来了,八戒赶紧说:"不是我心肠硬,师兄说能救活他,我才大老远地把他驮回来。"

孙悟空说:"这人都死了三年了,我怎么救?"

猪八戒说:"师父,师兄一定有办法。你念念紧箍咒,他就能想出来了。"

唐三藏救人心切,竟真的念起了紧箍咒,孙悟空慌忙求饶:"别念了!我去阴司找阎王救他就是了。"

猪八戒说:"别信他的,他说不用去阴司就能救活。"

唐三藏再次念咒,孙悟空只好说:"我去找太上老君要一粒九转还魂丹。"

唐三藏这才停止念咒。孙悟空纵起筋斗云,来到太上老君的丹房。

太上老君正带着仙童扇着芭蕉扇炼丹呢,一看到孙悟空,他赶紧吩咐仙童说:"看仔细了,偷仙丹的贼又来了。"

孙悟空笑着说:"我如今不干那偷鸡摸狗的事啦。"

"你不去西天取经,跑到我这儿干什么?"

"我师父发慈悲,想要救乌鸡国的国王,我特来借还魂丹一千丸。"

太上老君生气地说:"胡说八道的猴子!你把仙丹当饭吃呢。没有!快走吧!"

"给百十来丸也行。"

"没有。"

"十来丸也行。"

"难缠的猴子!我说没有,出去,出去!"

孙悟空笑道:"真没有?那我去找别人了。"

太上老君怕孙悟空明里要走,暗地里又回来偷,只好取过葫芦,倒出一粒金丹,说道:"只有这一粒了,拿去吧!"

孙悟空谢过老君,返回寺中,用清水让国王把还魂丹服下。过了好一会儿,国王才慢慢苏醒过来,对唐僧师徒千恩万谢。

孙悟空让国王换上僧人的衣服,和他们一起进宫去换通关文牒。

通传后,唐僧师徒来到宫殿内,孙悟空不下跪行礼,假国王大怒,命令官员去捉拿他。

孙悟空用手一指,大喝:"别动!"官员们都被定身法定在原地，一动不动。

假国王跳下龙床，要亲自捉拿孙悟空，孙悟空和他打起来。妖怪打不过孙悟空，又回到殿里，变作唐三藏的模样，和唐三藏站在一起。

孙悟空分辨不出来，便喊来六丁六甲、本地山神等一众神仙帮忙，他们也辨认不出。

猪八戒在一旁冷笑，孙悟空见了，气不打一处来："现在有两个师父，看把你高兴的。"

猪八戒笑道："你老说我呆，你比我还呆呢！只有师父会念紧箍咒，你忍着点儿疼，让他俩念，谁念不出来谁就是假的呀。"

孙悟空恍然大悟，就让两个唐三藏念紧箍咒，真唐三藏念得有模有样，一念孙悟空就头疼，假唐三藏只会乱哼哼。

猪八戒认出假师父，举起钉耙就打。沙和尚也来帮忙。三兄弟和妖怪打得难解难分。就在这时，东北方向飘来一朵彩云，上面有人喊道："且慢！"

孙悟空回头一看，原来是文殊菩萨。菩萨拿出照妖镜，照出了妖怪的真身——一只青毛狮子。

菩萨收了狮子，坐在它的背上离开了。

真国王终于恢复了身份，一家人也团聚了。国王率王后、太子及文武百官，拜谢唐僧师徒，并向他们赠送镇国之宝、金银绸缎，以表谢意。唐三藏分文不收，倒换了关文，就带着徒弟们继续踏上西行之路。

笑读西游

1. 乌鸡国的假国王是什么妖怪？
2. 孙悟空找谁要的什么宝贝让真国王起死回生？

收服红孩儿

唐三藏不听孙悟空劝告,救下路边的一个小孩,谁料小孩竟是神通广大的妖怪——红孩儿。唐三藏被红孩儿抓走,红孩儿有三昧真火,龙王的水也浇不灭。孙悟空要用什么办法,才能打败红孩儿,救出师父呢?

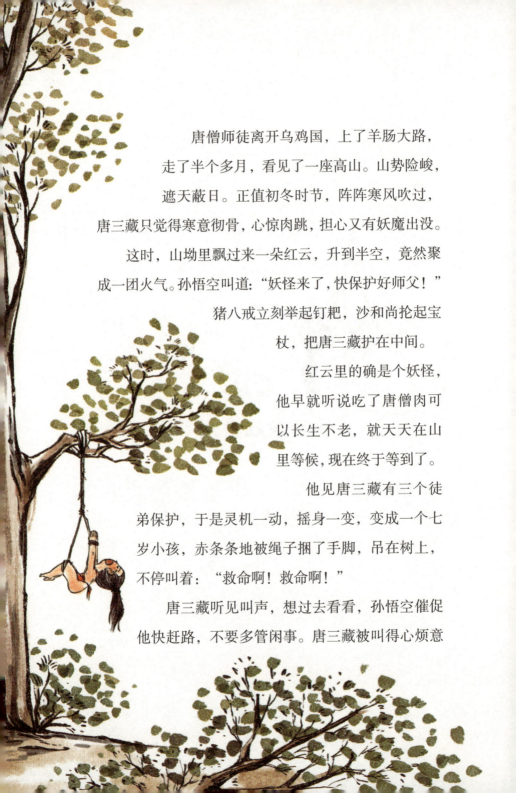

唐僧师徒离开乌鸡国，上了羊肠大路，走了半个多月，看见了一座高山。山势险峻，遮天蔽日。正值初冬时节，阵阵寒风吹过，唐三藏只觉得寒意彻骨，心惊肉跳，担心又有妖魔出没。这时，山坳里飘过来一朵红云，升到半空，竟然聚成一团火气。孙悟空叫道："妖怪来了，快保护好师父！"猪八戒立刻举起钉耙，沙和尚抡起宝杖，把唐三藏护在中间。

红云里的确是个妖怪，他早就听说吃了唐僧肉可以长生不老，就天天在山里等候，现在终于等到了。

他见唐三藏有三个徒弟保护，于是灵机一动，摇身一变，变成一个七岁小孩，赤条条地被绳子捆了手脚，吊在树上，不停叫着："救命啊！救命啊！"

唐三藏听见叫声，想过去看看，孙悟空催促他快赶路，不要多管闲事。唐三藏被叫得心烦意乱，放心不下，说道："徒弟，这叫声不像是妖怪的，你听他一声一声地叫，想必是真的遇到困难了，我们去救救他吧。"

孙悟空说："师父，等过了这座山再发慈悲吧。这地方凶多吉少。"他叫沙和尚拉好马，慢慢前行，自己落后几步，用金箍棒一指，使了个移山缩地法，让师父一行人瞬间转过山头，把那妖怪远远抛在后面。

那妖怪不见唐三藏过来，就挣脱了绳索，跳到上空一看究竟。孙悟空一抬头，也看到妖怪了，赶紧让二位师弟护住师父。

妖怪终于明白是怎么回事了，他寻思，必须得把那个有眼力的弄倒，否则捉不到唐三藏。于是，他又生一计，吊在唐僧师徒的必经之路。

"师父救人啊！"

唐三藏抬头一看，发现树上吊着一个小孩儿，立刻拉住缰绳，问道："你是哪家的孩子？因为什么事吊在这里？说给我听听，也好救你。"孙悟空明知那小孩是妖怪变的，在肉眼凡胎、动不动就爱念紧箍咒的师父面前，也无计可施。

妖怪含着泪回答："师父呀，山西边有一条枯松涧，我家就在涧边的村庄里。我叫红孩儿，我祖公公姓红，因为广积金银，有百万家产，人称红百万。到我父亲那会儿，家境

就不如从前了,因此我父亲名叫红十万。我父亲借了一些钱给别人,可谁知借钱的人还不起,就杀了我父亲,还拐走我母亲去做压寨夫人。母亲苦苦哀求,他们才饶我一命,把我吊在树上。我已经被吊了三天三夜了,没有碰到一个人。师父若肯大发慈悲救我一命,我一定会报答您的大恩大德。"

唐三藏相信了,让猪八戒去解绳子。孙悟空大喝一声:"真是鬼话连篇!你父母都没了,我们救了你,把你交给谁?你又拿什么东西来谢我们?"

妖怪早有准备,哭哭啼啼地说道:"虽然我没了家产,但亲戚都住在本庄。老师父若肯救我,到了庄上,他们必定会典卖田产,重重酬谢。"

猪八戒对孙悟空说:"这样一个小孩子家,你问他这么多干吗!"猪八戒用戒刀挑断绳索,救了妖怪。妖怪对唐三藏连连磕头,三藏说:"孩子,你上马来,我带你去。"

妖怪说:"我手脚都吊麻了,浑身疼痛,不方便骑马。"

唐三藏让猪八戒和沙和尚背他,妖怪连连推辞,点名让孙悟空背。孙悟空笑着说:"好,我背,我背!"

孙悟空背上试了试,这么大的孩子居然只有三四斤重。孙悟空笑着说:"普通的小孩子哪儿有这么轻的?你这妖怪,敢在老孙面前捣鬼!"

战妖斗魔

孙悟空想过一会儿趁机杀了妖怪,谁料妖怪早已察觉,使了个重身法来压孙悟空,真身跳到高空中。

孙悟空感觉背上越来越重,就把妖怪往路旁边的石头上狠狠摔去。

妖怪怒火中烧,在半空中弄了一阵旋风,呼的一声,飞沙走石。狂风刮得猪八戒和沙和尚不能抬头。

等到风停了,孙悟空跑上前一看,白龙马嘶叫着,行李丢在路旁,孙悟空问:"师父在哪儿?"

这时他们才发现唐三藏不见了。他们知道师父一定是被刚才那个妖怪抓走了。

三兄弟在山里找了半天,也没有半点音信。孙悟空心里着急,跳到半空,变成三头六臂,用金箍棒东挥西打,不一会儿,打出一伙山神来。这些山神穿得破破烂烂的,很不像样

子。孙悟空觉得奇怪,就问怎么回事。

山神说:"山里只有一个妖怪,就住在枯松涧旁边的火云洞。他是牛魔王的儿子,乳名叫红孩儿,人称圣婴大王。这圣婴大王十分凶恶,把我们这些山神当成仆人一样使唤,看门打扫,端茶送水,洗衣做饭,什么事情都要干。还得时不时上缴份子钱,送些山货、鲜果,要是没及时送礼,大王动不动就来拆我们的庙,剥了我们的衣服。这日子简直没法过!"

孙悟空知道了妖怪的来历，对两个师弟说："不用担心了！我老孙和牛魔王曾结为兄弟。这妖怪是牛魔王的儿子，若论起辈分来，我还是他老叔呢。他一定不会害师父的。"

三兄弟牵着白马，找到了枯松涧。沙和尚留下看守行李和马匹，孙悟空和猪八戒去找红孩儿。

红孩儿出来后，孙悟空说："我的侄儿，你趁早送出我师父，不要撕破脸，让你父亲知道，该怪我以长欺幼了。"

红孩儿大怒："胡说八道，谁是你侄儿？"

孙悟空说："也不怪你，我和你父亲牛魔王称兄道弟时，还没有你呢。"

红孩儿哪里肯信，举起火尖枪就刺。孙悟空闪过枪头，举起金箍棒，骂道："你不知好歹，看棍！"

红孩儿与孙悟空大战了二十回合，不分胜负。猪八戒站在旁边，看得着急，瞅准机会，举起九齿钉耙，朝红孩儿头上打过来。

红孩儿慌忙逃回洞口，一只手捏紧拳头，往鼻子上捶了两拳，随即念了个咒语，口中竟然喷出火来，鼻子里也浓烟滚滚。火云洞前顿时烟火弥漫。

猪八戒慌道："糟了，这要是钻进火里，老猪就烤熟了，再撒上香料，不正好给他吃吗！"他也顾不得悟空，自己逃走了。

孙悟空念着避火诀,冲进火里。红孩儿又吐了几口火,那火更旺了。孙悟空看不清道路,也只好离开了。远远地,他听到猪八戒和沙和尚高声说话的声音,便从云头落下来,责怪道:"呆子,你太不够意思了,打不过就跑,把我一个人丢在那里。"

说得沙和尚直乐。孙悟空问:"兄弟,你乐什么?是有什么好法子对付那个妖怪吗?"

沙和尚说:"那个小妖怪根本就没你们厉害,只不过用了些火势,就把你们整得这么狼狈,呵呵。依小弟看,可以利用相生相克①的原理来对付他。"

孙悟空哈哈笑道:"兄弟说得有理,我怎么没想到呢!"说完,他一个筋斗,来到龙宫求雨,东海龙王同意了,召唤了其他三位龙王,和孙悟空一起去降妖。

四海龙王和孙悟空来到山涧,孙悟空说:"你们停在空中,不要出头露面,我去与那妖怪打斗。等他放火时,你们听我的呼唤,一齐喷雨。"

孙悟空再次挑战红孩儿。打了二十多个回合,红孩儿再

---

① 相生相克:源自五行学说。中国古人认为,天下万物皆由金、木、水、火、土五类元素组成,称为五行,彼此之间存在相互生发或相互克制的关系。如,木生火,因为木性温暖,钻木可生火。而金克木,因为金属铸造的割切工具可锯毁树木。

次施展法术喷火。孙悟空回头大喊:"龙王在哪里?"

四海龙王听到呼喊,一齐降雨。倾盆大雨洋洋洒洒,却没能浇灭妖火,反倒像是火上浇油,越浇火越旺了。原来龙王的雨只能浇灭普通的火,红孩儿在火焰山修行了三百年,练成的三昧真火是浇不灭的。

孙悟空念着避火诀,钻入火中。红孩儿朝他脸上喷了一口烟,孙悟空被呛得眼泪直流。原来,当年他在太上老君的八卦炉里被烧成火眼金睛,不怕火只怕烟。孙悟空难以抵挡浓烟,只好逃走。

孙悟空送别四位龙王,思来想去,只能去请观音菩萨降妖了。他为了躲避妖火,跳入冰冷的溪涧中。这一番折腾,又是烟熏火燎,又是冰冷刺骨,把孙悟空弄得气塞胸膛,咽喉嘶哑,浑身疲惫,四肢动弹不得,再没力气驾起筋斗云。无奈之下,只好让猪八戒去请菩萨。

红孩儿贼精,看到猪八戒往南去了,猜到他要去请菩萨,于是驾云赶到猪八戒前面,变成观音菩萨的模样等着。

那呆子哪儿分得出真假,看见菩萨,就跪下说明事情经过。红孩儿说:"我去洞里给你说个人情,你去赔个罪,他就能把你的师父放了。"

猪八戒想也不想就跟在他身后进了火云洞。

猪八戒一进去就被一群小妖抓住，装进口袋里，吊在梁上。红孩儿现了真身，嘲笑说："睁大眼睛看看，我是圣婴大王！我要吊你三五日，蒸熟了，赏给小妖们！"

此时孙悟空恢复了往日的本事，觉得有一阵妖风吹过，他猜想猪八戒可能遇上妖精了，便独自来到妖洞打探消息。他先叫开门，趁机摇身一变，变成一只苍蝇飞进洞中。

就在这时，红孩儿吩咐小妖去请父亲来吃唐僧肉。孙悟空心生一计，跟着那些小妖出了洞。

孙悟空飞到小妖前方十多里的地方，变成牛魔王的样子，装作在打猎。那几个小妖看见牛魔王，欣喜地邀请他去洞府吃唐僧肉。

"牛魔王"来到洞府，红孩儿高兴地出来磕头迎接，并邀请他一起吃唐僧肉。"牛魔王"假装吃惊地问："哪个唐僧？是那个去西天取经的唐三藏吗？"

"正是。"红孩儿说。

"别惹他,别惹他。他的大徒弟孙悟空神通广大,变化多端,当年大闹天宫,玉帝十万天兵天将都捉不住他。你敢吃他的师父,他岂能饶你!"

"父王为何长他人志气,灭孩儿的威风。那孙悟空怕我的三昧真火,被我打跑了。父亲放心吃唐僧肉吧。"

"牛魔王"又推托说今日恰好吃斋,明日再吃。红孩儿起

了疑心。他出去问小妖,得知"牛魔王"是半路请来的,立刻明白那是个假货了。

红孩儿故意询问"牛魔王"自己的生日是哪天,孙悟空当然不知道,敷衍说:"我老了,记不清楚,明天回去问你母亲就知道了。"

红孩儿指着孙悟空说:"平日父王把我的生辰八字记得清清楚楚,你肯定是假的!"他发出号令,把孙悟空团团围住。

孙悟空现出真身,对红孩儿说:"你不讲道理,哪有儿子打老子的。"红孩儿恼羞成怒,孙悟空化成一缕金光离开洞府。

孙悟空决定亲自去请观音菩萨,让沙和尚继续看着行李。

孙悟空来到南海,把经历的种种都告诉了菩萨。菩萨大怒,说:"那妖怪大胆!竟敢变成我的样子!"

菩萨将手中的宝珠净瓶往海里一扔,孙悟空吓了一跳,想:这菩萨好大气性,怎么就把净瓶扔了,早知道送给我老孙,岂不是一件好事。

正想着,海中浮出一只大龟,背上驮着瓶子。菩萨说:"这瓶子平时是空的。我刚刚把它扔到海里,转眼就把五湖四海的水装在了里面。水到了我这瓶里,就成了甘露琼浆,和四海龙王的凡间大雨不一样,应该够灭那妖精的三昧真火了。你试试拿一下。"

孙悟空试着去拿，如同蜻蜓撼石柱，摇动不了分毫。菩萨说："也罢，我跟你去一趟吧。"

菩萨把净瓶轻轻拿起，放在掌上，和孙悟空一起去红孩儿居住的山头。菩萨先传唤土地山神，让他们把山上的走兽飞禽安顿好，然后将净瓶扳倒，大水倾泻而出，漫过山头，一片汪洋。

菩萨用杨柳枝蘸了甘露，在孙悟空的手心里写了一个"迷"字，说道："捏住了拳头，再去找那妖怪。许败不许胜，把他引到我这里。"

孙悟空就去找红孩儿挑战，把他一路引到菩萨面前。红孩儿瞪圆眼睛问菩萨："你是那猴子请来的救兵吗？"

菩萨不说话。红孩儿又问了一遍："你是那猴子请来的救兵吗？"菩萨还是不说话。红孩儿挥枪朝菩萨刺去，菩萨化成一道金光，闪到了空中。

红孩儿冷笑说："这泼猴打不过我，如今请了救兵，一枪就被我打跑了，莲花座都不要了。我坐一下试试。"

红孩儿学着菩萨的样子，盘腿坐到莲花台上。菩萨将杨柳枝往下一指，叫一声："退！"

只见那莲花台的祥光退散，红孩儿竟然坐在了刀尖上。原来菩萨的莲花台是用托塔天王的天罡刀变的。天罡刀的刀

尖变成倒钩,把红孩儿的腿都扎破了,鲜血直流,红孩儿跑也跑不掉,他大叫求饶:"菩萨,我有眼无珠,不知你法力无边,请饶我性命,我愿皈依佛门。"

于是菩萨回到地面,从袖中取出一把金剃头刀,给红孩儿剃了头,说:"你就做个善财童子吧。"

红孩儿被放出来后,瞅准机会,又举枪要刺菩萨。菩萨拿出一个金箍,扔出来变成了五个箍儿,一个套在红孩儿的头顶,两个套住他的左右手,两个套住了他的左右脚。

菩萨念起了咒,疼得红孩儿直在地上打滚。菩萨又施法让他双手合十,不得分开。红孩儿这才被降服了。

菩萨将净瓶中的水收回,让孙悟空赶快去救师父,然后带着红孩儿走了。

孙悟空和沙和尚救下师父,放出八戒。师徒四人再次上路。

笑读西游

1. 红孩儿的爸爸妈妈是谁?他吐出的火为什么用水浇不灭?
2. 除了红孩儿,观音菩萨还给谁套了金箍?(说出两个名字)

三清殿戏三仙

车迟国的三个道士神通广大,欺压和尚。孙悟空带着猪八戒和沙和尚偷吃了供品,大闹了他们的三清观。

　　唐僧师徒过了黑水河,继续西行。一路上,迎风冒雪,披星戴月,走了很久,到了早春天气,三阳转运,万物生辉。大地解了冰封,山泉潺潺流淌。麦芽青青,一马平川。师徒四人放慢脚步,欣赏着美好的春光。这一天正走着,他们远远听见一声巨响,像地裂山崩,雷声霹雳(pī lì),又像是人喊马嘶。唐三藏心中害怕,勒住马,不敢往前走了。孙悟空说:"我去看看。"

　　他跳到空中,手搭凉棚,睁眼观看。只见远处有一座城池,城门外有一块空地,聚集着很多和尚,正在那儿奋力拉车呢,那声巨响是他们齐声高喊的号子声——"大力王菩萨"。

　　车上装满了砖瓦土坯,和尚们衣衫褴褛(lán lǚ,指衣服破烂),面色凄苦,他们要把车子拽上一条崎岖难走、通往悬崖峭壁的小路。

　　难道他们是要盖寺院吗?孙悟空正疑惑,只见两个头戴星冠、身披锦绣的少年道士从城门中大摇大摆地走出来,那些和尚见了,竟然心惊胆战,更加卖力。

　　和尚居然怕道士!孙悟空越发好奇,决定去问个明白,于是他变成一名云游四方的道士,去和那两个少年道士搭话。

　　原来这里是车迟国。二十年前,车迟国遭遇了大旱,地里的庄稼都干死了。上至国王,下到百姓,家家烧香,户户拜佛，就是求不来雨，眼看着全国的人都要渴死饿死，幸亏来了三个能呼风唤雨、指水为油、点石成金的道士，求雨成功，国王就和他们结了亲。从那以后，车迟国的人，无论达官贵人，还是寻常百姓，都非常尊重道士。

孙悟空提出想见见那三位法力高强的道士。小道士自豪地说："他们三位是我师父虎力大仙、鹿力大仙和羊力大仙，我们帮你引荐（jiàn）就是了。不过你得等一下，我们还有公事要办。"

"出家人无拘无束，自由自在，有什么公事？"

小道士指着和尚们说："我们得去清点一下他们的人数。

这些没用的和尚求不到雨,国王罚他们给我师父当奴仆干活。现在要拉砖瓦盖房子,怕他们偷懒,我们两个得查看一下。"

孙悟空灵机一动说:"我有一个叔父,自幼当了和尚,这几年闹饥荒,他说去外面讨斋饭,就再也没回家。我这次出来就是想寻一寻他,也许他就在这儿。等我找到他,再和你一起进城行吗?"

小道士说:"这好办,你去替我们查一查人数,看有没有你叔父。要是有,你带走就行了。"

那些和尚一见孙悟空过来,一齐跪下说:"我们没有偷懒,五百个人一个也不少。"

孙悟空暗笑:真是都吓傻了。他问道:"出家人不念经拜佛,怎么在这里给道士当奴仆?你们为什么不逃跑?"

和尚们又羞又恼:"你肯定是外来的道士,不知道我们这里道士的厉害。"

"我确实刚到此地,能说说你们为什么混到这般田地吗?"

和尚们一听,纷纷开始哭诉:"我们的国王喜欢道士,讨厌和尚。"

"为什么呀?"

"唉,还不是因为我们求不来雨。那三位道长法术厉害,求雨成功。后来又修了三清道观，日夜祈求车迟国国王长生不老，所以深得国王信任。道长给我们每个人都画了像，四处张贴。当官的拿住逃跑的和尚，高升三级；没官职的逮住逃跑的和尚，赏银五十两。别说是和尚，就算是秃头和头发稀少的都会被抓起来。这天罗地网一张开，我们怎么逃啊！"

孙悟空说："既然如此，不如死了算了。"

和尚们说："老爷啊，有死的。本来我们有二千多人，病死、累死加上自尽的，死了一千多人，现在剩下我们五百人，怎么着都死不掉了。"

孙悟空好奇地问："为什么死不掉？"

和尚们说："是神仙在保护我们，让我们暂且忍耐，说等东土大唐圣僧来了，我们就有救了。神仙说他手下有个大徒弟，叫齐天大圣，专管天下不平之事，他一定能救我们。"

于是孙悟空走回城门边，对小道士说："这五百名和尚都是我亲戚。"

小道士笑道："你哪儿来这么多亲戚？"

"一百个是我左邻，一百个是我右舍，一百个是我父亲的亲戚，一百个是我母亲的亲戚，一百个和我有交情。你要是把他们都放了，我就和你进城。"

小道士大怒："不要胡言乱语！这些和尚都是国王亲赐

我师父的奴仆,怎么能说放就放?"

孙悟空问:"放不放?"

"不放!"

"放不放?"

"不放,不放!"

孙悟空连问三次,小道士还是不肯放。孙悟空就掏出金箍棒,用力一挥,把两个小道士打得头破血流。

和尚们吓得围过来:"这可怎么好,打死皇亲了!"

孙悟空说:"你们不要怕,我是来救你们的。"说完,他现出原形,"我就是齐天大圣。你们都走吧,我来对付这些道士。"

和尚们不敢走,怕被抓住挨打,孙悟空就拔下一撮毫毛,嚼碎了,分给每个人一截。

"你们把这毫毛攥(zuàn,握)在手里,如果有人抓你们,你们就攥紧拳头,叫声'齐天大圣',无论多远,我都能来保护你。"

有胆大的和尚,悄悄叫了一声,一个大圣立刻出现,手拿金箍棒,就是有千军万马也不能近身。和尚们个个欢天喜地。

孙悟空又说:"叫声'寂',就把毫毛收回去了。你们不要走得太远,等到召唤和尚的告示贴出来时,就说明你们安全了,那时你们再进城还我的毫毛。"

唐三藏见孙悟空去了半天还不回来,就让八戒带路,三人一起过来寻找。孙悟空见到师父,把事情说了一遍,唐三藏大惊:"那我们今晚去哪儿投宿呢?"

剩下没走的十来个和尚说:"我们是智渊寺的僧人,因为寺里有先王太祖的神像,所以寺院没被拆除。师父可以到我们寺里住下。"

唐僧师徒来到寺中投宿。夜里,孙悟空睡不着,听见远处有吹吹打打的声音,就跳到空中观看。只见正南面灯火辉煌,原来是三清观的道士正在做法事。

孙悟空想去闹一闹,就去叫醒沙和尚:"快起来,咱们去吃好东西。"

沙和尚说:"半夜三更,哪儿有吃的?"

"三清观的道士们在做法事,殿上有很多供品,馒头有斗那么大,一个烧饼也有五六十斤,还有很多新鲜瓜果蔬菜。"

猪八戒在睡梦中听见有好吃的,一骨碌坐起来,说:"哥哥,也带我去吧。"

孙悟空说:"小点声,不要吵醒了师父。你们俩都跟我走。"

三个人驾着云来到三清观,猪八戒一看见灯光就要下手。

孙悟空拦住他说:"别急,等他们散了,咱们才好动手。"

猪八戒哪里等得了,说:"他们正念得起劲,什么时候才能散了?"

孙悟空轻轻念动咒语,一阵狂风骤起,刮倒了花瓶烛台,吹灭了灯火,三清观里顿时一片漆黑。

虎力大仙说:"今天先散了吧,明天再多念几卷经文。"

道士们都走了,孙悟空、猪八戒、沙和尚落下云头,闯进三清殿。

猪八戒伸手就要拿烧饼吃,孙悟空打了一下他的手,说:"呆子,别急!看看这上边都是什么菩萨?我们如果变成他们的样子,吃起来不是更安稳吗?"

猪八戒笑着说:"三清你都认不得啦!中间的是元始天尊,左边的是灵宝道君,右边的是太上老君。"说完,他一嘴就把太上老君的神像给拱下去了,自己坐上高台。孙悟空

变成元始天尊，沙和尚变成灵宝道君。他们把神像藏好，开始大吃特吃。猪八戒先抢大馒头，后吃点心，哪里管什么生熟、冷热，通通往嘴里塞。沙和尚吃得也很欢，孙悟空只吃了几个果子。风卷残云后，他们继续留在那儿聊天消食。

说来也巧了，有个小道士刚睡下，忽然想起把手铃落在殿上了，怕师父责怪，就回去拿。殿里黑乎乎的，他摸了半天，终于找到手铃，突然听见有呼吸声，吓得扭头就往外跑。慌乱中踩到一个荔枝核，摔了一大跤，把手铃摔得粉碎。猪八戒忍不住哈哈大笑起来，把小道士吓得魂不附体，跌跌撞撞地跑到方丈门外，拍着门大叫："师父，大事不好了！"

他把遇见的怪事告诉了三个老道士，老道士就吩咐弟子点上灯，去正殿查看。

孙悟空听见有人来，左手拍了拍沙和尚，右手拍了拍猪八戒，他们俩就明白了，都坐直了身子，板着脸，一动不动，就跟泥塑的一般。那些道士点着灯，前后照看，也没发现异常。

虎力大仙说："没有歹人，怎么把供品都吃了？"

鹿力大仙说："像是人吃的。有皮的都剥了，有核的都吐了，但是怎么一个人都找不见？"

羊力大仙说："二位师兄不必疑惑，估计是咱们诚心朝拜，感动了天神，三清爷爷大驾光临，享用了这些供品。

趁今天大仙在此,咱们不如求一些金丹、圣水,进贡给陛下,也是咱们的功果。"

虎力大仙觉得有理,就奏乐诵经,穿上法衣,诚心礼拜。

猪八戒心中忐忑,悄悄对悟空说:"现在该怎么办?"

孙悟空突然开口说话:"晚辈小仙,不用多礼。我们从蟠桃会上来的,没有带金丹圣水,改日再来赏赐。"

那些道士听见大仙说话了,更是激动,再三请求赐他们一个长生的办法。孙悟空小声说:"没办法,给他们一些吧。"

猪八戒问:"哪儿有圣水啊?"

孙悟空低声说:"你们看着我就行了。我有时,你们也有了。"然后孙悟空对道士们说:"圣水非普通之物,岂可让你们轻易获得?不过念在你们心诚,取器皿来吧。"

虎力大仙仗着有劲,搬出一口大缸;鹿力大仙端来一个水盆放在供桌上;羊力大仙找来一个花瓶。孙悟空说:"天机不可泄漏,你们都出去,关上门,我们好留一些圣水。"

道士们关了门,跪在殿外。孙悟空站起来,掀起虎皮裙,撒了一花瓶尿。猪八戒笑着说:"哥哥啊,你这办法可真聪明,我吃饱了,正要撒尿呢!"

那呆子冲着水盆,呼啦啦尿了满满一盆。沙和尚也尿了半缸。然后他们整理好衣服,坐回台上。孙悟空冲外面喊道:

"进来领圣水吧。"

那些道士推开门，磕头谢了恩，就抬出盆盆罐罐，把圣水倒在一起。虎力大仙让徒弟拿来一个茶盅，舀出一盅喝下去，直吧唧嘴。

鹿力大仙问："师兄，好喝吗？"

虎力大仙说："不怎么好喝。"

羊力大仙说："我也尝尝。"他喝了一口说："怎么有些猪尿的臊气。"

孙悟空知道他们要识破这个把戏了，索性说："我们是大唐来的僧人，吃了你的供品。哪里有什么圣水，不过是我们的尿水！"

道士们气得把扫帚、砖头、石块一齐往殿里扔。孙悟空却早带着八戒和沙和尚驾云回智渊寺去了。

笑读西游

1. 车迟国为什么尊重道士，轻视和尚？
2. 车迟国三个法力高强的道士叫什么？

车迟国斗法

进了车迟国,三个道士要和孙悟空比试本领。虎力大仙和孙悟空比求雨。求雨比不过,虎力大仙又和孙悟空比坐禅。孙悟空可坐不住,但那却是唐三藏的强项。

三个徒弟在三清观大闹了一番,唐三藏却完全不知情。第二天一早,唐三藏穿上锦襕袈裟,要进宫去倒换通关文牒。

国王一听说东土大唐有四个和尚来,非常生气地说:"这些和尚没处寻死,却来这里寻死!"说完就让侍卫去抓人。

太师连忙拦住说:"南赡部洲的东土大唐是中华大国,到这里万里迢迢,一路上有许多妖魔鬼怪,他们能顺利到来,想必会些法术。不如就给他们关文,让他们走吧。"

于是国王就让唐僧师徒进来,还没来得及看通关文牒,三个道士就来了。

三位道士大摇大摆地走进金銮(luán)殿,见到国王也不行礼。听说唐僧师徒是从东土大唐来的,就把他们打死两个小道士、放走五百个和尚、大闹三清观的事情告诉了国王。国王闻言大怒,要杀四人。

孙悟空大声说:"陛下息怒,请听我们一言。他说的这些事,全无对证,完全是想陷害我们。我们刚到此地,连三清观在哪儿都不知道,怎么会去吃供品!"

国王原本就没什么主意,听孙悟空说得有理,就不知道该怎么办了。

这时,有三四十个百姓进来磕头说:"今年春天一直没下雨,恐怕夏天也会干旱,草民等特来请国师下一场雨。"

国王就对孙悟空说:"你们敢跟国师比试求雨吗?你们冒犯国师,本该治罪,但如果能为百姓求得雨来,就放你们过去;要是求不得雨,就推出去斩首示众。"

孙悟空笑着说:"好办,好办,我们和尚也略懂些求雨的法子。"

求雨的祭坛布置好了,虎力大仙辞别国王,径直往坛上走。孙悟空拦住他说:"咱们得说清楚,不然怎么知道是你求下来的雨,还是我求下来的雨?"

虎力大仙说:"我求雨只看令牌。第一声令牌响,风起;第二声令牌响,云来;三声响,电闪雷鸣;四声响,雨至;第五声响,云散雨住。"

孙悟空说:"好,你先请。"

虎力大仙登上高台,小道士递过来几张写着符的黄纸和一把宝剑。大仙拿着宝剑,念一声咒语,把一道符在蜡烛上烧了。"乓"的一声令牌响,只见台上的旗子被风吹动起来。猪八戒说:"不好了,这道士还真有些本事!令牌响了一下,就刮风了。"

孙悟空说:"我上去看看。"他拔下一根毫毛,变成一个假孙悟空,真身跳到空中,高声叫:"司风的是哪一个?"慌得风婆婆扎住风口袋,忙来拜见。

孙悟空说:"我保护唐三藏西天取经,和那妖道打赌求雨,你怎么不帮老孙,反帮那道士?快把风收了,若再有半点儿风,我就打你二十棍。"

风婆婆立刻收了风。

虎力大仙烧了符纸,又打了一下令牌,只见空中乌云密布。孙悟空又叫:"是谁在布云?"推云童子、布雾郎君听见,慌忙收了云。一时间,碧空万里。

猪八戒大喊:"这道士只会糊弄国王,没有真本事,令

牌响了两下，怎么没有云？"

虎力大仙心中也有些着急，披头散发，念咒烧符，又打一下令牌，雷公电母匆匆赶来。孙悟空仍然拦下他们，于是雷没打，电也没闪。虎力大仙又打了第四下令牌，四海龙王也来了。孙悟空再次让他们不要听号令，龙王们也非常配合。

孙悟空对天上的众神仙说："那道士四声令牌已过，该轮到老孙上去了，我不会发符、打令牌，就以棒子为号。我指第一下，就要刮风；第二下，就要布云；第三下，电闪雷鸣；第四下，就要下雨；再一指，就要晴天。千万别弄错了！"

众神仙都说："遵命，遵命。"

孙悟空跳下云头，收起毫毛，说："四声令牌都已经响过了，却没有半点云雨，该让我上去了。"

虎力大仙只好下来。

只听见国王问道："寡人在这里洗耳恭听，听到四声令牌响，却不见风雨，是怎么回事呀？"虎力大仙说："今天龙神都不在家。"

孙悟空说："他们都在家，只是你没本事请来。"孙悟空叫唐三藏登坛念经，等到经念完了，他就把金箍棒冲天一指。风婆婆连忙解开风口袋，顿时狂风大作。

孙悟空又朝天一指,推云童子、布雾郎君忙放出浓云厚雾。孙悟空又往上指了指,顿时闪电飞窜,雷声大作。再一指,大雨倾盆而下,从上午一直下到中午,大水都漫过了街道。

国王说:"圣僧,雨够了。再多会淹坏了禾苗。"于是孙悟空又把金箍棒一指,马上雨停云散,日照当空。国王大喜,说:"真是'强中自有强中手',这和尚要晴天就晴天,顷刻间就杲杲日出①,比国师还灵。"

国王要给唐三藏倒换关文,刚要用印,被虎力大仙拦住。他说:"陛下,这场雨算起来还是我的功劳,不能算是和尚的。我已经发了符咒,那时龙神们恰巧都不在家,等赶来时,正是和尚上去作法,怎么能算他的功劳?"

国王昏庸,一听这话,又难以决定。孙悟空上前说:"这些旁门左道,也算不得什么本事。如今四海龙王还在空中,谁能叫得龙王现身,就算谁的功劳。"

道士哪有这样的本事,说:"我们不会。"

孙悟空对天高喊:"敖广何在?让你的兄弟现身出来看看!"

龙王听见孙悟空叫唤,连忙现了本相,四条龙在空中飞

---

① 杲杲(gǎo gǎo)日出:太阳出来光明的样子。出自《诗经·卫风·伯兮》:"其雨其雨,杲杲日出。"

舞,穿过金銮殿。国王和官员们吓得连忙焚香礼拜,说:"有劳龙王降临,改日定当上贡。请回。"

国王见孙悟空能叫出真龙,就盖好国印,要把关文递给唐三藏。三个道士慌忙跪倒,说:"陛下,我等来此二十年了,造福黎民,保佑社稷①,不知出了多少力。这几个和尚一来,就败坏了我们的名声。陛下怎能因一场雨,就赦了他们杀人的罪?请陛下先留住他们的关文,我们要再和他们比试。"

国王问:"国师,你与他比什么?"

虎力大仙说:"我和他比坐禅。"

国王说:"和尚擅长坐禅。你怎么和他比?"

---

① 社稷(jì):社为土地神,稷为谷神。社稷代表农耕时代的国家。

虎力大仙说:"我这不是普通的坐禅,叫做'云梯显圣'。要把五十张桌子叠起来,做一个禅台。不许登梯子,也不能手攀,每人驾一朵云上去,看谁坐的时间长。"

于是国王问:"和尚,我国师要和你赌云梯显圣,你们哪个能坐禅?"

一听说要坐禅,孙悟空不敢搭话,让他翻江倒海、移星换

斗可以，让他千变万化、闪转腾挪也没问题，但要让他老老实实坐在那里一动不动，他是万万做不到的。

唐三藏却说："我能坐禅，但是上不去。"

孙悟空大喜说："没关系，师父，您只管答应，我送您上去。"

唐三藏上前合掌说："贫僧会坐禅。"国王就传旨在金銮殿左右立起两座禅台。

虎力大仙将身一纵，踏起一朵云，落到西边台上坐下。孙悟空拔一根毫毛，变成假孙悟空，真身变成一朵祥云，把唐三藏驮到东边的台子上。然后他又变成一只小飞虫，飞到猪八戒耳边，轻轻地说："兄弟，你仔细看着师父，别和我的替身说话。"八戒笑着说："知道了，知道了。"

虎力大仙和唐三藏在高台上坐了很长时间，不分胜负。鹿力大仙想助他师兄一臂之力，就拔下一根头发，弹到唐三藏头上，变成一个大臭虫。

唐三藏被咬得难受，但是不能用手挠，动手就算输了。他只好缩着头，在衣襟上蹭痒痒（cèng yǎng yǎng）。八戒看见了，说："不好，师父发羊角风了。"沙和尚说："不是，是头风病发了。"孙悟空听了，就变成一只小虫飞上去查看，发现是一只臭虫在咬师父，他急忙捉下虫子，又替师父挠了挠。

他想：这么高的地方，哪里来的虫子？只怕是道士捣鬼。待老孙也去照顾照顾他。

孙悟空飞到虎力大仙头上，变成一只蜈蚣，冲他的鼻子叮了一口。虎力大仙坐不稳，一跟头摔了下去，几乎丧命，幸亏官员人数众多，及时把他救起来。孙悟空变成祥云接师父下来，这次比试就算赢了。

笑读西游

1. 虎力大仙求雨时令牌响了几声？
2. 鹿力大仙是在哪个比赛环节帮助虎力大仙的？怎么帮的？

三仙现原形

孙悟空和虎力大仙比求雨,赢了,唐三藏和虎力大仙比坐禅,也赢了。国王想放唐僧师徒离开,三个大仙却不同意,还要接着比试,国王同意了吗?

虎力大仙从高台上摔下来，差点丢了性命。鹿力大仙又来挑战，他对国王说："陛下，我师兄原有风疾，因为到了高处，旧病复发。这局不算，我要和他赌隔板猜物。"

国王就同意了，命人把一个红漆柜子抬到后宫，让娘娘在里面放上宝物，再抬出来。他说："你两家各凭法力，猜猜柜子中是什么宝物。"

唐三藏说："悟空，柜子里的东西，怎么能知道是什么？"

孙悟空说："师父放心，等我去看看。"他变成一只小飞虫，顺着柜子下面的缝隙钻进去，看见里面是一套锦绣宫衣，上面绘有山河地理图。他念了一声"变"，衣服立刻变成一口破钟。

他从缝里飞出去，在唐三藏耳边说："师父，你就猜是破烂溜丢一口钟。"

鹿力大仙抢先回答:"里面是山河社稷袄、乾坤地理裙。"

唐三藏说:"不对,不对,是破烂溜丢一口钟。"

国王生气地说:"你这和尚太无礼!敢笑我国没有宝贝!"

唐三藏说:"陛下息怒,打开柜子看看便知。"

国王叫人打开一看,果然是破烂溜丢一口钟。国王大怒,说:"是谁放的这个东西?"

皇后出来说:"陛下,是我亲手放上的宫衣,不知道怎么变成了这个东西。"

国王说:"朕亲自藏一个宝贝,再试试看。"他去御花园摘了一个大桃子,放进柜子里,又让他们猜。

孙悟空又顺着缝隙钻进去,见是一个桃子,就把它吃了个干干净净,只剩桃核。

羊力大仙先猜:"是一颗仙桃。"

唐三藏按孙悟空教他的,说:"不是桃子,是个桃核。"

国王说:"是朕亲手放上的仙桃,国师猜对了。"

唐三藏说:"陛下,打开看看就知道了。"

国王打开一看,果然是一个桃核。他大吃一惊,说:"国师,不要和他比试了,放他走吧。寡人明明放的是桃,现在却变成桃核,一定有神仙暗中助他。"

八戒听了,和沙和尚暗笑说:"他们哪知道大师兄是吃桃子的老手啊!"

正说着,虎力大仙缓过劲来,走上殿说:"陛下,那和尚虽有些法术,但只能换得了物件,换不了人身。把柜子抬上来,我和他再猜。"这次虎力大仙让一个小道士坐进柜子里。

孙悟空再次钻入柜子,见是一个道童,就摇身一变,变成老道士模样,对道童说:"那和尚看见你进来了,他们若猜中,咱们岂不又输了。不如你剃了头,扮作和尚吧。"

小童说:"只要能赢,但听师父吩咐。"

孙悟空就变出一把剃头刀,替小道童剃了头,又把他的道袍变成了一件土黄色的和尚服。孙悟空拔下两根毫毛,变作一个木鱼,递到小道童手里,说:"外面若叫道童,你千万别出去,若叫和尚,你就敲着木鱼,念着'阿弥陀佛'走出去。我们就成功了。"

比赛开始,虎力大仙又抢先说:"陛下,柜子里是道童。"

唐三藏按孙悟空教的,说:"是和尚。"

猪八戒也高叫道:"柜子里是个和尚!"

那小童听见叫声,敲着木鱼,念着佛,钻了出来。两边的文武大臣都齐声喝彩,三个道士哑口无言。

国王说:"这和尚真有鬼神相助,将道士变成和尚,不

仅能剃头,连衣服都这么合身。国师,放他们过去吧。"

虎力大仙还是不死心,说:"陛下,这真是棋逢对手,将遇良才。我们兄弟三个自幼在钟南山学武艺,都有些神通,索性与他赌一赌。"

国王问:"什么神通?"

虎力大仙说:"头砍下来,还能安上;剖腹挖心,还能再长;滚油锅里,也能洗澡。"

国王大惊,说:"这都是要命的事情。"

虎力大仙说:"陛下放心,我等有此法力。"

国王对唐三藏说:"和尚,我国师不肯放你,要和你赌砍头、剖腹、下油锅呢。"

孙悟空听了,哈哈大笑说:"造化了,正合老孙心意。"于是就上前说:"陛下,我当年在寺里修行,有位禅师教过我一个砍头法,不知道好不好用,正好今天可以试一试。"

国王无奈,只好答应。

孙悟空说:"我先去,我先去!"

唐三藏一把拉住他，"徒弟，砍头可不是闹着玩的。"

孙悟空说："师父别怕，也让您见识见识我的本事，老孙去去就来。"说完，他径直走上断头台。刽子手大喊一声，手起刀落，孙悟空的脑袋就落地了。

孙悟空的脖子上没有一滴血，只听见他的肚子叫了一声"头来"。鹿力大仙急忙念咒，叫来土地神："把头给我按住，待我赢了和尚，给你们翻盖庙宇，重塑金身。"土地神怕他，真把孙悟空的头按住了。

孙悟空又叫了声"头来"，那头定在地上，纹丝不动。孙悟空急了，一使劲，把捆着的绳子挣断了，头长到了身上，吓得刽子手魂飞魄散。

监斩官忙入朝奏报："陛下，那和尚砍了头，又长出来一个。"刚说完，孙悟空就走回来了。

猪八戒轻声说道："沙师弟，没想到哥哥还有这样的本事。"

沙和尚不以为然地说："他会七十二般变化，就有七十二颗脑袋呢。"

唐三藏喜出望外，说："徒弟，辛苦吗？"

孙悟空说："不辛苦，好玩着呢！"

猪八戒问："哥哥，用刀疮（chuāng）药吗？"

孙悟空说:"你摸摸看可有刀痕!"猪八戒伸手一摸,傻愣愣地笑了:"长得真好,一点儿痕迹也没有。"

国王说:"赦你们无罪,快走吧。"

孙悟空说:"走是要走,只是我们砍完了,该轮到国师砍了。"

国王说:"国师,那和尚不肯放你,你不要辜(gū)负寡人的期望。"

虎力大仙只好走上断头台。他被砍头以后,也喊"头来"。

孙悟空急忙拔下一根毫毛,变成一只黄狗,跑过去把虎力大仙的头叼走了。虎力大仙连叫三声,也不见头来,就现了原形,竟然是一只黄毛虎。

国王大惊失色,呆呆地看着另外两个道士。鹿力大仙说:"我师兄怎么会是老虎?一定是那和尚施法,把我师兄变成老虎。他害死了师兄,我不能饶他,定要和他比剖腹挖心。"

国王这才定下神来,说:"和尚,二国师还要和你赌呢。"

"正好,正好。"孙悟空一点也不怕,说罢,解开衣带,露出肚皮。

刽子手刚划一刀,孙悟空吹了一口气,肚皮立刻完好如初。孙悟空笑嘻嘻地对国王说:"叫二国师也来耍耍吧。"

鹿力大仙也被划了一刀,不等他使用法力恢复伤口,孙悟空就变成一只饥饿的老鹰扑过去，把他的五脏六腑全都抓走了。鹿力大仙也现出原形，是一只白毛鹿。

国王非常害怕，羊力大仙说："这都是那和尚作法，害死我师兄。我要跟他比下滚油锅洗澡，给我师兄报仇。"

国王便命人准备油锅，架起柴火，将油烧开。孙悟空说："小和尚一向不洗澡，这两天身子痒，正好舒服一下。"

孙悟空脱了衣服，纵身跳到锅里，真像洗澡一样轻松自在地玩耍起来。猪八戒见了，对沙和尚说："咱们错看了这个猴子，平日和他打打闹闹，不知道他竟有这样的真本事！"

他俩在那里耳语，赞叹不已，孙悟空看见了，以为猪八戒又在笑他呢，于是想捉弄他一下。

孙悟空洗着洗着，突然打一个挺，沉到锅底，变成一个枣核，再也不出来了。监斩官向国王奏报："小和尚被热油烫死了。"

刽子手拿着抄子在锅里捞了半天，什么也没捞上来。原来悟空变的枣核太小，捞不上来。监斩官就奏道："和尚已经炸化了。"

国王说："把这三个和尚拿下！"

侍卫们把猪八戒捆得结结实实，慌得唐三藏忙说："请陛下给贫僧一点时间。这个徒弟跟我一场，立下不少功劳，

受了不少辛苦,今天他也是为取经而死,容我祭奠他一下,也不辜负我们师徒的情分。"

唐三藏来到锅边,边哭边说:"悟空,本想和你共上西天,同成正果,没想到你今日魂归地府。为师会记得你的诚心,你的英灵在西天等我吧。"

猪八戒破口大骂:"闯祸的泼猴,无知的弼马温!这回你可闯了大祸了!也把我们害惨了!"

孙悟空忍不住现出本相,站在油锅里,说:"你这遭瘟的死猪,你骂谁呢?"

唐三藏见了,转悲为喜:"悟空,你吓死我了!"

孙悟空跳出来,穿好衣服,对国王说:"也让你的三国师下下油锅吧。"

国王战战兢兢地说:"国师,你也下去试试吧。"

羊力大仙不慌不忙地脱了衣服,跳下油锅,也是一副自在享受的表情。

孙悟空站到锅边,见柴火烧得很旺,便伸手摸了摸,却发现锅里一点也不烫。孙悟空想:不知是哪个龙王护着他呢。

孙悟空纵身跳到空中,叫来北海龙王,说:"你这个有鳞的蚯蚓,带角的泥鳅!你怎么敢帮这个坏道士,叫冷龙护住他!"

龙王连连作揖说:"敖顺不敢相助。这是他自己炼的冷龙,

我现在就把它收了,看他还显什么手段。"

龙王化作一阵狂风,到锅边将冷龙捉下海去。羊力大仙受不得热油,挣扎了几下,便现出真身,是一只山羊。

国王倍受打击,失声痛哭。孙悟空上前说:"他们都是成精的山兽,到这儿来只等你气数衰败,就夺了你的江山。幸亏老孙来了,替你除妖,救了你的性命。"

国王这才恍然大悟,赶紧安排宴席酬谢唐僧师徒。第二天又贴出了招僧榜,那些逃命的和尚都高高兴兴地回到城里,找孙悟空交还了毫毛。

离开车迟国时,孙悟空嘱咐国王:"以后你可不要再随便听信别人的谗言了,和尚道士,各有各的用处。希望你以后尊佛重道,更要培养人才,这样才能江山稳固。"

国王千恩万谢,依依不舍地送他们出城了。

笑读西游

1. 在隔板猜物环节,双方分别猜了几次?每次国王放进去的东西是什么?
2. 车迟国的三位国师是什么妖怪?

献祭灵感大王

　　唐僧师徒四人被八百里通天河挡住了去路，只得到陈家庄一户人家借宿，却发现那里有用童男童女祭祀的风俗。孙悟空和猪八戒自告奋勇，变成小孩的模样前去献祭。

　　唐僧师徒离开车迟国，不知不觉春去秋来。这一天傍晚，他们正准备找地方借宿，却听到哗哗水响，被一条波涛汹涌的大河挡住了去路。

　　猪八戒说："让我看看深浅。"

　　唐三藏问："水的深浅怎么试呀？"

　　猪八戒说："找一块鹅卵石扔下去，如果溅起水花来，就是浅的；如果咕嘟一声沉下去，就是深的。"说完，他捡起一块石头扔下水，只听得咕嘟嘟，石头沉下去了。

　　他说："水太深了，过不去！"

　　唐三藏说："你虽然试出了水的深浅，可是不知道这条河有多宽。"

　　孙悟空说："我去看看。"他跳到空中，仔细观看。只见波涛翻滚，远处水天相接，望不到尽头。

　　"师父，这河太宽了！老孙火眼金睛，白天能看千里，就是夜里，也能看三五百里，如今却看不见对岸，不知道它有多宽呢！"

　　唐三藏大惊，哽咽（gěng yè）着说："徒弟，这可怎么办呀！"

　　沙和尚说："师父别哭，你看那水边好像站着一个人，可能是扳罾①的渔人。"

孙悟空说:"我去问问他。"他拿了铁棒,跑到前面一看,原来不是人,而是一面石碑。碑上有三个篆文大字——"通天河",下面是十个小字——"径过八百里,亘古(gèn gǔ,整个古代)少人行"。

这时猪八戒说:"听!好像有锣鼓声。想必是有人家,咱们先去讨口斋饭,问一下哪里有渡口,明天再过河。"

他们高一脚低一脚地沿着河岸走,走过沙滩,来到一处村庄。村子依山傍水,大概有四五百户人家。夜晚,月光皎(jiǎo)洁,灯火稀少,万籁(lài)俱静。

唐三藏下了马,看到路边有一户人家,屋里灯火辉煌,香烟缭绕。唐三藏说:"我去看看能不能留宿,如果可以,我就叫你们过去;如果不留,你们也不要撒泼。你们嘴脸丑陋,不要吓着人家,惹出事来。"

孙悟空说:"师父说得有理,我们就在这儿等着。"

唐三藏整整衣服,拿着锡杖,来到那家门外。门半开半掩,他不敢擅自进门,等了一会儿,从里面走出一位挂着佛珠、念着阿弥陀佛的老人。唐三藏连忙上前行礼。

---

① 扳罾(zēng):罾,用竹子或木头做支架的方形渔网。扳罾,用这种渔网捕捞鱼虾。

老人还了礼,说:"你这和尚来得太晚了,我们的斋饭已经没了。"

唐三藏说:"老施主,贫僧不是来吃斋的。我从东土大唐而来,去往西天取经,路过贵地,想来借宿一晚。"

老人摇头说:"出家人不打诳语。大唐到这里有五万四千里路,你独自一人,怎么能走到?"

唐三藏说:"老施主说的是。我还有三个徒弟,他们逢

山开路,遇水架桥,一路保护贫僧到此。"

老人说:"既然有徒弟,就请他们一同来吧。"

唐三藏回头叫道:"徒弟,过来吧。"孙悟空性急,猪八戒粗鲁,沙和尚莽撞,一听师父招呼,三个人不分好歹,牵马挑担,一阵风似的闯了进去。那老人见了,吓得跌倒在地,直叫:"妖怪来了,妖怪来了!"

唐三藏赶紧搀起他,好生安慰。结果他们进到厅堂中,又把念经的和尚吓得狼狈逃走,奉茶的僮(tóng,未成年的仆人)仆也不敢过来。

老人安排斋饭,唐三藏举起筷子,先念一卷《启斋经》。猪八戒饿急了,不等唐三藏的经念完,就狼吞虎咽,一口一碗白米饭,连吃了五六碗,还嚷嚷没吃饱。

吃完饭,唐三藏感谢老人的款待,问道:"您请和尚念经,是要做什么斋事?"

老人悲伤地说:"我家马上就有人要死了。"

孙悟空问:"这是什么意思?"

老人说:"你们来的时候,在水边看见了什么?"

孙悟空说:"就看见一

个石碑,上面写着'通天河'三个字。"

老人说:"你们再往河的上游走走,就能看见前面有一座灵感大王庙。"

"这个灵感大王是谁?"

老人流下泪水,说:"他是一方的神仙,年年降下甘霖(lín),保佑丰收。"

孙悟空说:"这不是好事吗?您为何伤心烦恼呢?"

老人捶胸跺脚,说:"他虽然对我们有恩惠,但他要吃童男童女作为回报!"

孙悟空恍然大悟:"今年看来是轮到您家了?"

老人说:"正是这样。我们这里叫陈家庄。灵感大王每年要我们祭祀一次,献上童男童女,还有猪和羊。他吃了这一顿,就保佑我们村庄风调雨顺,如果没有贡品,他就降下灾祸。"

孙悟空问:"那您有几个儿子呢?"

老人家更加痛苦了:"说起儿子,我真惭愧啊!我到五十多岁的时候才终于有了一个女儿,叫一秤(chèng)金,今年才八岁。我的弟弟有个儿子,叫陈关保,今年七岁。我兄弟二人,只有这两个后人,没想到这次轮到我家上贡品。可我们怎么敢不进贡呢?所以我们先替两个孩儿做个超生的道场。"

唐三藏听了这些话，忍不住流下眼泪，"俗话说得好，黄梅不落青梅落，老天偏害没儿人。"

老人流着泪说："灵感大王经常来村子里走动，每户人家的情况他都了如指掌，谁家都逃不过。"

孙悟空说："原来是这样，那您把小男孩抱出来给我看看。"

老人的弟弟抱出小男孩，那孩子在袖子里装着果子，蹦蹦跳跳，一边吃一边玩，压根儿不知道大祸临头。孙悟空默默念了一声咒语，摇身一变，变成小男孩的模样。两个孩子牵着手，在灯前蹦蹦跳跳，吓得老人的弟弟连忙跪下，说："刚才还在跟我说话呢，怎么一下子变成我儿子的模样了？"

孙悟空抹了一把脸，变回自己的模样，笑着说："和您儿子一模一样吧？"

老人连声说："一模一样，声音一样，衣服一样，高矮也一样。"

孙悟空说："您还没仔细看呢，如果取来秤盘称一称，就会发现连重量也是一样的。这样就能骗过灵感大王。我去当祭品，留下您的后代。"

老人的弟弟感激不尽，老人自己则倚在门边哭泣。孙悟

空知道他也舍不得女儿,于是说:"您快去蒸上五斗米饭,再做一些好吃的素菜,给那个长嘴的师父吃了,叫他变成您的女儿。我们兄弟俩一块儿去祭祀,怎么样?"

猪八戒听了这话,吃了一惊:"怎么还拉上我?"

悟空说:"常言说'无功不受禄'。你吃了人家的饭,当然有义务帮忙。"

唐三藏说:"悟空说得没错,'救人一命,胜造七级浮屠'。你去既是感谢人家的款待,也是积德行善。况且夜凉无事可做,你们兄弟两个就去玩玩吧。"

猪八戒说:"师父说得容易,我只会变山变树,变石头变水牛,或者变个大胖子。变个小女孩可有点儿难。"

孙悟空让老人把女儿抱出来。猪八戒说:"她这样小巧玲珑,可怎么变呢?"

孙悟空说:"快变,不要找打。"

"别打,别打,我试试看。"猪八戒念动咒语,摇了摇头,还真变了,不过,头变成了小女孩的样子,肚子还是那么大。孙悟空笑着说:"再变变!"

猪八戒皱着眉头说:"哥哥,就算你打我,我也变不过来了。"

孙悟空对着八戒吹了一口仙气,八戒立刻变得和小女孩

一模一样。

孙悟空让两位老人把孩子藏好,唐三藏问道:"怎么去献祭?"

老人说:"坐在红漆盘子里,抬到庙里去。"

于是孙悟空嘱咐沙和尚保护好师父,他和猪八戒变成陈关保和一秤金坐在盘子里。这时外面锣鼓喧天,村民大叫:"抬出童男童女!"老人一家哭哭啼啼,让人把童男童女抬到了灵感大王庙。

村民们献上祭品就走了。猪八戒有点害怕,嚷嚷着要回去,这时呼呼风响,妖怪来了。他一身金灿灿的铠甲,系着红腰带,眼睛仿佛是闪烁的明星。

妖怪问:"今年献祭的是谁家?"

孙悟空笑吟吟地回答:"是陈澄、陈清家。"

妖怪心中疑惑:这个童男的胆子真大,以前的孩子听了我的话,多半就快吓死了,他竟然对答如流。

妖怪又问了他们的名字,然后说:"这个祭祀是每年的规矩,今天你被献上来,我就要吃了你。"

孙悟空说:"我不敢反抗,你来吃吧。"

妖怪听他这么说,反而不敢动手了,说:"往年我都是先吃童男,今天我决定先吃童女了。"

猪八戒吓了一跳,连忙说:"大王,千万不要坏了规矩,还是先吃童男吧。"

妖怪不由分说,去抓猪八戒。猪八戒吓了一跳,现出本相,握着钉耙,抬手一劈,那妖怪立刻缩了手,往外逃跑。只听见当的一声响,掉下来两片冰盘大小的鱼鳞。看样子,这妖怪是条鱼精。

孙悟空大叫:"快追!"

妖怪没有带兵器,站在空中问道:"你们为什么要破坏我的香火?"

孙悟空说:"我们是唐三藏的徒弟。你一年吃一对童男童女,一共吃了多少人?要是不说清楚,我饶不了你!"

妖怪化作一阵狂风,钻进通天河中。孙悟空和猪八戒只好先回去。

笑读西游

1. 今年要献给灵感大王的童男童女分别叫什么名字?
2. 唐僧师徒救下童男童女,由谁去假扮?

26 通天河战鱼精

　　灵感大王施法降下大雪,把通天河冻得严严实实。唐僧师徒取经心切,要从冰上过河。走到河心,冰面突然裂开,唐三藏被抓走了。这灵感大王是什么来历?孙悟空能对付得了他吗?

妖怪逃回宫中，沉默不语。小妖们问："大王每年接受献祭回来，都欢欢喜喜，今年怎么这么不高兴？"妖怪感叹道："这次我遇到个厉害的对手，他和他兄弟一道变成童男童女来骗我。我不但没吃到祭品，还差点丢了性命。这对手是东土大唐来的圣僧唐三藏的徒弟，听说唐僧是十世修行的好人，吃他一块肉，就能长生不老。可没想到他手下有这样厉害的徒弟。"

这时，一个鳜（guì）鱼精给他出了个主意："听说大王能翻江倒海、呼风唤雨，不知道会不会降雪、结冰？"

妖怪说："自然会。"

鳜鱼精笑着说："这就好办了。今天三更时分，大王作法，下一场大雪，把通天河都冻住。叫几个小妖变成人的模样，在冰上行走。那唐僧取经心切，看见有人行走，肯定会踏冰渡河。大王在河心处等着，等他们走过来时，让冰裂开，他们就会一起掉进水里了。那唐僧是个凡人，先抓了他再说。"

妖怪听了，十分高兴，说："妙啊！就这么办。"说罢，他就到空中兴风作浪，把通天河冻了起来。

天还没亮，唐僧师徒就被冻醒了。他们出门一看，外面白茫茫一片，竟然下起了大雪。不久，陈家派人送来热水和

火炉，陈家两位老人也过来聊天。唐三藏担心大雪封路，无论老人怎么劝解挽留，他都忧心忡忡（chōng chōng，忧愁的样子）。

第二天，唐三藏听到路人说八百里通天河都被冻住了，河面冻得像镜子一样光溜溜的，但是上面仍然有人行走。唐三藏急忙吩咐收拾行李、马匹，踏冰过河。

到了河边，上面果然人来人往。唐三藏喜出望外，吩咐快走。沙和尚拦住说："师父，咱们还是再住几天，等冰化了再走吧，只怕匆忙中有什么闪失。"

唐三藏说："悟净，你怎么这么愚钝。如今一天冷似一天，什么时候才能等到冰化呢！"

猪八戒说："让我试试这冰有多厚。"说罢，他举起钉耙朝冰上一敲，只听一声闷响，冰上留下九个白印，手也震得生疼。猪八戒高兴地说："能过去，冻得结实着呢！"

唐三藏听了非常高兴，催促大家赶紧赶路。走上冰面，马蹄滑了一下，唐三藏差点儿摔下来。猪八戒说："我去找陈老汉要一点稻草，把马蹄裹上就不会滑了。"

唐三藏回到岸上，等猪八戒把马蹄裹好，才又骑上马出发。

师徒四人一直走到晚上，吃了一些干粮，也不敢歇息，趁着月光，又往前赶路。

第二天早上，只听见冰底哗啦一声响，冰面突然全都裂开了。孙悟空慌忙跳到空中，另外三个人和白马却一股脑儿掉进了水里。唐三藏被妖怪抓回水府。猪八戒、沙和尚与白龙马都懂水性，浮出水面。孙悟空看到他们出来，就问："师父呢？"

猪八戒说："师父现在改名叫陈到底了，先上岸再说吧。"

他们一起回到陈家庄。休整之后，孙悟空说："一定是那灵感大王搞的鬼，陈老汉，您照看好白马、行李，我们去找师父，索性替你们除了那妖怪，永绝后患。"

回到河边，孙悟空说："我水里功夫不好，下到河里，得念避水诀，要是变成鱼，也抡不了金箍棒，使不出神通。"

猪八戒想着他老被孙悟空捉弄，这回刚好可以捉弄一下孙悟空，就主动说："我来背着师兄。"

猪八戒背着孙悟空，沙和尚跟在后面，分开水路，进入通天河里。走着走着，猪八戒假装摔了一跤，把孙悟空扔了出去。谁知孙悟空早有防备，他变成小虫子趴在猪八戒身上，猪八戒扔出去的只是他用毫毛变成的假身。

孙悟空钻进猪八戒的耳朵里，大喊："老孙在这儿呢！"

猪八戒吓得磕头认错,继续和沙和尚往前走,来到了妖怪的洞府门口。

孙悟空变成了一个虾婆,进里面打探消息。可是他怎么也找不到师父,这时有个大肚鱼婆走了过来,他上前询问,鱼婆说:"唐僧被关在宫殿后面的石箱子里,等他的徒弟们不来吵闹了,再慢慢享用。"

孙悟空找到师父,好生安慰,然后出门对猪八戒和沙和尚说:"师父被关在石箱子里。你们俩去找妖怪打架,我回岸边去。你们要是能抓住他,最好,抓不住,就假装认输,把他引到外面去,我来教训他。"

猪八戒和沙和尚闯到妖怪门前,大声叫:"妖怪,还我师父来!"

妖怪穿好盔甲,拿起兵器,身后跟着百十个小妖。妖怪冷笑着说:"你们两个半路出家的和尚,一个拿着种菜锄地的钉耙,一个拿着做面食的擀(gǎn)面杖,也配跟我要师父!"

猪八戒大怒,和妖怪打在一处,沙和尚也赶紧过来帮忙。三个人在水下打了两个时辰,不分胜负。

猪八戒对沙和尚使了个眼色,二人假装战败,回头就走。妖怪哪里肯放,一路追出水面。孙悟空一直在岸上目不转睛地盯着水面,一见妖怪露头,提起铁棒,照头就打。妖怪战了三个回合，招架不住，便一头扎进水里去了。

妖怪逃回洞府，鳜鱼精询问了对手的模样，打了一个寒战，说："大王，亏你跑得快，不然性命难保。当初我在东海，曾听老龙王说过齐天大圣的大名，他神通广大，大王，您今后可千万不要再与他交战了。"

正说着，小妖来报："大王，那两个和尚又来了！"

妖怪急忙吩咐小妖搬石头、塞泥块，把门堵得严严实实。猪八戒和沙和尚在门口叫了半天，也不见妖怪出来。猪八戒心急，抡起钉耙，一通乱打，把门打破了，可里面堆满了沙石泥土，怎么也弄不开。

战妖斗魔

两个人回去找孙悟空。孙悟空想了一会儿,说:"你们在这儿守着,我去问问菩萨这妖怪的来历。"

孙悟空纵起筋斗云,直奔南海而去,不到半个时辰,就到了落伽山。守山大神、木吒行者、善财童子一起上前施礼,说:"菩萨知道大圣今天要来,特意吩咐我们在这里迎接。菩萨今天一早去紫竹林里散步了,不让人跟随。大圣请坐在这里等一会儿。"

孙悟空等了半天,也不见菩萨出来,非常着急,说:"麻烦你们帮我通报一声,要是晚了,恐怕我师父性命难保。"

诸神都说:"不敢通报,菩萨说等他出来。"

孙悟空哪里等得了,径直闯进竹林去了。看见菩萨没有梳妆,散着头发、光着脚,正盘腿坐在那儿削竹子呢。

孙悟空说:"菩萨,我师父有难,我想来问问菩萨,那妖怪是哪里来的。"

菩萨说:"你先出去,我一会儿就出来。"

孙悟空只好走出竹林。一会儿,菩萨出来了,手里提着一个竹篮,说:"走吧,我跟你去救唐三藏。"

孙悟空慌忙跪下,说:"请菩萨穿好衣服再走。"

菩萨说:"不用,这就走吧。"孙悟空只得跟随菩萨,

来到通天河。

菩萨解下一根系衣服的丝带，拴住竹篮，驾祥云到空中，手拿丝带，把竹篮抛到河中，口里念着："死的去，活的住，死的去，活的住！"连念了七遍，提起竹篮一看，那里面有一条亮闪闪、活泼乱动的金鱼。

菩萨说："悟空，快去救你师父吧。"

孙悟空说："还没抓住妖精，怎么救师父？"

菩萨说："这竹篮里的金鱼就是那妖精。"

猪八戒问："这一条小小的鱼儿，怎么会那么厉害？"

菩萨说："他本来是我那莲花池里的金鱼，每天探出水面，听我讲经，所以修炼成精。也不知道什么时候跑到这里的。我今天早上扶着栏杆看莲花，不见这个孽畜出来拜见，掐指一算，料到他在这里成精，害你师父。所以来不及梳妆，就赶紧编个竹篮来捉他。"

菩萨说完，提着篮子回南海去了。

猪八戒和沙和尚分开水路，到水府中救出了唐三藏。孙悟空对陈家庄的百姓说："妖怪已经被我们斩草除根，你们以后再也不用祭拜他了。老人家，如今还得烦劳你，准备一只小船，送我们过河。"

百姓们听说妖怪被铲除了，都非常高兴，争着出力，为唐僧预备船只。

正在吵闹时,河中间忽然传来一个声音:"孙大圣,我送你们过河去!"只见那水里钻出一个巨大的白色癞头鼋(yuán)来。

癞头鼋说:"我是来报答大圣的恩情的。通天河里的水府,是祖上传给我的,我住在里面修行。那妖怪九年前来到这里,我打不过他,府第也被他占去了。今天多亏大圣,请观音菩萨还我宅院,此恩重于泰山,所以我不能不报。"

孙悟空笑着说:"好,你上来。"

众人围过来一看,好大一只癞头鼋呀!壳的直径就有四丈。

孙悟空说:"师父,咱们坐在他的背上渡河吧。"

师徒四人坐上龟背,没用一天时间,就渡过了八百里通天河。上岸后,唐三藏对老鼋说:"有劳你了,我也没有什么东西能送给你,等我取经回来再感谢吧。"

癞头鼋说:"师父客气了。我听说西天佛祖如来,能知道过去和未来的事情。我在这里已经修行了一千三百多年,请千万记得帮我问一声,我什么时候才能脱去本壳,修成一个人身。"

　　唐三藏满口答应："一定帮你问。"癞头鼋就钻进水里去了。

　　孙悟空扶师父上马，猪八戒挑着担子，师徒四人找到大路，继续奔向西方。

笑读西游

1. 灵感大王是什么来历？观音菩萨收服他时，对着通天河说了句什么口诀？说了几遍？
2. 癞头鼋为什么要送唐僧师徒过通天河？

给孩子讲西游

1. 乌鸡国在现实中真的存在吗?

乌鸡国是《西游记》中虚构的国名,据考证,它的原型是《大唐西域记》里记载的阿耆尼国,位于今新疆维吾尔自治区的焉耆(yān qí)县。据说,这个国家有一个别名"乌耆",所以在小说中就变成了乌鸡国。

2. 车迟国在现实中真的存在吗?

车迟国也是《西游记》中虚构的国名,它的原型可能是《大唐西域记》中记载的"车师",车师的都城是交河城。

车师是古丝绸之路上的重要商站,东南通往敦煌,向南通往楼兰,向西通往焉耆,西北通往乌孙,东北通往匈奴。早在公元450年,

匈奴围困车师国,车师王弃城而走,从此,交河被并入了高昌国(现在的吐鲁番),车师的名字便从历史上消失了。

交河故城遗址位于新疆维吾尔自治区吐鲁番县城西10公里处,城建在雅尔乃孜沟中间的土崖上,所有的建筑都是用生土砌成的。沟水在土崖北端分流,在南端合流,所以此地称为"交河"。

3. 通天河在哪里?

通天河的原型是流经新疆和静、和硕、焉耆等县的开都河——孔雀河。

开都河与孔雀河其实是两条独立的河流,通过博斯腾湖相连。历史上的开都河起源于天山,流向博斯腾湖,而孔雀河的水源自博斯腾湖,流经库尔勒,注入罗布泊。因为农业灌溉的需要,所以孔雀河目前流经大西海子水库后便季节性断流了。

4. 孙悟空的如意金箍棒究竟是什么来历,有多厉害?

如意金箍棒是太上老君用玄铁锻造冶炼而成的,后来大禹在治水时求得这件宝贝,用来探测江海的深浅,这个棒子可随意变长变短,放进江河湖海后,深浅立现。

水患平定后,大禹将这个有灵性的铁棒丢进海底,希望它能镇住河海,永不泛滥。后来东海龙王得到这件宝贝,就把它供奉起来,称为"定海神珍铁"。

当孙悟空去东海龙王那里讨要兵器时,这块原本安安静静的定海神珍铁,突然显出灵性,到了悟空手上,更像是千里马遇到伯乐。说明它和孙悟空有缘,孙悟空才是它一直在等待的主人。

金箍棒威力无穷，和孙悟空心意相通。孙悟空用它大闹天宫，打得天兵天将丢盔弃甲，成就了齐天大圣的威名。

　　金箍棒不仅是悟空的兵器，还是他遇到困难时的帮手。因为金箍棒能按照孙悟空的心意，随时变成各种急需的工具。

　　你能举几个金箍棒如何厉害的例子吗？

5. 猪八戒的九齿钉耙有什么来头？

　　《西游记》中，猪八戒的兵器是一把九齿钉耙，那钉耙看上去普普通通，和农民用来挖地的农具没什么两样，但猪八戒几乎整天把它扛在肩上，就连吃饭睡觉都不离身。这是为什么呀？因为，九齿钉耙大有来头，是件了不起的宝贝。

　　九齿钉耙的全称是上宝沁金耙，也是太上老君的法宝。太上老君运用九天玄铁，并借了五方五帝、六丁六甲之力，亲自冶炼才制造出来的，是太上老君最满意的一件作品。因此，单从铸造过程来看，九齿钉耙可比金箍棒厉害多了。只不过，猪八戒的法力和孙悟空相比，差了一大截，所以才没让这件神器显示出应有的威力。

6. 沙和尚的兵器降妖宝杖有什么来头？

　　降妖宝杖也称"梭罗宝杖"，出自月宫的梭罗仙木，由鲁班打造琢磨而成，外边嵌宝霞光耀，内里钻金瑞气凝，是一根擀面杖粗细的乌油黑棒子，重五千零四十八斤，和猪八戒的九齿钉耙一样重。

　　沙和尚曾是天宫的卷帘大将军，降妖宝杖是玉帝所赐。沙和尚被贬流沙河后，宝杖也随身携带，在唐僧西行取经路上，降妖宝杖多次建功立威。

7. 结草衔环

结草的故事出自《左传》。

春秋时期,晋国的魏武子特别宠爱一个侍妾。武子生病时,曾嘱咐他的儿子魏颗,如果他有不测,就让他的侍妾改嫁。可是,等到武子病重时他又改了口,说让侍妾殉葬。魏武子死后,魏颗做主让父亲的侍妾改嫁了,他说:"人在病危时,头脑昏乱,所以我遵从了父亲清醒时说的话。"

后来,在和秦国的一次战役中,魏颗看见一位老人结草将秦将杜回绊倒,晋军因此获胜。晚上魏颗梦见这位老人说,他是武子宠妾的父亲,是来报恩的。

衔环的故事出自《齐谐记》。

东汉名臣杨震的父亲杨宝,九岁时救治了一只受伤的黄雀,等黄雀伤好后把它放飞了。那晚,杨宝梦见一个黄衣童子向他拜谢,并送给他四枚白玉环,说杨宝的子孙都会像白玉环一样珍贵。原来那个黄雀是西王母的使者。

后来,杨宝的儿子、孙子、曾孙果然都飞黄腾达了。

后世用结草衔环代指报恩。

写给孩子的西游记

求取真经

原著 〔明〕吴承恩
改写 刘莎

化学工业出版社
·北京·

图书在版编目（CIP）数据

写给孩子的西游记. 求取真经 /（明）吴承恩原著；刘莎改写. —北京：化学工业出版社，2021.5
ISBN 978-7-122-38559-8

Ⅰ.①写… Ⅱ.①吴…②刘… Ⅲ.①章回小说–中国–明代 Ⅳ.①I242.4

中国版本图书馆CIP数据核字（2021）第029880号

出 品 人：李岩松　　　　策划编辑：笪许燕
责任编辑：笪许燕　汪元元　营销编辑：龚 娟　郑 芳
责任校对：宋 玮　　　　　装帧设计：王 婧

出版发行：化学工业出版社（北京市东城区青年湖南街 13 号
　　　　　邮政编码 100011）
印　　装：凯德印刷（天津）有限公司
880mm×1230mm　1/32　印张 4³/₄　字数 75 千字
2021 年 5 月北京第 1 版第 1 次印刷

购书咨询：010-64518888　　　　售后服务：010-64518899
网　　址：http://www.cip.com.cn
凡购买本书，如有缺损质量问题，本社销售中心负责调换。

定　价：90.00 元（全 3 册）　　　　　　　　版权所有　违者必究

前　言

《西游记》是中国古典神魔小说的代表作，也是妇孺皆知的"四大名著"之一。自从1986年改编的电视剧《西游记》在央视首播，师徒四人西行取经的故事就成为几代人的童年记忆，神通广大的孙悟空更是成为孩子心目中的大英雄。

电视剧只在固定时段播出，为了获知更多剧情，小时候的我从亲戚家借来了《西游记》原著。可是半文半白的语言，对于刚上小学的我来说，实在是太难懂了，我只好去读《西游记》连环画。长大后，中学课业繁忙，我一直没时间读完《西游记》的全本原著。

没想到，我和《西游记》的缘分并没结束。大学毕业时，我选择"影视文学"作为毕业论文的方向，想探讨影视作品对文学原著的改编及流变。搜集资料后我发现，能够承载这一命题的恰恰是吴承恩的这部奇书。早在央视版电视剧之前，上海美术电影制片厂的《大闹天宫》就在国际上斩获多个奖项，深刻影响了亚洲动画产业；

香港邵氏电影公司拍的《西游记》系列电影，为邵氏的壮大奠定了基础。当年我还不知道，2015年上映的《大圣归来》会看哭无数喜爱国漫的"大朋友"，《西游记》将会成为大"IP"，源源不断地为创作者提供灵感。

《西游记》确实是部常看常新的巨著。影视化只是它走向大众、彰显魅力的一种形式，想要更深入地感受它的文学魅力，还要回归原典，读原著。

然而原著是根据宋元话本和戏曲创作的，呈现出的古代说书的讲述方法，略显冗余，半文半白的语言又比较难懂。所以我想为孩子们改写一部适合他们阅读的，既精彩又精炼的《西游记》。

原著共有100回，有的故事一回就讲完，有的故事跨了好几回，还有的故事细说佛法，不具备戏剧性。我细细品味、推敲原著的布局谋篇和生动细节，在改写时，重新梳理情节，将平淡的"转场"

故事一带而过，集中笔墨展现那些耳熟能详的故事，交代清楚来龙去脉。

公元7世纪初，唐朝和尚玄奘西去天竺取经，一来一去耗时整整19年。他口述西行见闻，著成《大唐西域记》12卷，虽然这是一套西域百科全书，但他的弟子似乎对师父一路上经历了哪些磨难，是否遇到妖魔，又是如何借助神力逢凶化吉的故事更感兴趣。自此，唐僧取经的神话故事在民间流传，至明代吴承恩著书时，已经流传了900多年。什么样的故事能让一代又一代说书人津津乐道？必然是那些具有极强戏剧张力的情节、生动幽默的语言和鲜活有趣的人物的故事。

于是在改写时，我尽力保留和还原原著的幽默对话。小读者将看到嬉笑怒骂的孙悟空、"奸懒馋滑"的猪八戒和花样"作死"的各路妖魔。吴承恩创作《西游记》，不是为了塑造完美无缺的英雄形象，也无意展现安居乐业的太平盛世，研究者分析，他将孙悟空当作人心的幻象来刻画，因此常用"心猿"来代指孙悟空。吴承恩用佛教故事的外壳，来表达"明心见性"的哲学思想，孙悟空的一生遭遇，寓意着一个人修心、认识自己的过程。所以，小读者不要惊讶原著中的孙悟空为什么和电视剧、动画片里的不太一样。原著中的人物都是既有优点也有缺点，和我们普通人一样，一点点历练，一步步成长的啊。

希望这部改写的作品，能让小读者走近原著，感受到阅读的乐趣，成为《西游记》的小"粉丝"，那我这个忠实粉丝就非常欣慰、非常开心啦。

开卷有益，欲知内容如何，就翻过这一页开始读吧。

目录

27. 独角兕大王 / 001
28. 大闹金兜洞 / 012
29. 女儿国奇遇 / 022
30. 真假美猴王 / 031
31. 三借芭蕉扇 / 046
32. 误入小雷音 / 057
33. 盘丝洞 / 066
34. 黄花观战妖 / 076
35. 八百里狮驼岭 / 087
36. 智斗大大王 / 099
37. 狮驼国再遇险 / 111
38. 凤仙郡求雨 / 121
39. 取得真经 / 131
给孩子讲西游 / 141
整本书阅读 / 146

独角兕大王

唐三藏不听孙悟空的劝告,离开金箍棒画下的圈子,被妖怪抓住。妖怪有一个非常厉害的圈子,不仅套走了孙悟空的金箍棒,还收走了哪吒的六样兵器,就连火德星君和水德星君也不怕,水火不侵。

唐僧师徒过了通天河,正是隆冬时节,四人顶风冒雪,继续向西行进。唐三藏走得又冷又饿,忽然看见远处山坳中有一处清幽的亭台楼阁,非常高兴,说:"你们看那些房舍,肯定有人家或是庙宇,咱们去化些斋饭吃了,暖暖身子再走。"

孙悟空抬头观看,只见那边黑云缭绕,恶气腾腾,就对唐三藏说:"师父,西方路上有很多妖魔鬼怪,他们擅长变化出楼台房舍,好骗人过去。龙生九种,有一种叫'蜃'①,蜃气放出,就像楼阁浅池一样,不管是人还是鸟兽,一旦被迷惑进去,就会被吞掉。我看那边气色凶恶,万万不能去。"

唐三藏说:"可是我确实饿了。"

孙悟空说:"那我去别处化些斋饭来。"他用金箍棒在唐三藏周围画了一个圈,说:"师父,您在这圈子里坐着,保证什么妖魔鬼怪、狼虫虎豹都无法接近您,千万不要走出这个圈子。"

---

① 蜃(shèn):传说中的蛟龙,能吐气成海市蜃楼。有人说是龙九子之一。

唐三藏等了很久,也不见孙悟空回来,他四处张望,说:"这猴子不知跑到哪里化斋去了。"

猪八戒说:"谁知道他上哪儿玩去了,倒叫咱们在这里坐牢。"

唐三藏说:"你说该怎么办?"

猪八戒说:"这里不避风,不如咱们继续往西走,师兄回来,自然能追上咱们。"

于是唐三藏出了圈子,和八戒、沙和尚一道,继续往前走,不一会儿就到了楼阁所在的地方。大门半开半掩。

猪八戒拴好马,说:"这里想必是公侯人家的宅院,人都在里面烤火呢。我进去看看。"

猪八戒整整衣服,斯斯文文地走进门。三间大厅静悄悄的,一个人也没有,也没有桌椅。转过屏风,穿过柱廊后有一座楼房,楼上窗户半开,隐隐能看见一顶黄绫幔帐(màn zhàng)。猪八戒想:"估计这里的人怕冷,还在睡觉呢。"

他快步上楼,掀开幔帐一看,里面竟然是一堆白森森的骨头!

突然,幔帐后有道光一晃,猪八戒急转过去,发现只是窗户透光。窗边的彩漆桌子上胡乱放了几件棉背心。他拿起来,回到门外。对唐三藏说:"师父,房子里面没人,我拿

了三件棉背心，咱们穿到里面防寒吧。"

唐三藏说："不行，不行！你这是偷，快给人家送回去。"

猪八戒说："荒山野岭的，没人知道。谁能告我？就当是捡的。"

唐三藏说："没人看见也不行，不要贪财。"

猪八戒就是不听，说："师父，你不穿，我老猪试试。大不了师兄来了，我再脱下来。"

他给了沙和尚一件，他们一起试穿，结果连带子还没来得及系上，那棉衣就像一根绳子一样，把他俩反剪着手，绑了起来。

唐三藏急得直抱怨，赶紧上来帮他们解衣服，却根本解不开。三个人乱哄哄的吵闹声，惊动了妖怪。

这亭台楼阁果然是妖怪变出来的。他在洞里坐着，听见人声，便叫小妖把唐三藏、猪八戒和沙和尚连同行李、白马一起捉进洞去。

妖怪得知唐三藏的身份后，哈哈大笑说："我常听人说，吃唐僧一块肉，白发能变黑，牙齿掉光了还能长出来。今天你自己送上门来，岂有放了的道理？"

猪八戒忙说："我师兄是五百年前大闹天宫的齐天大圣孙悟空，你抓了我们，他肯定不会放过你的。"

妖怪有些害怕，吩咐小妖先把他们捆起来，等抓住孙悟空，再一起吃。

孙悟空化斋回来，发现画的圈子还在，师父却不见了。回头一看，亭台楼阁也消失了，明白师父肯定又被妖怪抓住了。

他连忙向西追赶，迎面遇见一个老翁，老翁拄着一根龙头拐杖，带着一个童子，手里拿着一枝梅花，边走边唱。孙悟空上前施礼，打探消息。老翁说："这座山叫作金兜山，山里有个金兜洞，洞中有个独角兕①大王。那大王神通广大，你师父恐怕已经没命了，你若去找，只怕你的命也难保，你自己掂（diān）量着办吧。"

孙悟空谢了老翁，说："我必须得去。"老翁现出本相，原来是此地山神，他答应帮悟空暂时保管钵盂和斋饭。

孙悟空拿着金箍棒，找到妖洞，高声叫道："快去禀报洞主，齐天大圣孙悟空来了，叫他快把我师父送出来！"

独角兕大王知道孙悟空来了，非常高兴："自从我下界成妖，还不曾试试武艺，他正是个好对手。"他拿了一根二丈长的点钢枪，出洞和孙悟空对战。两人真是棋逢对手，打

---

① 兕（sì）：上古传说中的一种瑞兽，样子长得像犀牛，全身呈青黑色，只有一个像独角兽那样的犄角。

了三十回合不分胜负。

妖怪见孙悟空棒法齐整,全无破绽,赞叹道:"好猴儿,果真有闹天宫的本事!"他把枪尖点地,叫小妖一拥而上,把孙悟空围在中间。

孙悟空丝毫不惧,说:"来得好!正合我意。"他把金箍棒丢到空中,叫声"变",金箍棒顿时变成上千条,在空中乱舞。把小妖打得四散奔逃,魂飞魄散。

妖怪冷笑说:"你不要得意,看我的手段!"他从袖子里取出一个亮晃晃、白森森的圈子,抛到空中,叫声"着",呼啦一下,那圈子把金箍棒套走了。

孙悟空慌忙翻筋斗逃走。他丢了兵器,非常伤心,突然想到:那妖怪知道我是闹天宫的,想必是从天上来的,待我上天去查查。

孙悟空上天宫去找玉帝,把金兜山的事情说了,玉帝派仙官查了一遍,对悟空说:"天上的星宿、神将一员不少,没有下界的。你可以挑选几名天将,助你去擒魔。"

孙悟空说:"请托塔天王和哪吒太子下界,和那妖怪比试比试吧。"玉帝就命李天王父子,带领天兵,同孙悟空下界降妖。

众人眨眼便到,孙悟空激妖怪出战。妖怪见到哪吒,说:"你不是李天王的儿子哪吒吗?你就是孙悟空请的救兵?"

哪吒说:"你这妖魔,谋害东土圣僧,我奉玉帝旨意,特来抓你!"

妖怪大怒:"你一个小孩子能有多大本事,也敢口出狂言,吃我一枪!"

哪吒使砍妖剑相迎，斗了几个回合，哪吒变成三头六臂，手里拿着砍妖剑、斩妖刀、缚妖索、降魔杵、绣球、风火轮六样兵器，大叫一声："变！"霎（shà）时间，六样兵器变为成千上万件兵器，像冰雹一样，密密麻麻，一齐朝妖怪砸去。妖怪也变成三头六臂，用三柄长枪相迎。打了一会儿，妖怪又拿出那个白森森的圈子，抛起来，叫声"着"，呼啦一下，就把六种兵器都套走了。哪吒赤手空拳，急忙逃走。

神将都说妖怪果然神通广大，孙悟空笑着说："那家伙的本事也不过如此，就是那个圈子厉害。"

托塔天王说："那现在怎么办？"

孙悟空说："用那圈子套不走的东西对付他，就能将他拿住了。"

李天王说："常言道：'水火无情。'套不走的，应该就是水火了。"

孙悟空说："有道理。你稍等片刻，我去请火德星君。"孙悟空又返回天庭，请来了火德星君，再次向妖怪挑战。

独角兕大王带领小妖出洞，说："泼猴，又请什么救兵来了？"

托塔天王大喝一声:"泼魔,认得我吗?"

独角兕大王笑着说:"李天王,你是要给令郎报仇,要回兵器吗?"

天王说:"既是报仇要兵器,也为抓你救唐僧!废话少说,看刀!"独角兕大王连忙侧身躲过,举枪相迎。

他们两个在洞口打得难分难解,异常激烈。独角兕大王毫无惧色,又掏出圈子来。天王见了,掉头就走。火德星君命令各路火神一齐放火,转眼间,满山都是火,比那周郎赤壁的火还要厉害。

独角兕大王见火势这么猛,就扔出那个圈子,呼啦一下,把火德星君的火龙火马、火枪火刀、火弓火箭一股脑儿都套走了。

火德星君只剩下一杆令旗,他召回部将,对天王和孙悟空说:"这个凶魔,真是罕见!大圣,现在连我的火具也搭进去了,如何是好?"

孙悟空说:"那妖怪不怕火,定然怕水。我去请水德星君来。"

孙悟空又上天去找水德星君,水德星君让黄河水伯去降妖。黄河水伯拿出一个白玉盂儿,说:"我这个宝贝,一盂能装一黄河的水。"他舀了半盂黄河水,跟孙悟空到了金兜山。

孙悟空说:"我去叫门,门一开,你就倒水淹他。"

独角兕大王听说悟空又来了,拿上宝贝,提枪就走,刚打开门,水伯就倒出水来。独角兕大王连忙把长枪一扔,拿出圈子,撑住了门。水立刻咕嘟嘟地,都往洞外面流。

孙悟空和水伯跳到空中,只见波涛汹涌,水势滔滔,满山满谷地流。孙悟空说:"不好,水没灌进他的洞里,反倒溢出来了。万一把山下的农田给淹了,就不好了。快收了吧。"

水伯说:"覆水难收。小神只会放水,不会收水。"

水向低处流去,不一会儿,都汇入山涧了。

小妖跳出洞来,舞枪弄棒,在外面欢欢喜喜地吆(yāo)喝玩耍。

笑读西游

1. 金兜洞里住着什么妖怪?
2. 金兜洞里的妖怪收走了哪些神仙的宝贝?

大闹金兜洞

　　孙悟空变成虫子钻到妖怪洞里,想把独角兕大王的圈子偷走,但是没成功。如来派十八罗汉来帮忙,他们的宝贝也被独角兕大王的圈子收了。孙悟空只好去找太上老君,这次他成功了吗?

孙悟空见滔天大水都往洞外流去了，白忙了一场，又见小妖们得意扬扬地在洞门口玩耍打闹，气得火冒三丈，就闯到妖洞前，再次向妖怪挑战。

独角兕大王迎出门来，说："你几次三番都打不过我，怎么又来送命？"悟空说："你说反了，我是来要你的命！吃我一拳！"独角兕大王笑着说："你这拳头只有核桃那么大，算了，我也使拳吧。"

二人赤手空拳对打：一个饿虎扑食，一个蛟龙戏水；一个大蟒翻身，一个麋（mí）鹿解脚；一个青狮张口，一个鲤鱼跌脊；一个使出观音掌，一个使出罗汉脚；一个长掌开阔自然松，一个短拳多紧削。你来我往几十个回合，真是精彩！他俩都暗自赞叹对手的本领。看得火德星君连连鼓掌，李天王也不住地喝彩。

两边的神仙和小妖看打得精彩，忍不住也跃跃欲试，要上去帮忙。孙悟空拔下一撮毫毛，变成三五十个小猴，一拥而上，把独角兕大王团团围住，揪胳膊的、扯腿的、抓眼睛的、拔毛的，好不热闹。独角兕大王慌得急忙掏圈子，孙悟空一看不妙，拨转云头逃走了，小猴被妖怪套进洞中。

孙悟空看到众位神仙都在远处观战，笑着问道："你们认为，那妖怪的本事，和我老孙比如何呀？"

　　李天王说:"还是大圣的腿脚功夫更胜一筹(chóu),那妖怪其实不经打,就是圈子厉害。"火德星君和水德星君说:"看来,要想取胜,除非得了他的宝贝。"

　　孙悟空说:"怎么得到?除非偷来。"

　　众神都笑:"这世上,若论偷的手段,大圣若排第二,没人敢当第一了。当年盗御酒,偷蟠桃,偷老君的仙丹,那是何等的手段!今天正好再用一用。"

　　于是孙悟空变成一只苍蝇,从门缝里钻进洞去。妖怪们正在摆宴庆功,唱唱跳跳好不热闹。孙悟空变作一只獾精,四下里找了半天,也没看见妖怪的宝贝在哪儿。

　　他绕到后堂,看见金箍棒靠在墙边,高兴得忘乎所以,急忙上前拿起金箍棒,使出神通,一路打出洞去。

　　孙悟空得了金箍棒,众神都很高兴,问:"我们的宝贝什么时候才能拿回来?"

　　孙悟空说:"不难,不难。我有了兵器,无论如何,也要打败他,还你们宝贝。"

　　正说着,只听山坡下锣鼓齐鸣,喊声震天,独角兕大王带兵追出洞来了。孙悟空见了,说:"正合我意,看我去捉他。"

　　两人又是一场好打,打了三个时辰,独角兕大王支撑不住了:"孙悟空,天色昏暗,看不清了,咱们各自回去休息吧,明天再打。"

孙悟空大骂："泼畜！老孙的兴头才上来，管什么天晚，今天必须和你定个输赢！"独角兕大王虚晃一枪，逃回洞去，将大门紧紧关上。

孙悟空回到山顶。众神都说："不愧是齐天大圣。"

孙悟空说："过奖啦！那妖怪打了这一场，必然疲倦，我现在再进洞去，务必要偷了圈子，捉住妖怪，还你们的兵器。"

哪吒说："天色已晚，不如先睡一觉，明天再去吧。"

孙悟空说："你这小毛孩，哪见过做贼的白天下手？就是要夜里去，神不知鬼不觉的才好。"

火德星君说："三太子，这种事我们都不懂，大圣是老手，有经验。现在去，那妖怪一来困乏，二来夜黑无防备。大圣快去，快去。"

孙悟空乐呵呵地收好金箍棒，跳到洞口，变成一只蟋蟀，然后蹬开腿，跳到门边，从门缝里钻了进去。等到一更时分，独角兕大王安排好守夜值班的小妖，便走进房中，脱去衣服，准备睡觉。

孙悟空看到圈子在他的左胳膊上。妖怪不仅没取下圈子，还把圈子往上推了推，紧紧地勒在胳膊上，才倒头睡下。

于是孙悟空变作一只跳蚤,跳到石床上,冲妖怪的胳膊狠狠咬了一口。妖怪翻身骂道:"一群欠揍的奴才!也不扫扫床,抖抖被,不知道什么东西咬了我一口!"他又把圈子往上推了推,依然睡下。

孙悟空又咬了一口,那妖怪又翻了一个身,仍然宝不离身。孙悟空见他防得紧,料到难以得手,就又变回蟋蟀,跳到后厅去找兵器。

他突然听到一阵龙吟马嘶,原来,火龙火马等宝贝都被关在一间紧闭的屋子里。孙悟空施法打开锁,找到了众神的兵器。桌子上还有一个小竹篮，里面放着一把毫毛。

孙悟空满心欢喜，拿起毫毛，呵了两口热气，叫声"变"，立刻变成三五十个活蹦乱跳的小猴。猴子们拿起兵器，纵起火，从里往外烧出去。小妖从睡梦中吓醒，又哭又喊，走投无路，被火烧死了大半。

孙悟空得胜而归，众神高高兴兴收了兵器。哪吒说："天亮了，趁那妖魔挫了锐气，咱们一起出战，这次一定要抓住他。"

众神抖擞威风，来到洞口。独角兕大王怒气冲冲地抄起长枪，走出门来，骂道："你这偷营放火的贼猴！竟敢如此藐（miǎo，轻视）视我。吃我一枪！"

孙悟空使金箍棒相迎，哪吒三太子使剑，托塔李天王举刀，火德星君放火，都一起拥上来。独角兕大王冷笑着取出宝贝，扔到空中，呼啦一声，又把所有的兵器都套去了。

众神互相抱怨，孙悟空只好强颜欢笑，劝他们说："列位不要烦恼，胜败乃兵家常事。他武艺平平，只是有个厉害的圈子。等我再去如来那儿，查查他是何方妖孽。保证抓住他，给列位出气。"

孙悟空一个筋斗云，转眼就到了灵山，让比丘尼通报，见到如来。

孙悟空把金兜山的事说了，如来慧眼遥观，说："我已

经知道这个怪物的底细了,我派十八罗汉取十八粒金丹砂助你降妖。"

孙悟空谢了如来,同十八罗汉一起回到金兜山。

孙悟空又到洞前叫骂。独角兕大王说:"你这泼猴真不知好歹,那三个和尚已经被我洗干净了,马上就要宰杀,你识趣点,赶紧走吧。"

孙悟空听见"宰杀"二字,不禁怒火中烧,挥拳就打。他一边打,一边把独角兕大王引到山坡那边,招呼罗汉相助。

罗汉把十八粒金丹砂一起抛下,一瞬间漫天飞沙如雾如烟,纷纷扬扬地飘洒下来。独角兕大王被飞沙迷了眼睛,低头一看,双腿已经陷进沙子里。他赶紧跳起来,不等站稳,又陷了下去。他慌忙拿出圈子,往上一扔,把十八粒金丹砂也套去了。

孙悟空笑着对罗汉说:"连如来的东西也被套去了。"

降龙、伏虎二罗汉说:"如来吩咐说,如果失了金丹,就叫你上兜率宫找太上老君。"

孙悟空说:"早说啊,害得我又要跑一趟。"

孙悟空说声"去",一个筋斗翻上南天门,一直闯进兜率宫,正撞着太上老君。老君笑着说:"这猴儿不去取经,上我这里干什么?"

孙悟空说:"只因西天路上,有些阻碍。"

老君说:"那也不关我事。"

孙悟空说:"待我找一找,就知道与你有关无关了。"说罢进到里面,东张西望,四处寻找。忽然看见牛栏那边,小童在睡觉,牛却不见了。

孙悟空喊:"牛跑了!牛跑了!"

老君大惊,说:"这孽畜什么时候跑了?"

那小童听见喊声才醒过来,慌忙跪在地上说:"弟子睡着了,不知道什么时候跑的。"

老君说:"你怎么睡着了?"

小童说:"弟子在丹房捡了一粒丹,吃过就睡着了。"

老君说:"那丹吃一粒能睡七天,那畜生趁你睡着,跑下界去,也有七天了。"

老君连忙查看有没有宝贝丢失。孙悟空说:"他有一个圈子,特别厉害。"

老君惊呼:"那是我的金刚琢,是我自幼炼成、过函谷关**化胡成佛**①的宝贝,不管什么兵器水火都奈何不了它。要是我的芭蕉扇也被偷走,那连我也没办法了。"

---

① 化胡成佛:根据道教传说,老子在印度成了佛,并创立了佛教,对胡人进行教化。《老子化胡经》是道教经典。《西游记》中,太上老君有八十一个化身,老子是他的化身之一。

老君拿上芭蕉扇，和孙悟空一起到了金兜山。孙悟空跳下山峰，高声叫骂："畜生，快出来受死！"

独角兕大王出了洞门，孙悟空冲上去打了他一个耳光，回头就跑，他在后面紧追不舍。太上老君在高峰上叫："牛儿，还不回家？"

独角兕大王抬头一看，见是太上老君，吓得心惊胆战。老君念了一个咒语，把扇子一摇，圈子就飞了上来，被老君一把接住。又扇了一下，那妖怪浑身酸软，现出本相，果然是一头青牛。

老君用金刚琢穿了牛鼻子，跨上牛背走了。

孙悟空和众位神仙一起打进洞去，消灭了洞中的小妖。神仙们拿回兵器，各自回去了。

求取真经

孙悟空给唐三藏、猪八戒和沙和尚松了绑,正准备上路,山神献上热乎乎的斋饭,说:"圣僧,这是孙大圣化来的斋饭。只因你等不听大圣劝告,才落入魔头之手。吃了饭再走,不要辜负了大圣的一片孝心。"

唐三藏非常感动,对孙悟空说:"贤徒,早知道我就不出那个圈子了,为师下次一定听你吩咐。"

四人开开心心地分吃了斋饭,继续赶路。

笑读西游

1. 独角兕大王的本相是什么?
2. 独角兕大王的宝贝神器是什么?有什么来历?

29 女儿国奇遇

唐三藏师徒来到西梁女国，国王看上了唐三藏，想和他成亲，孙悟空让师父将计就计，等拿到通关文牒再说。没想到，他们刚脱身，唐三藏又被蝎子精掳了去。

冬去春来，师徒四人继续往前行走。

一天，一条小河拦住了他们的去路。唐三藏停下马，朝河对岸望去，只见轻舞飞扬的垂柳绿荫中，隐隐露出几间茅草屋。

"摆渡的！撑船过来！"孙悟空冲对岸连叫了好几声，柳荫里咿咿呀呀地摇出来一只轻快的小船，撑船的居然是个慈祥的老妇人。孙悟空觉得很奇怪，就问道："咦？怎么艄（shào）公不在吗？为什么是艄婆撑船？"老妇人笑了笑，没回答。

过了河，唐三藏觉得口渴，见河水很清澈，就让猪八戒用钵盂舀了点河水，两个人分着喝了。过了大概半个时辰，他们俩一前一后都喊肚子疼，而且疼得越来越厉害，渐渐地肚子越来越大，好像有个圆滚滚的球在里面骨碌碌转动。

眼看着唐三藏疼得快受不了了，孙悟空突然看到路旁有一家小酒店，就过去打听附近有没有郎中。酒店的老婆婆听了悟空的一番话，笑呵呵地问："你们是不是喝了东边清水河的水？快进来喝口热水吧，我告诉你们是怎么回事！"

等师徒四人都进屋坐下，老婆婆也不急着给他们倒热水，而是去后院又叫来几个半老的妇人，她们像看热闹似的围在唐三藏和猪八戒的周围，边看边笑。孙悟空被她们看得恼火，

大喝一声,那几个妇人才止住笑。

老婆婆赶紧说:"别生气,别生气,听我来说。这里是西梁女国,我们这个国家全都是女子,没有一个男子。所以看到你们几位男子才感到欢喜。肚子疼的两位是喝了子母河的水,怀孕了。我国的百姓,到了二十岁以后,如果想生孩子,就去喝这子母河的水。"

"男人怎么能生孩子!"猪八戒嚷道。他又急又疼,眼泪都快出来了,"老婆婆,你行行好,你既然知道这河水能让人怀孕,也一定有办法,帮帮那些不想怀孕的人!"

"我们这正南街上有一座解(xiè)阳山,山上有一个破儿洞,洞里有一眼落胎泉,只有喝了落胎泉的水才能解了你们的胎气。只不过,前几年来了个如意真仙,他护住了泉水,一般人接近不了。你们想要泉水,必须准备贵重的礼物,诚心诚意地求他才行。"

孙悟空听了老婆婆的话,赶紧驾起筋斗云去解阳山。来到山脚下,悟空看见一处幽静的庄院,有个老道人正盘腿坐在绿茵茵的草地上。听说孙悟空是来求落胎泉水的,老道人果然向孙悟空索要礼物。孙悟空说:"你进去通报你师父,报上我老孙的名字,他肯定会给我泉水,说不定连井都送给我了。"老道人一听孙悟空这么大口气,不知是真是假,也不敢耽搁，赶紧进去通报。

谁知如意真仙一听说是孙悟空来了，怒从心头起，恶向胆边生，抄起一把如意金钩就冲了出去。和孙悟空一见面，如意真仙就质问："我兄弟牛魔王前不久跟我说，唐三藏的大徒弟孙悟空害了他的孩儿圣婴大王，我正要找你报仇呢！"

孙悟空赔着笑脸说："如今你侄儿当了善财童子，我们都不如他呢，你怎么反而怪罪我？"

"你这臭猴子还狡辩，我侄儿是自在为王好，还是给人当奴

才舒服？不要多说了，我和你斗上三个回合，你赢了，泉水取走。你要是输了，看我不把你剁成肉酱！看打！"

孙悟空不再客气，和如意真仙你来我往打了十几个回合，孙悟空越战越猛，把金箍棒挥舞得像流星一般，如意真仙渐渐打不过，掉头就往山上逃去了。孙悟空也不去追，直接冲到井边取泉水，却不想没带水桶，没法打水。孙悟空只好回庄院拿水桶，带上沙和尚，再去井边。谁知，如意真仙此时已经恢复了元气，带着徒弟牢牢把守着泉水。孙悟空冲上去又是一番恶斗，终于把如意真仙打服气了。

唐三藏和猪八戒喝了孙悟空取回来的泉水，肚子渐渐不疼了，恢复了原样。第二天，拜别老婆婆后，他们四人继续向西走了三四十里，来到了西梁国界。

只见西梁的街道上，人语喧哗，来来往往的，不管老少，尊卑贵贱，都是女子。一看到他们四个，所有女子都一拥而上，鼓掌欢笑，对他们评头论足。师徒四人被挤得寸步难行，唐三藏更是吓得不敢抬头。猪八戒一边嘴里乱嚷"我是只猪！我是只猪！"一边摇头晃脑，竖起蒲扇大耳朵，晃动莲蓬吊搭唇，吓得那些妇人不敢再靠近。好不容易走到了驿馆，他们拿出通关文牒，请驿馆的女官倒换关文放行。女官答应了，进宫去向女王汇报。

女王一听说是大唐王朝的御弟来了，欢喜不已，对文武百官说道："怪不得寡人昨夜梦见金屏生彩艳，玉镜展光明呢，原来是今日的喜兆呀！"

百官不解地问："陛下，这喜从何来呀？"

女王说："我国自混沌初开至今，都没有男人到此。今天唐朝御弟降临，是上天赐来的。寡人愿意用一国财富，招御弟为王，我为王后，和他结为夫妻，生儿育女，永传帝业。"

百官们听了，纷纷向女王贺喜。女王便让太师当媒人，去向唐三藏提亲。

太师向唐三藏表明了女王的心意，说只要他肯留下成亲，在喜宴上就把关文送给他的三个徒弟，让他们继续取经。

唐三藏听说要和女王成亲，吓得一身冷汗。

悟空悄声说道："师父，老孙知道您的性情，但眼下，咱们只能将计就计。"

唐三藏紧张地问："悟空，假如女王不放人，强逼成亲，如何是好？"

悟空向他使了使眼色："师父放心，您只管答应下来，剩下的事交给老孙来办。"

唐三藏只得依计回复了太师。太师一转身，孙悟空就把

自己的想法告诉了唐三藏。

女王满心欢喜,吩咐女官们摆下盛宴,把皇宫上下装饰一新。文武官员都来吃喜酒,欢声笑语,好不快活。唐三藏趁机请女王下发通关文牒,并请女王和自己一起把三个徒弟送到城外西关。

女王不知是计,非常爽快地答应了,和唐三藏一起乘车,去往西城。到了关口,唐三藏下了龙车,拱手向女王告别:"陛下请回吧,贫僧取经去了。"

女王大惊失色,也顾不得颜面了,扯着唐三藏的袖子不放:"御弟哥哥,你怎么出尔反尔呀!"

猪八戒呼扇着两只耳朵,大声嚷道:"快放我师父走路吧,他是不会留下的。"

女王被猪八戒的丑样子吓呆了,沙和尚趁

机一把抢走唐三藏,将他扶到马上。

唐三藏刚上马,没想到草丛里又闪出一个女子,刮起一阵旋风,把唐三藏给卷走了。

孙悟空三人赶紧腾云驾雾,追着那股旋风,一直追到一座高山。那旋风散了以后,现出一个琵琶洞。把唐三藏掳走的女子不知道是什么妖精,拿着一把三股叉。孙悟空和这妖精打得昏天黑地,也没占上风。突然,孙悟空感觉自己脑袋上被扎了一下,又痒又疼,只得败下阵来。猪八戒见势,抢起九齿钉耙上阵。交锋了三五个回合,不知道是什么兵器,在八戒的嘴唇上也扎了一下,又疼又痒。八戒噘着嘴直哼哼。

三人正发愁怎么办,这时观音菩萨来了。

原来这妖精是个蝎子精,当年在雷音寺听如来讲经,一个不高兴还扎了如来一下。她的兵器三股叉就是蝎子的两只大钳子,那个扎人的暗器是蝎子尾巴上的毒钩子,也叫"倒马毒"。没想到蝎子精躲在这里,继续为非作歹。观音菩萨让孙悟空去东天门求昴日星官帮忙,孙悟空赶紧去了。

昴日星官刚从观星台回来,连朝服都没来得及换,就和孙悟空一起来到山坡上。星官在孙悟空和猪八戒的伤口上摸了摸,又吹了口仙气,他们俩的伤就好了。一看嘴巴不疼了,猪八戒立刻来了精神,举着钉耙气呼呼地说:"哥哥,咱们再去打那个妖精吧!"星官说:"你们去把她引出来,我来对付她。"

于是悟空和八戒跳到洞前破口大骂,没一会儿,妖精果然举着三股叉出来了。

星官立刻现出真身——一只六七尺高的双冠大公鸡。大公鸡正是蝎子精的克星,只听大公鸡一声长鸣,蝎子精立刻浑身瘫软,昏死过去了,现出原形后,果然是一只琵琶大小的蝎子。

师徒四人谢过了星官,收拾好行李,离开了西梁女国。

笑读西游

1. 唐三藏和猪八戒喝了子母河的水以后为什么会肚子痛?
2. 哪位神仙制服了蝎子精?神仙的本相是什么?

真假美猴王

　　孙悟空打死强盗,被唐三藏赶走,到观音菩萨那里诉苦。谁知有个妖精变成个假悟空,打伤唐三藏,抢走通关文牒,在花果山称了王。孙悟空去和妖怪比试,两人的武艺不分上下。观音菩萨、玉帝、唐三藏等都分辨不出真假,这可怎么办!

一天,师徒四人在山里穿行了好久,终于来到一片平坦的地方,却遇上一伙强盗,孙悟空让猪八戒和沙和尚保护师父先走,自己留下来对付。唐三藏走了一会儿,见悟空还没跟上来,便让八戒回去看看,并反复叮嘱:"叫你师兄棒下留情,吓吓那些强盗就行了,别伤他们性命。"

但还是晚了一步,孙悟空已经打死了为首的两个强盗,其他人都吓得四散逃命了。猪八戒如实回禀,唐三藏非常生气,让悟空和八戒把那两人好好安葬,自己念经为他们超度了才肯离开。

晚上,师徒四人来到村子里投宿,没想到那么凑巧,去了其中一个强盗的家,被认了出来,强盗们又把他们围住了,孙悟空又打死一个强盗。

唐三藏忍无可忍,念起紧箍咒,把孙悟空勒得面红耳赤,满地打滚,一个劲儿求饶。唐三藏说:"你不是个取经人,心里没有一丝善念,你走吧。"悟空再三恳求,但三藏态度坚决。悟空无奈,只好上南海落伽山找观音菩萨去诉苦。

他架起一个筋斗云，转眼就到了南海，直奔落伽山。木吒和善财童子把他带到菩萨的莲花台下。孙悟空看见菩萨，倒身下拜，忍不住泪如雨下，放声大哭。菩萨说："悟空，不要哭，有什么事跟我慢慢说，我帮你救苦消灾。"

孙悟空说："弟子当年做猴王时，受过谁的气？自从菩萨救我脱灾，我舍身拼命，就如老虎嘴里夺脆骨，蛟龙背上揭生鳞，一心一意保护师父西天取经。可师父只因为我打

死几个强盗,就不分青红皂白,念起紧箍咒,又要赶我走。"

菩萨说:"唐三藏一心向善,不肯伤人性命。那强盗虽然不是好人,到底也是一条生命,你赶走他们就行了,何苦打死他们呢?这些人和妖魔鬼怪不一样,你打死妖魔鬼怪,是立功。打死凡人,就是不仁不善了。"

孙悟空含泪叩头说:"纵然是弟子的不是,也应该给机会将功折罪,别动不动就赶我走呀。求菩萨发发善心,念个松箍咒,褪(tuì,脱)下金箍,放我回花果山去吧。"

菩萨笑着说:"紧箍咒是如来传给我的,我不知道什么松箍咒。"

"那我找如来去。"

"你等一下,我给你看看是吉祥还是晦气。"

"不用看了,有这个箍在,都是晦气。"

菩萨说:"我是说看看唐三藏的祥晦。"菩萨闭目凝神,过了一会儿,开口说:"唐三藏马上又有伤身之难,很快就会来找你。你就在这儿等着,我去跟他说,让他还和你一起去取经。"孙悟空只得在一旁等待。

那边唐三藏赶走孙悟空后,和猪八戒、沙和尚一起向西走。没走多远,唐三藏说:"咱们走了有半天时间了,我又被那猴子气着,又渴又饿,你们谁去化些斋饭吃?"

猪八戒说:"师父下马歇一歇,我去化斋。"他跳到空中一看,四周都是山,没有一处人家,就下来对唐三藏说:"附近没有人家,没处化斋。"

唐三藏说:"弄点水来也行。"

猪八戒就拿了钵盂,去山涧取水。唐三藏在路边坐了好久,等得口干舌燥,也不见八戒回来。沙和尚在一旁看着师父忍饥挨饿,十分着急,就对唐三藏说:"师父,我去找他。"唐三藏含着泪,点了点头。

沙和尚也走了。唐三藏独自一人坐着,忽然听见一声响动,他扭头一看,发现是孙悟空跪在路旁,手里捧着一杯水,说:"师父,没有老孙,你连水也喝不上。你先喝了水,等会儿我去化斋。"

"我就是渴死也不喝你的水。我不要你当徒弟了,你快走。"

"没有我你去不了西天。"

"去得了去不了都不关你的事!你这泼猴别来缠着我了!"

孙悟空立刻变了脸,生气地骂:"你这秃驴,竟然这么对我!"说完,他扔了杯子,抽出铁棒,朝唐三藏背上打了一下,唐三藏被打昏在地。孙悟空拿了两个包袱,驾云走了。

　　猪八戒和沙和尚化到了斋饭回来，却看见师父倒在地上，行李不见了。猪八戒大呼小叫："肯定是那伙强盗的余党，又跑来打死了师父，抢走了行李。"沙和尚泪如泉涌："这可怎么好？"

　　猪八戒说："事已至此，你也不要哭了。咱们给师父收了尸，散伙回家吧。"

　　沙和尚实在不忍，抱着唐三藏大哭。突然发现师父还有呼吸，身上还是热的，连忙叫道："八戒！师父还活着呢！"二人赶紧把唐三藏扶起来，又叫了半天"师父"，唐三藏才苏醒过来，呻吟一声，说："泼猢狲，打死我了！"

　　沙和尚问："哪个泼猢狲？"唐三藏不说话，只是叹息，喝了两口水，才说："徒弟，你们刚走，悟空就来和我纠缠。我坚决不留他，他恼羞成怒，就打了我一棒，还把包袱抢走了。"

　　猪八戒一听，恨得牙痒痒，说："这猴子太无礼了，等我找他要包袱去！"沙和尚说："你先不要发怒，咱们先找个地方让师父好好休息，再去找他。"

　　三人找到一户人家歇下，唐三藏盼咐沙和尚说："你去了不要和他争，好好跟他说。他如果不给包袱，你就到南海菩萨那里去告他。"

沙和尚走了三天才到花果山，他按下云头，下山去找水帘洞。正走着，就听见一片猴子的喧哗声。他走近一看，原来是孙悟空坐在高台上，正在念通关文牒。沙和尚听了，按捺不住心头怒火，走上前质问："师兄，你念师父的关文做什么？"

孙悟空抬起头，却不认得是沙和尚，叫道："拿上来！"一群小猴围上来，拉拉扯扯，把沙和尚拖到孙悟空前面。

"你是什么人，敢擅闯我的洞府？"沙和尚见孙悟空变了脸，不肯认他，就说："师兄，之前是师父脾气不好，错怪了你，把你赶走。你若还念及师父的恩情，就跟我一起回去；你如果想留在花果山，就把包袱还给我。"

孙悟空冷笑："贤弟，我打唐三藏，抢行李，不是因为我不想上西方，也不是因为我喜欢住在这儿。我现在拿了行李，自己去西天取经。"

沙和尚笑着说："取经人是如来派菩萨找的，没有唐三藏，佛祖怎么会给你真经！"

孙悟空说："你那里有个师父，难道我就不能再找个唐三藏吗？"说罢，就叫小猴请出师父来。小猴果然请出一个唐三藏，牵着一匹白龙马，后面跟着猪八戒，挑着担子；还有一个沙和尚，拿着锡杖。

沙和尚见了火冒三丈,举起降妖杖,劈头一下,就把那个假沙和尚打死了,原来是一个猴精。孙悟空也非常生气,抡起金箍棒,率领众猴,把沙和尚围在当中。沙和尚左冲右突,打出一条路,驾云逃生。

沙和尚转头上南海找观音菩萨去告状。到了落伽山,他拜见了菩萨,刚要说话,见孙悟空站在一旁,就抡起降妖杖,冲孙悟空打来。沙和尚边打边骂:"你这十恶不赦(shè)的泼猴!你倒恶人先告状,先来骗菩萨了!"

菩萨说:"悟净不要动手,有什么事先和我说。"沙和尚收了宝杖,气呼呼地把孙悟空打伤师父、抢走行李、另找取经人的事都说了。菩萨说:"悟

净,你不要诬赖(wū lài)好人。悟空在我这儿已经四天了,从没离开过。"

沙和尚说:"我怎会诬赖他!水帘洞现在就有一个孙悟空。"菩萨说:"既然这样,你也不要生气,让悟空同你去花果山看看就知道了。"

孙悟空就辞别了菩萨,和沙和尚一起去花果山。那里果然有一个孙悟空,和他长得一模一样:也是毛脸雷公嘴,黄发戴金箍,火眼金睛;腰上也系着虎皮裙;手里也拿着一条金箍棒。

孙悟空一见,愤怒至极,拿出金箍棒骂道:"你是哪里来的妖怪？竟敢变成我的样子，占我的洞府！"那假孙悟空见了，也不回话，直接迎战。

　　两个孙悟空打成一团，不分真假，沙和尚在一旁干着急。一个孙悟空说："沙师弟，你既然帮不上忙，就先回去告诉师父，我和这个妖怪去菩萨那儿辨个真假。"谁知另一个孙悟空也这么说了一遍，连说话声音都一样。沙和尚无奈，只得先回去找唐三藏。

　　两个孙悟空一路打到南海落伽山，木吒忙进去禀报："菩萨，果然有两个孙悟空打来了。"菩萨出门喝道："孽畜，哪里走！"

　　两个孙悟空互相揪住对方，同时说："菩萨，这个妖精变成弟子模样。请菩萨分辨真假，惩处妖孽。"

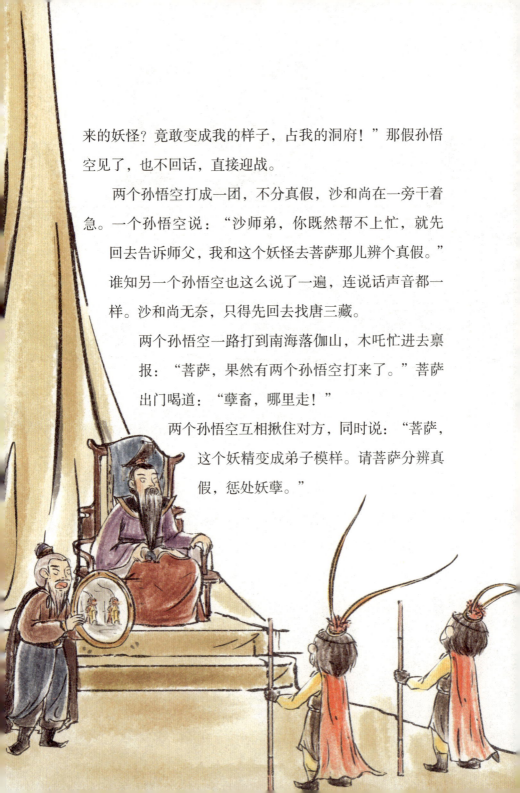

菩萨看了半天也分不出谁真谁假，就对他们说："你们先住手，站在两边，让我好好看看。"两人就分开，一个说："我是真的。"一个说："他是假的。"菩萨悄悄对木吒和善财童子说："你们一人拉一个，我暗念紧箍咒，看哪个头疼，哪个就是真的。"两人于是一人拉一个，菩萨暗念咒语，两个都嚷疼，都叫："别念，别念。"菩萨不念了，他俩又打到一处。菩萨叫声"孙悟空"，两个一齐答应。菩萨没办法了，只好说："你去天上请神将们分辨分辨，他们都认得你。"两个孙悟空一起告辞，又打出去了。

两人拉拉扯扯地来到南天门，一直打上灵霄宝殿。吓得玉帝站起身来，问："你们为什么事打上天宫来？"两个孙悟空都说对方是假的，请玉帝辨个真假。玉帝就叫托塔李天王拿照妖镜来。一照，镜中是两个孙悟空的影子。玉帝也分不出来，就把他们赶出去。两个孙悟空都冷笑着说："我和你见师父去！"

沙和尚找到唐三藏，把妖怪假扮孙悟空的事说了，唐三藏后悔错怪了悟空。沙和尚又说："那妖精还变出一个师父、一匹白龙马、一个八戒，还有一个我。"唐三藏听了大惊。

正说着，他们听见半空中有吵闹声，三人忙出来看，原

来是两个孙悟空打来了。猪八戒笑着说:"等我去认认看。"他纵身跳到空中,"师兄,我老猪来了。"两个孙悟空一齐答应说:"八戒,来打妖精!"

沙和尚就对唐三藏说:"师父,我和二哥一人拉住一个,到你面前,你就念紧箍咒,哪个头疼,就是真的。"于是沙和尚也到了空中,和猪八戒一人拉住一个孙悟空,一起落到地上。唐三藏念起紧箍咒,两个孙悟空一起喊疼,唐三藏赶紧住了口。两人又打了起来,说:"兄弟们,保护好师父,我去找阎王分辨。"

两人打到地府,吓得小鬼夜叉们战战兢兢,四处躲藏。有腿快的,跑上森罗殿报告说:"大王,有两个齐天大圣打来了!"吓得十殿阎王赶紧去通知地藏王,一起聚集阴兵,等着捉拿妖怪。

一阵狂风吹过,两个大圣打来了:"阎王,这妖精假扮我的样子,菩萨、玉帝和我师父都分不出来,你查一查生死簿,看看这妖精是什么东西,赶紧铲除他。"阎王听了,赶紧叫判官去拿生死簿来查看,但是孙悟空之前大闹阴司时,把猴类的名字都销掉了,所以也查不着。他们正要走,地藏王菩萨说:"等一下,我让谛(dì)听给你们听听。"

谛听是地藏王菩萨的一个神兽,能分辨贤愚,照见善恶。

谛听趴在地上听了听,说:"我已经知道这妖怪是谁了,但不能当面说破,恐他骚扰地府;也不能抓住他,因为他的神通与大圣无二,咱们没法力抓他。"

地藏王说:"那该怎么办呢?"谛听说:"佛法无边。"地藏王明白了,对两个孙悟空说:"你们到西天雷音寺佛祖如来那里,就能见分晓了。"

两人一起嚷:"说得对!"他们谢过地藏王菩萨,一起上西天大雷音寺去了。

如来正在给众菩萨、金刚、罗汉等讲经,两个孙悟空闯进来,把事情的经过又说了一遍,说:"请佛祖垂怜,给弟子辨明邪正。"

这时观音菩萨也来了。如来问明情况,对菩萨说:"这世上有四种猴子,不属于人、神、鬼、鸟、昆虫,自成一类。其中,通晓变化、能移星换斗的是灵明石猴;知晓阴阳、避死延生的是赤尻(kāo)马猴;能拿日月、摆弄乾坤的是通臂猿猴;擅长聆听内心声音、观察事物道理、万物皆明的是六耳猕猴。这个假悟空就是个六耳猕猴。"

六耳猕猴听如来说出了他的本相,心惊胆战,起身想逃。如来就命菩萨、金刚、罗汉等一起将他围住。

六耳猕猴立刻变成一只蜜蜂往上飞。如来抛出钵盂,罩

住蜜蜂，落下来。大家揭开钵盂一看，果然是个六耳猕猴。孙悟空忍不住，抡起金箍棒，一下就把他打死了。如来不忍心，说："善哉，善哉。"

孙悟空说："如来不该怜悯他。他打伤我师父，又抢了包袱，依律也该问个杀头。"如来说："你快去保唐三藏来此取经吧。"

孙悟空说："我师父不要我了，求你念个松箍咒，放我还俗吧。"

如来说："你不要胡思乱想，我叫观音送你回去，不怕他不收。你保唐三藏取得真经，也可以修成正果。"

观音带着孙悟空一起去见唐三藏。菩萨说："之前打你的是六耳猕猴，如来已经叫他现了本相，被悟空打死了。取经这一路上妖魔众多，有悟空保护，你才能到达灵山。"唐三藏领命，和孙悟空尽释前嫌，握手言和。

这时猪八戒也从花果山将包袱拿回来了。师徒四人聚到一起，同心协力，继续向西天进发。

笑读西游

1. 假孙悟空的真实身份是谁？
2. 真假孙悟空先后找了哪些神仙辨真假？最后谁得出了结论？

三借芭蕉扇

师徒四人来到火焰山,这里寸草不生,方圆八百里都是熊熊燃烧的烈火,而且这还不是一般的火,只有铁扇公主的芭蕉扇才能把它扇灭。孙悟空去找铁扇公主借芭蕉扇,"借了"三次才借到。

炎热的夏天过去了，正值凉爽的秋天，师徒四人却感觉越往前走越是热气蒸人。唐三藏停下马，擦了擦汗说："奇怪！秋天怎么会这么热？"

师兄弟三人七嘴八舌地猜测原因，正说着，唐三藏看到路边有座红墙红瓦、红门红窗的院子，就让孙悟空上前打听。

庄院的主人说："我们这里没有春秋季，一年四季都很热。再往西走六七十里，就是火焰山，方圆八百里都是火焰，四周寸草不生。就算是铜脑袋、铁身子也会被烤化。"

"那你们这里的百姓怎么种庄稼？"孙悟空好奇地问。

"我们定期去求铁扇仙帮忙呀。她有个神奇的芭蕉扇，扇一下能熄火，扇两下能生风，扇三下能下雨。趁这个机会，我们就及时播种、收割，这样才能有五谷养生。不然这里真的没法住人了。"

孙悟空赶紧问："那铁扇仙住在哪里？"

主人说："在西南方翠云山的芭蕉洞里。不过，翠云山离这里有一千四百五六十里。这一路上没有人家，却有豺（chái）狼虎豹出没。"

"没关系，我这就去。"孙悟空话音刚落，便嗖的一下飞走了，把庄院的主人惊得目瞪口呆："这位师父原来是个能腾云驾雾的神人啊！"

孙悟空霎时就到了翠云山,看到一个樵夫,就向他打听铁扇仙的来历。

樵夫说:"她叫铁扇公主,也叫罗刹(chà)女,是大力牛魔王的妻子。"

孙悟空一听,大惊失色,暗想:"真是冤家路窄!原来这铁扇仙就是红孩儿的妈妈呀!上次在解阳洞,红孩儿的叔叔如意真仙就要给红孩儿报仇,如今又遇到他亲爹妈,哪里肯放过我!"虽有麻烦,扇子还是得借呀,不能耽误师父取经。

悟空告别樵夫,来到了芭蕉洞口,上前叫道:"牛大哥,开门,开门!我是你弟弟孙悟空啊!我陪师父去西天取经,路过火焰山，想来借芭蕉扇用用。"

洞里的铁扇公主听到孙悟空来借芭蕉扇，气得面红耳赤，骂道："该死的泼猴子，今天你可算是来了。小红，拿我的铠（kǎi）甲和兵器来。"女童立刻取了铠甲和两把青锋宝剑给铁扇公主，铁扇公主随即旋风一样冲了出去。

孙悟空一看到铁扇公主，赶紧弯腰作揖："嫂子，老孙给你问好了。"

铁扇公主毫不客气地说："呸！谁是你嫂子！你害了我儿子红孩儿，我正要找你算账呢！"

孙悟空好声好气地赔笑道："嫂子你错怪我了。是令郎先抓了我师父唐三藏，又要蒸又要煮的。幸亏观音菩萨收了他，救了我师父。现在他在菩萨那里做了善财童子，修成了正果，与日月同寿了。"

"你个巧嘴的泼猴！我儿子虽然保住了性命，但是我想再见他一面，都不知道要到什么时候。我这就给儿子报仇！"说完，铁扇公主举起青锋剑向孙悟空劈过去。

孙悟空只好招架，但是也没使出全部的本领，就想着让铁扇公主打一打，消消气。俩人一直打到太阳快落山，铁扇公主不耐烦了，拿出芭蕉扇，轻轻一扇，就把孙悟空扇得无影无踪。

孙悟空如同秋风中的落叶一样,飘飘荡荡,翻滚了一夜,第二天天亮才发现自己被扇到了小须弥山。孙悟空心想:"好厉害的扇子呀!一下子就将老孙送到这里了。"他回想起当年遭遇黄风怪的时候,曾来过这里,求过灵吉菩萨相助。于是孙悟空来到禅院,再次求见灵吉菩萨。

菩萨听说孙悟空是被罗刹女的扇子扇来的,就笑着说:"铁扇公主的芭蕉扇是天地混沌初开后,昆仑山的天地精华产生的一件宝贝,所以能灭火。普通人被扇一下,能扇出八万四千里,还是大圣你本领大,才被扇出了五万多里,到了我这里。"说完,灵吉菩萨送了孙悟空一粒"定风丹",这样芭蕉扇就扇不动他了。

孙悟空得了"定风丹",立刻返回翠云山去找铁扇公主,再借芭蕉扇。

铁扇公主一看孙悟空居然这么快就回来了,心想:这泼猴还真有几分本事呀!这次我要一连扇他两三扇,让他找不到回来的路。想到这里,她提上宝剑,冲出门去,又跟孙悟空打了起来。几十个回合下来,铁扇公主只觉得手酸腿软,于是取出芭蕉扇,对着孙悟空猛地一扇。谁知孙悟空定在那里纹丝不动。她又扇了两下,孙悟空还是不动。铁扇公主慌了,急忙收起宝贝,返回洞中,把门紧紧关上。

孙悟空立刻变成一只小飞虫,从门缝里钻了进去,躲在铁扇公主的茶水里,跟着茶水被一起被喝进了铁扇公主的肚子里。

到了铁扇公主的肚子里,孙悟空现出真身,高声叫唤:"嫂嫂,快把扇子借我使使!"铁扇公主大惊失色,忙问左右:"小的们,前门关了没有?"身边女童都说关了,铁扇公主很纳闷:"那猴子在哪里叫唤呢?"

"嫂嫂,我在你肚子里。快把宝扇借我用一用,否则老孙就不客气了。"孙悟空说完,在铁扇公主肚子里上蹿下跳,一会儿用脚蹬,一会儿用脑袋顶,把铁扇公主疼得满地打滚,直喊饶命,终于答应借扇子。孙悟空这才钻出来,拿了扇子,一个筋斗翻回了庄院。

师徒四人重新上路,一路向西,来到火焰山。沙和尚和八戒都直叫唤:

"脚底太烫了!"孙悟空不慌不忙地说:"师父请下马,等我灭了火,凉快些,我们再翻过山去。"

于是,孙悟空拿出扇子,走到山脚下用力一扇,只见轰的一下,火焰腾空而起。再扇,火焰高了一百倍,扇到第三下,火焰足足有一千丈高,把孙悟空的毫毛都烧了两股。孙悟空一看情形不对,跑回唐三藏身边,让师父赶紧上马,师徒四人狼狈不堪地往回退了二十里。

唐三藏望着熊熊烈火,一个劲儿念叨:"悟空,这可如何得了!"八戒闻着悟空身上的焦煳(hú)味儿,笑着说:"你常说雷劈不着,火烧不坏,这回怎么连毫毛都被烧了?"

正在这时,火焰山的土地神来了,对孙悟空说:"大圣,这把芭蕉扇是假的!想借真扇子,恐怕得牛魔王出面。"

孙悟空问道:"听说这火焰山的火就是牛魔王放的,是真的吗?"

土地神说:"呵呵,这火原是大圣您放的。当年您大闹天宫,踢翻了太上老君的炼丹炉,有两块带火的炉砖落了下来,就化成了火焰山。我本是兜率天宫看炉子的道士,因为失职,就被罚到这里做了土地。"说完,他给孙悟空出了个主意,"前两年,牛魔王和铁扇公主闹了点别扭,有一段时间没来往了。但是铁扇公主心里一直惦记着牛魔王,要是大圣能请牛魔王出马,去给铁扇公主道个歉,哄哄她,铁扇公主一高兴就能把芭蕉扇拿出来了。"

　　孙悟空于是安顿好师父和师弟，只身前往积雪山请牛魔王帮忙。牛魔王见孙悟空来了，气不打一处来，不仅不帮忙，反而跟他大打了一架。孙悟空没办法，只好偷了牛魔王的金睛兽，变成牛魔王的样子，去找铁扇公主。

　　铁扇公主没有识破这是假牛魔王，不过，好像还在生他的气，对他也没什么好脸色。孙悟空就学着牛魔王的口气，先是赔礼道歉，再是数不尽的甜言蜜语，把铁扇公主哄得晕头转向。二人共进烛光晚餐，喝了很多酒。

　　孙悟空一看时机差不多了，故意说："听说那孙猴子保唐三藏取经，近期要经过火焰山，他一定会来借扇子，夫人，你可别借呀！"

　　"他已经来过了，我给了一把假扇子，估计这会儿那只泼猴已经被烧成灰了。"

　　"夫人，那猴子诡计多端，你不能轻敌，得把宝贝收好了。"

　　铁扇公主一听这话，从嘴里吐出一把杏叶大的小扇子，得意地说："放心吧，宝贝还在这儿呢。"

　　孙悟空接过扇子，将信将疑。铁扇公主一看牛魔王在沉思，责怪地说："你久不在家，连宝贝的事都忘了。你用左手大拇指捏住扇柄上的第七缕红线，念一声'嘘呵吸嘻吹呼'，扇子就能长到一丈二尺长了。"

孙悟空默默记住口诀，然后把扇子含进嘴里，把脸一抹，变回原形。

铁扇公主一看牛魔王竟是孙悟空变的，又羞又恼。悟空将铁扇公主丢在一边，纵身一跳，踏上祥云，来到一座高山。

他迫不及待地吐出扇子，照铁扇公主的方法试了试，果然，口诀念完，芭蕉扇就长到一丈二寸，扇面银光闪闪，瑞气腾腾，和之前的假扇子大不相同。孙悟空非常开心，扛着芭蕉扇往火焰山飞去。

再说那牛魔王一觉睡醒，发现自己的金睛兽被偷了，猜想肯定是孙悟空干的，就火速赶往翠云山芭蕉洞。到了那里发现自己还是晚了一步，于是带上铁扇公主，一路狂追孙悟空。

没过多久，他便看到孙悟空扛着芭蕉扇，开开心心地走在前面。牛魔王心想：我若是当面索要，他肯定不会还我，要是给他逼急了，一扇子再给我扇出十万八千里，岂不是正中他的心意？于是他灵机一动，变成了猪八戒的样子，大声呼唤孙悟空。

孙悟空一看是八戒前来迎接自己，完全没有起疑心，就把扇子交给他扛着。牛魔王接过芭蕉扇，轻声念叨了一句，

那扇子就变回杏叶大小。牛魔王也现出了原形。孙悟空知道自己被骗,气得暴跳如雷,和牛魔王厮打在一起。

牛魔王的本领也十分厉害,和孙悟空不相上下,也会七十二变。俩人上天入地,使出全身本领,变化出各种模样,打了一天一夜也没分出输赢。

这场打斗,惊动了天上过路的各路神仙,他们都赶来给孙悟空帮忙。牛魔王一看天兵天将都来了,心想:好汉不吃眼前亏,我还是先撤吧。可是,他刚想转身逃走,就听见一声厉喝:"老牛哪里逃,我奉如来之命,前来捉拿你。"来人正是托塔李天王和哪吒父子,他们收服了牛魔王,拿到了真的芭蕉扇。

孙悟空谢过众神,拿着真芭蕉扇,到了火焰山,一扇,火焰平息;再扇,凉风习习;扇了第三下,乌云飘来,下起了小雨。师徒四人顿时身体清凉,脚底滋润,愉快地走过了火焰山。

笑读西游

1. 孙悟空几借芭蕉扇?
2. 火焰山是怎么形成的?

32 误入小雷音

师徒四人误入小雷音寺,孙悟空被黄眉妖怪的法宝金铙罩住,使出浑身本领也出不来,多亏亢金龙用独角把金铙撬开,孙悟空才逃了出来。各路神仙都无法对付妖怪的布袋,一一被抓,最后是哪位神仙出面,降服了妖怪?

三春时节,万物生长,遍地草绿花红,蝴蝶和蜜蜂飞来飞去,燕子在柳树间歌唱。师徒四人放慢了脚步,一路上寻芳踏翠,正陶醉着,前方突然出现一座高耸接天的大山,他们翻过高山,来到大山西边平坦的地方,看见一座祥云缭绕、钟声悠扬的寺庙。

"徒弟们,这是个什么好去处啊?"唐三藏惊喜地问。

孙悟空飞到寺庙上空,看完了回来说:"看起来和雷音寺很像,但又有点不一样,那一派祥和之中好像有些凶煞之气。我们不能随随便便就进去,以免有什么不测。"

唐三藏一听说和雷音寺很像,坚持要去,两个师弟也在一旁帮腔,孙悟空没办法,只好陪着他们到寺庙门口看看。

唐三藏策马加鞭来到山门前,见上面写着"雷音寺"三个大字,赶紧下马跪拜。一边还责备悟空:"泼猢狲,差点误了我,明明是雷音寺。"孙悟空赔笑道:"师父,这是小雷音寺,您少看了一个'小'字。"唐三藏说:"就算是小雷音寺,里面也必定有位佛祖。这里也不知道是哪位佛祖的道场。"

正说着,只听得山门里有人叫道:"唐三藏,你从东土来拜见我佛,怎么还这样怠(dài)慢?"唐三藏连忙下拜,八戒和沙和尚也跟着磕头,只有孙悟空牵着马,在后面站着收拾行李。

他们跟着那人进了大殿,里面五百罗汉、三千揭谛、四金刚、八菩萨等都列在宝台下,真是香花艳丽,瑞气缤纷。唐三藏、猪八戒和沙和尚赶紧一步一拜,孙悟空却识破了莲台座上的假如来,抡棒就打,却被半空落下的一副金铙(náo)从头到脚罩住了。其他三人也被人像捆粽子一样捆了起来。

原来这假如来是个黄眉毛的妖怪,大殿里罗汉、菩萨等神佛都是妖怪们变的。

金铙里黑洞洞的,孙悟空满身冒汗,左拱右撞也出不去。他又挥舞着金箍棒,乱打一气,却动不了金铙分毫。于是他念了句口诀,身体立刻长高千百丈,谁知金铙跟着他长高,没有一丝缝隙、一线光明。他又念了句口诀,让自己变成一粒芥菜籽大小,那金铙也跟着变小。悟空对着金箍棒吹了口仙气,金箍棒变成长竿,撑住了金铙,悟空再拔下两根长毫毛,叫了声"变",那毫毛就变成两个梅花钻。悟空贴着金箍棒下的缝隙钻了一两千下,就听见金铙被钻得"苍苍"响,却不见一点儿变化。

孙悟空急了,只好念了句咒语,将五方揭谛、六丁六甲、十八位护教伽蓝都请来帮忙。

"各位神仙,老孙被困在这里,快闷死了,不知使了多

少方法也出不去,你们快快作法,把我弄出去。"

这几位神仙忙活了半天也没打开

金铙，只好上天求玉帝，派二十八星宿来帮忙。

这时妖怪们都睡下了，二十八星宿不敢弄出大动静，怕惊动他们，只好使出各自的绝活儿，想将金铙撬（qiào）起来。可是折腾了大半天，那金铙浑然不动。最后亢金龙[①]费尽九牛二虎之力把他的独角挤进了金铙。

孙悟空高喊："对不住了，你忍着点疼啊！"说完，他在亢金龙的角上钻了个洞，将自己变成芥菜籽儿大小，钻进洞里。"我准备好了，扯角出去吧！"

亢金龙又不知道费了多少力气，才把角拔了出来。孙悟空终于被带出来了，他二话不说，拿起金箍棒就把金铙砸了个粉碎。

砸金铙的声音惊天动地，吵醒了黄眉妖怪。看到金铙被打碎了，黄眉妖怪拿起狼牙棒，带着手下的大小妖怪来找孙悟空算账。

[①] 亢金龙：二十八星宿之一，它的真身是龙，因此有角。

"你是什么怪物,竟敢冒充佛祖,虚设小雷音寺?"孙悟空骂道。

"臭猴子,我这里是小西天,我乃是黄眉老佛。我知道你们要去西天取经,所以在这里设下陷阱,引诱你们进来。你跟我打一架,你赢了,我就放你们走。输了,我就打死你们,换我去西天取经,修成正果。"

"妖精你别夸海口!看棒!"

山门口的妖精们摇旗呐喊,鸣锣擂鼓,给黄眉妖怪助阵。二十八星宿等神仙怒喝一声,妖精们吓得战战兢兢,不敢再出声。

俩人这就打了起来,打了五十来个回合,黄眉妖怪不耐烦了,从腰上解下一个布袋子,往天上一扔,就把孙悟空和各位神仙通通收了进去,挎(kuà)在肩上,喜滋滋地扛了回去。进洞后,小妖怪们打开袋子,把浑身酸软无力的孙悟空和各路神仙一个个捆了起来。

夜深人静,孙悟空使出缩身的法术,解开绳子,把大家都放了出来。他想起来行李还在妖怪那里,就让其他人带着唐三藏先走,自己回去找行李。找到行李后,他一高兴,挑起行李就要走,却不小心让扁担一头滑落,行李掉在了地上,惊动了看守的老妖怪。妖怪们大喊："唐三藏跑了！孙悟空跑了！抓来的人都跑了！"

黄眉妖怪被惊醒了，立刻带着四五千个妖精，拿起刀枪棍棒等武器，气势汹汹地追上了二十八星宿和五方揭谛等一行人，和他们厮杀起来。正打得难分难解的时候，孙悟空来了，跟着一起打了起来。其他妖精围攻二十八星宿，黄眉妖怪对付孙悟空师兄弟三人，直打得天昏地暗。忽然一声哨响，黄眉妖怪又去解布袋。孙悟空眼尖，道了声"不好"，顾不上其他人，自己一路筋斗，翻到九霄云外去了。结果，唐三藏、猪八戒和沙和尚以及各位神仙又被妖怪收进布袋，用绳索捆了。

孙悟空在云头上看到妖怪收兵了，就停在东山顶上，大哭了一阵。哭完了，他定下神，想起来南赡部洲武当山上有个荡魔天尊，就去找他帮忙。天尊派了龟、蛇二将和五大神龙跟着孙悟空去对付黄眉妖怪。可是，龟、蛇二将和五大神龙和妖怪打了半个时辰，也被布袋收走了。

孙悟空无计可施，没精打采地靠在山顶上快睡着了。土地神把他叫醒了，让他去盱眙（xū yí）山找国师王菩萨，请来小张太子和四大将帮忙。孙悟空赶紧照办，谁知，小张太子和四大将的结局和其他神仙一样，也进了布袋。

孙悟空绝望了,不知道怎么办才好,站在西山坡上号啕大哭。这时,一朵彩云徐徐落下,山上大雨缤纷。"悟空,认得我吗?"孙悟空顺着声音望过去,那不是喜气盈盈的弥勒佛吗!孙悟空扑通一声跪下了,请弥勒佛帮自己对付那个黄眉怪,还有那个让他头大的布袋。

弥勒佛笑眯眯地说:"我就是为这小雷音妖怪而来的。"原来,这黄眉妖怪原本是他座下敲磬(qìng)的童子,趁他不在家时,偷了金铙、人种袋两件宝贝,下界成精。那根狼牙棒就是敲磬的磬槌变来的。

弥勒佛教给孙悟空一个好计策:弥勒佛在山脚下变出一片瓜田,自己变成种瓜的老农民,让孙悟空再去挑战,把妖怪一步步引到瓜田里。孙悟空依照计策行事,顺利把妖怪引到了瓜田,然后自己偷偷变成一个大西瓜。妖怪打架打得口渴,就让老农民给他摘个西瓜。妖怪吃了大西瓜,也把孙悟空吃进了肚子里,孙悟空趁机在妖怪肚子里左一拳,右一脚,翻跟头,竖蜻蜓,使劲儿折腾。妖怪疼得满地打滚,弥勒佛

这时才现出真身，缴了妖怪的布袋和狼牙棒，把妖怪装进布袋里带走了。

孙悟空回到寺庙里，把大家都从地窖里救了出来。师徒四人拜谢了各路神仙，休息了一晚上，第二天一早，喂饱了白龙马，收拾了行囊，准备出发。临走前，孙悟空一把火把假寺庙烧了个干净，这才无牵无挂地上路了。

笑读西游

1. 孙悟空被困在金铙里，是谁把他救了出去？
2. 黄眉妖怪偷了哪两件宝贝下界成精？

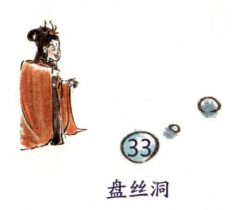

盘丝洞

师徒四人经过一个庄院,唐僧独自前去化斋。这户人家有七个女子,唐僧见了非常害羞,本想退出,但又怕徒弟们笑话,于是硬着头皮进了院子。谁知道那七个女子其实是妖怪,正等着唐僧自投罗网呢。

唐僧师徒从小雷音寺离开，一路上又路过一些国家，不知行遍多少山原、水道，秋去冬来，又是一年春光明媚。这一天，唐三藏望见一座庄院，立即下马，说想要去化斋。

孙悟空笑道："俗话说一日为师，终身为父，哪有弟子高坐，让师父去化斋的道理？"

唐三藏说："平日里都是你们去，这条路平坦，这次我自己去就行了。"

猪八戒只好拿出钵盂。唐三藏换了衣帽，独自去庄院。他走过石桥，见到几座茅屋，窗前有四位女子在做针线活儿。唐三藏不敢进去，在树下等了半个时辰，也听不到别的声音。他心想：我就这样回去了，徒弟们该笑话我了。

于是他硬着头皮，向茅屋内的院子走去，又看到亭子旁边有三位女子在踢球。他等了半天，高叫道："女菩萨，贫僧来化些斋。"

那些女子听见，一个个抛了针线，丢了球，笑吟吟地迎出门："长老，失迎了，请里面坐。"

唐三藏被领进一道石头门，里面都是石桌、石凳，冷气森森。他暗自心惊。三名女子陪唐三藏聊天，另外四人去厨房刷锅生火。

过了一会儿，女子把两盘煎饼摆到石桌上，说道："仓

促之间,无法备得好斋,将就吃些,不够还有。"唐三藏闻出一股腥膻(xīng shān)味,欠身合掌道:"女菩萨,贫僧只吃素。"

女子们笑道:"长老,这是素的啊。出家人,不要太挑剔(tì)。"

唐三藏说:"我一路西行,不敢挑剔,但更不敢破戒。请你们放我出去吧。"

众女子拦住门,说道:"上门的买卖,哪儿有不做的道理!"她们把唐三藏捆了起来,高吊在悬梁上。唐三藏忍着疼,噙(qín,含)着泪,心中暗恨:我怎么这么命苦!只想化顿斋饭,却落进火坑!只盼徒弟们快来救我!

众女子解开衣衫,露出腹部,一根根丝绳从她们的肚脐眼中冒出来,把石门封死了。

这时,八戒、沙和尚在路边看行李,孙悟空在树上跳来跳去寻果子。他回头,忽然看见一片光亮,慌得跳下树来,吆喝道:"不好,不好!师父出事了!"他用手指着庄院,"你们快看!"

八戒和沙和尚一起看去,只见那边像雪地一样明亮,又像银子一样发光。八戒喊道:"师父一定遇到妖怪了!我们快去救他!"

悟空说:"我去看看。"他紧了紧虎皮裙,拿出金箍棒,迈开步子飞跑,很快就来到庄院前。只见丝绳把庄院缠得严严实实,感觉有成百上千层,用手按一按,还有些粘手。

悟空不知道这是什么东西,心想:我这一棒下去,就算有几万层,也能打断。但是他又一想,硬的东西能打断,软的不一定,还可能惊动妖怪。

他念咒唤出土地神,土地战战兢兢跪在路旁叫道:"大圣,小神给你磕头了。"

悟空道:"你起来,我不打你。我问你,这是什么地方?"

土地说:"这道岭叫盘丝岭,岭下有洞,叫盘丝洞,洞里有七个妖精。"

悟空问:"是什么妖精?有多大神通?"

土地道:"都是女怪。小神势单力薄,不知她们有多大本事,只知道正南方三里处有一座濯垢(zhuó gòu)泉,是天然的热水,原是七仙姑的浴池。那些妖怪占了泉水,仙姑也不敢争,想必妖怪能耐不小。"

悟空问:"她们占了泉水做什么?"

土地道:"她们一天去洗三次澡。现在巳时①已过,她

---

① 巳(sì)时:旧式计时法,指上午9点到11点。

们午时①就会去了。"

悟空让土地退下，自己变成一只苍蝇，停在路边的草梢上等待。过了一会儿，传来窸窸窣窣（xī xī sū sū）的声音，仿佛蚕吃桑叶，也像大海涨潮。大约半盏茶的时间，丝绳散尽，重新现出庄院，柴门打开，笑语喧哗，走出七名女子。悟空暗中细看，她们手拉着手，有说有笑的，走过桥来，一个个容貌美艳。

悟空飞到一个女子的发髻（jì）上，只听她们说道："我们洗完澡，就把那胖和尚蒸了吃。"她们走了一会儿，就来到浴池。那浴池有五丈多宽，十丈多长，大约有四尺深，清澈见底。热水泛着泡冒上来。池子旁边有三间亭子，里面放着描金彩漆的衣架。悟空飞到衣架上。

女子脱下衣服，搭在衣架上，下水打闹，好不快活。悟空想道：我要是打死她们，有损我的名头。不如让她们出不了水。

于是，他变成一只饥饿的老鹰，呼的一下，用利爪把衣架上搭的七套衣服都拿走了，转过山头，去找八戒和沙和尚。

八戒笑着说："师兄，你既然见到妖精，为何不打死她们？她们现在不敢出来，晚上穿好衣服，一定会出来追我们。

---

① 午时：旧式计时法，指上午11点到下午1点。

还不如斩草除根。"

悟空说道:"那你去打吧。"

八戒抖擞精神,欢天喜地举着钉耙,径直跑到浴池边。那七名女子正蹲在水里打闹呢,八戒走上前:"女菩萨,在这里洗澡呢,也带我和尚洗洗怎么样?"

女子怒了:"你这和尚,太无礼了!古书说男女不同席,你怎么好意思和我们一起洗澡?"

八戒道:"天气炎热,就让我下水洗洗吧!"他丢了钉耙，脱了衣服，扑通跳下水。妖怪一齐上前要打他，哪知道猪八戒水性极好，到水里摇身一变，变成一只鲇（nián）鱼，妖怪根本抓不到。她们往东边摸，鱼就游到西边；往西边摸，鱼又游到东边。

最终妖怪都累倒了，八戒才现了本相，跳出水，穿上衣服，举着钉耙大喝："我是东土大唐取经的和尚，你们要吃我的师父，快把头伸过来，挨我一耙！"

妖怪魂飞魄散，在水中跪拜道："我们有眼无珠，误捉了你师父，求你饶了我们性命，我们情愿贴些盘缠，送你师父去西天。"

八戒不信她们的话，举耙乱打。妖怪没有办法，顾不上羞耻，跳出水来，从肚脐眼中冒出丝绳，织出一张大网，把八戒罩在里面。八戒想跑，可满地都是丝绳，他一抬脚就会摔个大跟头。他一会儿往左跑，摔个脸着地，一会儿往右跑，摔个倒栽葱。也不知道摔了多少个跟头，只把他摔得身麻脚软，头晕眼花，趴在地上直哼哼。

妖怪们既不打八戒，也不伤他，等跑远了，就收回丝绳放了他。妖怪们回到庄院，穿好衣服，把干儿子蜜蜂、马蜂、蜍（chú）蜂、班蝥（máo）、牛蟒（měng）、抹蜡和蜻蜓唤出来，说："儿啊，我们错惹了唐朝来的和尚，被他徒弟

拦在池子里，几乎丧了性命。你们快出门去挡一挡他，如果得胜，就到舅舅家找我们。"说完，七名女妖就逃走了。

八戒踉踉跄跄爬起来，忍着痛找回原路，见到悟空，一把抓住他问："哥哥，我的头肿吗？脸青吗？"

八戒讲了事情经过，沙和尚说："完了，完了！你闯祸了！那些妖怪一定回洞伤害师父去了！我们快去救他吧！"

他们急匆匆赶到庄院。有七个虫妖在石桥上挡住去路："我们是七仙姑的儿子。你们羞辱了母亲，不要走！"虫妖们手舞足蹈，乱打乱扑。八戒本来就窝了一肚子火，立刻举钉耙迎战。

虫妖见八戒凶猛，一个个现了本相，叫声"变"，顷刻间，一只变十只，十只变百只，百只变千只，千只变万只，铺天盖地都是虫子。

八戒慌了，对悟空说："哥哥，快想办法！"

悟空拔了一把毫毛，变成专吃虫子的七种鹰。这些鹰一口一个，不一会儿就把所有虫子都吃光了。

师兄弟三人闯过桥，进入宅院，悟空挑断绳索，放下唐三藏。悟空三人到处寻找妖怪，也不见踪影，猜想妖怪逃走了。于是放火烧了茅屋，师徒继续赶路。

求取真经

笑读西游

1. 盘丝洞里有几个女妖?
2. 拦在石桥上的七个虫妖都是什么虫子?

黄花观战妖

　　师兄弟三人救出师父，放火烧了盘丝洞，继续西行，来到黄花观投宿。谁知那逃出的七个妖怪也在这里避难。真是冤家路窄！结果会发生什么呢？

唐僧师徒四人在大路上西行,不一会儿,见到一座楼阁。唐三藏勒马问道:"徒弟,那是什么地方?"

悟空看到山环楼阁,溪绕亭台,门前杂树密密,宅外野花香艳,说:"那里不是王侯宅邸(dǐ,高官的住所),也不是豪富人家,却像一个寺院。"于是师徒加快脚步,来到门前。门上嵌着一块石板,上有"黄花观"三字。

八戒说:"既然是道士的家,我们进去会一会也好。"沙和尚道:"说的是,一则进去看看景致,二来也能安排些斋饭给师父吃。"

他们走进去一看,正殿的门关着,东廊下有一个道士正坐在那里做丹药。唐三藏向他打招呼,道士抬头看见有人来,便停下手中的活儿,整理衣冠,迎接道:"老师父失迎了,请里面坐。"

道士将唐僧师徒迎入殿中,还招呼童子看茶。童子准备茶水时,有人问道:"来了什么客人?"

童子说:"来了四个和尚。"

那人问:"可有个白胖和尚?"

"有。"

"可有个长嘴大耳朵的?"

"有。"

那人说:"你快去递茶,对你师父使个眼色,让他进来,我有要紧的话说。"说话的人正是盘丝洞的女妖,她们是黄花观道士的师妹,在这里避难。

童子上茶,给师父使了个眼色,道士心领神会,让童子陪唐僧师徒观景,自己去见女妖。

女妖一见师兄来了,齐齐跪倒,说:"师兄,您的客人中有一个白胖和尚,是去西天取经的唐三藏,今早到我们洞里化斋,我们把他抓了。因为我们听说,吃他一块肉,可以延寿长生。没想到他有个徒弟,长嘴大耳朵,趁我们洗澡时,先抢了我们的衣服,后要伤我们性命。我们特来投奔兄长,望兄长念及昔日同窗情谊,给我们报仇!"

道士听了非常生气:"和尚原来这等无礼!你们放心,我去收拾他!"

众女妖谢道:"师兄要是动手,我们都能帮忙。"

道士道:"不用动手。你们都随我来。"

他走进房内,取出梯子,爬上屋梁,拿下一个小皮箱,从里面取出一包药。道士说:"我这宝贝,要是给凡人吃,只要一厘,入腹就死;即便是给神仙吃,也只要三厘就气绝。快取秤来。"

道士称出一分二厘,拿了十二个红枣,将枣掐破,每个枣里放了一厘毒药,然后把红枣分在四个茶盅里,又将两个黑枣放在一个茶盅内。他对女妖说:"我去问问他。若他是唐朝来的,就换茶,他们吃了枣,必定身亡。你们的仇也就报了。"

道士换了衣服,请唐三藏等人进屋,并虚情假意地说道:"老师父莫怪,刚才我去后面吩咐小徒,让他们挑些青菜萝卜,安排一顿素斋,所以失陪。"

唐三藏道谢,道士问他从什么地方来,三藏说:"贫僧从东土大唐来,去往西天大雷音寺取经。"

道士听了,满面春风地说:"没想到老师父是忠诚大德之佛,小道无知,恕罪,恕罪!"他喊道,"童儿,快去换茶来。"

童子端出五个茶盅,道士把四个红枣茶盅递给唐僧师徒。悟空看见还有一个黑枣茶盅,立刻说道:"先生,我与你换一杯。"

道士笑道:"不瞒长老,山野中条件艰苦。刚才我亲自去后面摘果子,只有这十二颗红枣。小道只好用两个黑枣作陪,不敢交换。"

悟空笑道:"你就住在这里,还说苦,我们这种行脚僧,才是真的苦呢。我和你换换,我和你换换。"

唐三藏说:"悟空,仙长是一片好意,你就别换了。"

就在这时，八戒已经把三个红枣一股脑儿都咽进肚里了。三藏、沙和尚也吃了。瞬间，八戒脸上变色，沙和尚满眼流泪，三藏口吐白沫，三人全都晕倒在地。

悟空把茶盅照道士脸上摔去，道士用袖子挡住，只听"哐当"一声，茶盅摔了个粉碎。悟空骂道："你为什么下毒？"

道士反问："你们闯下祸来，还不知罪吗？你可曾在盘丝洞里化斋？你可曾在濯垢泉里洗澡？"

悟空说："好啊，原来你和那七个女妖怪是一伙的，不要走！吃我一棒！"悟空从耳朵里摸出金箍棒，晃一晃，就变成碗般粗细，照道士脸上打去。

道士急转身躲过，取出一口宝剑相迎。他们两个的厮打声，惊动了女妖怪。她们七个一拥而出，叫道："师兄不用劳心，让妹妹拿他。"她们从肚脐眼中挤出丝绳，搭起一个天篷（péng），把悟空盖在底下。

悟空念声咒语，撞破天篷，跳到半空，只见那丝绳，经纬交错，瞬间就把黄花观的楼台殿阁捆得严严实实，密不透风。悟空感叹："厉害！厉害！怪不得猪八戒摔了那么多跟头。这妖怪是什么来历？我还得去问土地神。"

他再次唤出土地。土地磕头说："那些妖怪其实是七个蜘蛛精。她们吐的是蛛丝。"

悟空十分欢喜："我知道该怎么办了。"

他回到黄花观，将尾巴上的毛拔下七十根，吹口仙气，叫声"变"，毫毛就变成了七十只小猴子。他又对金箍棒吹口仙气，叫声"变"，金箍棒则变成七十根双角叉棒。每一只小猴子拿着一根双角叉棒，一起搅那些丝绳，悟空则在一旁帮着打号子，不一会儿就把丝绳都搅断了，从里面拖出七只蜘蛛。她们缩着头高叫："师兄救命，快还他唐三藏吧！"

道士跑出来说："妹妹，我还要吃唐三藏，救不了你们了。"

悟空大怒："你不还我师父，就看你妹妹的下场！"孙悟空把金箍棒变回原样，双手举起，把七个蜘蛛精全打烂了，然后收了毫毛，赶到院子里对付道士。

道士举剑迎战。他与孙悟空打了五六十回合，渐渐手软，就解开衣带，脱下皂袍。他抬起双手，两胁下竟然有一千只眼睛，全都迸射出金光。顿时金光黄雾遮天蔽日，悟空被困在光影里，向前迈不了步，退后也挪不了脚，就像在桶里乱转。

孙悟空急了，往上一跳，虽然撞破金光，却跌了一个倒栽葱，头皮都撞软了。他心想：前去不得，后退不得，左行不得，右行不得，往上又撞不得，该怎么办？只能往下了！

孙悟空念个咒语，变成一只穿山甲。他硬着头，往地下钻了二十余里才出来。那金光只罩了方圆十多里。悟空现了本相，力软筋麻，浑身疼痛，还止不住地流泪。

悟空正暗自神伤，忽然听见山背后有人啼哭，他回头一看，只见一个妇人，身穿孝服，左手托一碗白米饭，右手拿几张黄纸钱，正一步一哭地走过来。悟空嗟（jiē，叹息）叹道："真是流泪眼逢流泪眼，断肠人遇断肠人！这妇人也不知道为什么哭，待我去问问她。"

悟空躬身问道："女菩萨，你哭的是什么人？"

妇人含泪答道："我丈夫与黄花观观主买竹竿争价钱，被他毒死了。"

悟空也向她诉说了自己的遭遇。妇人放下米饭和纸钱，对悟空说："那道士又叫百眼魔君、多目怪。想要降伏他，你得去请一位圣贤。"

悟空忙问："哪位圣贤，我赶紧去请。"

妇人说："吃了那道士的毒药，三天之间，骨髓俱烂。圣贤住在千里之遥的紫云山千花洞，名叫毗（pí）蓝婆。你一去一回肯定来不及救你师父。"

悟空道："没事的，我只用半天就能来去千里。朝哪个方向去？"

妇人向南一指，悟空看清方向，再回头时，那妇人已经不见了。悟空慌忙拜谢："是哪位菩萨？请留名，弟子好

感谢！"

半空中有人叫道："大圣，我是黎山老母。你快去请圣贤，但别说是我让你去的。"

悟空连忙道谢，驾起筋斗云，来到紫云山，远远就看见千花洞。悟空走进洞中，没看见人，四处静悄悄的，暗想：圣贤怕是不在家。

他又走了几里，看见一个女道姑坐在榻（tà，矮床）上。悟空上前问候："毗蓝婆菩萨，打扰了。"

毗蓝婆下榻，合掌回礼道："大圣，失迎了，你从哪里来的？"

悟空讲明来意，毗蓝婆问："是谁让你来找我的？我已经隐姓埋名三百多年了，你怎么知道我在这儿？"

悟空说："我有火眼金睛，不管谁住在哪儿，我都能找到。"

毗蓝婆道："也罢，去西天取经是善事，我同你去救唐僧吧。"

悟空一边道谢，一边问："敢问菩萨用什么兵器降妖？"

菩萨道："我有个绣花针，能破那妖怪。"

悟空忍不住笑道："早知道是绣花针，我就不来劳烦你了，老孙这里有的是。"

毗蓝婆笑着说:"我的绣花针,可不是普通的绣花针。我这宝贝,非钢,非铁,非金,是从我小儿的眼睛里炼成的。"

"令郎是谁?"

"小儿乃昴日星官。"

孙悟空一听,兴奋地说:"昴日星官曾帮我灭了蝎子精,今天您又要帮我除妖。多谢!多谢!"

悟空和毗蓝婆一起回到黄花观,毗蓝婆从衣领里取出一根眉毛粗细的绣花针,往空中抛去。不一会儿,金光就破了。

悟空按下云头,走入观里,只见那道士闭着眼睛,不能走路。悟空骂道:"你这泼怪装瞎子呢!"他举棒要打,毗蓝婆扯住他:"大圣莫打,快去看你师父。"

悟空来到房内,看到师父等人还躺在地上口吐白沫。悟空急得泪流满面:"这怎么办啊!"

毗蓝婆说:"大圣别哭,我这里有解毒丹,送你三丸。"她从袖子里取出一个破纸包,将三粒红药丸递给悟空。

悟空让师父和二位师弟每人服了一丸。过了一会儿，药起作用了。他们一齐呕吐，毒药全都吐了出来，性命保住了。八戒先爬起来说："好难受。"唐三藏和沙和尚也醒了，说道："好晕啊！"

悟空说："你们都中毒了，多亏毗蓝菩萨搭救，快来拜谢。"唐三藏整衣拜谢。八戒问："那道士在哪里？我要问问他，为什么要害我！"

悟空说："他在院子里装瞎呢。"

八戒拿起钉耙，毗蓝婆拦住他说："天蓬息怒，大圣知道我洞里无人，我收他去看守门户吧。"

悟空说："当然可以，只是叫他现出本相，让我们看一看。"

毗蓝婆道："这个容易。"她上前用手一指，那道士扑地倒在尘埃中，现出原形，原来是一条七尺长的蜈蚣精。毗蓝婆用小指头挑起蜈蚣精，驾起祥云回洞。

师徒四人饱餐一顿，再次上路。

笑读西游

1. 毗蓝婆住在哪里？她和昴日星官是什么关系？
2. 黄花观里的道士是什么妖怪变的？

八百里狮驼岭

狮驼岭有三个非常厉害的妖怪,孙悟空去妖怪洞里去打探情况,却被妖怪的宝瓶收了进去,眼看着被宝瓶里的火烧得腿都软了,幸亏还有菩萨赐给他的三根救命的毫毛。孙悟空用三根毫毛做成工具,钻出小孔逃了出去。

夏末秋初,新凉透体。忽然来了一场秋雨,打落了一些梧桐叶子;寒蝉鸣叫,更添几分凉意。唐僧师徒走着走着,又被一座高山挡住去路,只见那山峰高耸,直指碧空。唐三藏有些担忧,不知这座山好不好走。孙悟空安慰他说:"山高自有客行路,水深自有渡船人。有我老孙在,师父放心走就是了。"

唐三藏这才放心上路。走了几里地后,山上有一位白发苍苍的老人,高声提醒他们说山上有妖怪,让他们不要前进。于是孙悟空就变成个俊俏的小和尚,去找老人仔细打听。老人说:"那妖精十分厉害,来头很大。他到灵山,五百阿罗都出来迎接;到天宫,各个神仙都佩服他;四海龙王和他是好朋友,八仙经常和他聚会,十地阎王和他称兄道弟,土地对他以礼相待。"

孙悟空听了呵呵大笑:"那妖精再厉害,知道我小和尚来了,也得连夜搬家逃跑。"说完,孙悟空现出原形,问老人妖怪到底有多少,老人被他的怪模怪样吓得跌坐在地上,战战兢兢,装聋作哑不肯说。孙悟空只好回去,换猪八戒去问。

猪八戒整整衣服,扭扭捏捏、假装斯文地去问老人妖怪的情况。老人刚刚挣扎着要从地上起来,一看到猪八戒,又吓得瘫倒在地:"爷爷呀!我这是在做梦吗?刚刚走的那个还有三分人样,现在来的这个长嘴巴、蒲扇耳朵、铁片脸,完全不像人!"猪八戒难为情地说:"老人家,我是丑了点儿,多看几眼就俊了。我是东土大唐来的唐三藏的二徒弟,护送师父去西天取经。请问这里是什么山,什么洞,什么妖怪,数量有多少?"

老人听猪八戒说出人话和来历,就没那么害怕了。他定定神说道:"这山叫八百里狮驼岭,山中有个狮驼洞,里面有三个魔头,专门在这儿吃人。妖怪手下有四万八千个小妖,十分厉害。"

猪八戒回去把情况说了一遍,孙悟空就纵起筋斗云,再去找老人。到了云上一看,原来那老人是太白金星变的。孙悟空就跟太白金星约好,如果过山时遇到麻烦,就请玉帝和众神仙来帮忙。太白金星满口答应。

随后,孙悟空嘱咐八戒和沙和尚保护好师父,看好行李,他先去打探情况。

孙悟空跳上高峰,看到山里风平浪静的,还以为是太白金星夸张了,正想着,只见一个小妖走过来。他腰间悬着铃铛,手里敲着梆(bāng)子,后背上还插着一个"令"字旗。孙悟空就变成一只苍蝇,落在那小妖的帽子上,想听听他说些什么。那小妖边走边念叨:"我们巡山的,要小心提防孙悟空,

他会变成苍蝇!"

孙悟空吓了一跳,心想:难不成他看见我了?他就要拿出金箍棒来打,忽然转念一想,得先问问那三个妖怪有多大本事。他就飞到那个小妖身后,也变作一个摇着铃铛、敲着梆子、扛着令旗的小妖,上前叫住他:"巡山的,等我一下。"

那小妖回头问:"你是哪里来的?"

孙悟空假装嗔(chēn,怪罪,不满)怪道:"自家人都不认得啦。"

小妖说:"我没见过你。"

孙悟空说:"我原来是烧火的,因为烧得好,大王就升我来巡山。"

小妖说:"你有腰牌吗?"

孙悟空不知道腰牌长什么样,就说:"我当然有,你先拿出你的来看看。"

那小妖不知是计,就拿出自己的牌子,上面写着"小钻风"。

孙悟空看了,悄悄拔根毫毛,变成一个腰牌,上面写着"总钻风",拿给小妖看。

小妖大惊,说:"我们都叫小钻风,你怎么叫总钻风!"

孙悟空说:"我是管你们的,所以叫总钻风。"

　　小妖真信了,带孙悟空去巡山。孙悟空跳到一块大石头上,叫道:"小钻风们,都过来!"小钻风们都围拢过来,孙悟空说:"你们知道大王为什么升我做总钻风吗?"小妖们都摇头。

　　孙悟空说:"大王说孙悟空神通广大,只怕他变作小钻风,混进洞去,让我来查查你们当中可有假的。"

　　小钻风们慌忙说:"长官,我们都是真的。"

　　"那你们说说大王有什么本事,说不出来就是假的。"

　　小钻风们争着说:"大大王能变化,要大能撑天,要小能变成菜籽,曾一口吞了十万天兵;二大王有三丈高,鼻子长,能把人卷起来,就算你是铜背铁身子也没用;三大王飞得快,人称云程万里鹏,他身边有个宝贝最厉害,叫做阴阳二气瓶,若是把人装在里边,只要一刻钟就化了。"

　　孙悟空听了,心想妖怪倒不怕,只要小心提防他的瓶子。他又问:"三个大王的本事,你们说的倒也不差。我还有一个问题,是哪个大王要吃唐僧?"

　　小妖说:"三大王原本住在狮驼国,他吃了那里的国王,夺了他的江山。因为听说有唐朝僧人路过,吃他一口肉能长生不死,又怕唐僧的徒弟孙悟空太厉害,自己打不过他,就到狮驼岭与大大王和二大王结为兄弟,共同去捉唐僧。"

孙悟空听他们这么算计师父，怒不可遏（è，阻止），就跳起来，抡起金箍棒把一伙小钻风都打死了。随后，他还是变成小钻风的模样，去妖怪的洞府打探虚实。他老远就听见人声鼎沸，原来是狮驼洞口的数万名小妖正在操练。他想试试能不能把这些小妖吓走，想好计策后，他就走了过去。

小妖们问："小钻风，你今天巡山看见孙悟空了吗？"

"看见了，他正在那儿磨棒子呢。"

小妖们害怕了，忙问："他长什么样？磨什么棒子？"

孙悟空说："他站起来有几十丈高，手里拿着一条碗口粗的铁棒，边磨边念叨：'金箍棒啊，我好长时间不用你了，这一次你得显显神通，帮我把那些妖精都打死！'他首先要打死你们这些门前的呢！"

小妖们听了，一个个吓得魂飞魄散，孙悟空又说："诸位，那唐僧的肉也没有几斤，分不到咱们头上，咱们何必卖这个命，不如赶紧散了，各自逃命去吧。"小妖们都说："说得有理。"说完呼啦一下，就全都四散奔逃了。

孙悟空高兴地想：老孙的名声也还有些用处。这样一帮乌合之众肯定好对付。

进了山洞，里面坐着三个老妖，都长得十分狰狞（zhēng níng）。中间那个圆头方面，仰鼻朝天；左边的黄牙粗腿，

长鼻银毛;右边的金翅鲲(kūn,传说中的大鱼)头,星睛豹眼。

孙悟空毫不畏惧,大踏步走过云,喊道:"大王!"

三个妖怪乐呵呵地问:"小钻风,你去巡山,可打听到了孙悟空的下落?"

孙悟空说:"大王,我在山里正走着,猛然抬头看见一个人,正在那里磨铁棒。这人站起来足有十来丈高,说他磨好了铁棒,就来打大王。小的断定他就是孙行者,特来报告大王。"

那大大王听了,吓得浑身是汗,说:"兄弟,我说别惹唐三藏吧,他那个徒弟神通广大,现在要来打咱们,怎么办?小的们,快把门关上,放他们过去吧。"

"大王,外边的小妖都跑了。"孙悟空说道。

"怎么都跑了?快关门,快关门!"洞里的妖怪赶紧把前后门都关紧拴牢了。

孙悟空却又想:"这一关了门,万一待会他问什么家长里短,我答不上来,岂不是跑不出去了?还是得想个办法,让他把门打开才好。"他就上前说:"大王,孙悟空还说一定要抓住三位大王,他要是变成苍蝇飞进来,可怎么办?"

妖怪就说:"兄弟们都仔细点儿,这洞里从来没有过苍蝇,只要有苍蝇进来，就是孙悟空。"

孙悟空暗笑，拔了一根毫毛，变出一只苍蝇，冲着妖怪飞过去，慌得妖怪大叫："不好了，孙悟空真进来了！"妖怪们赶紧上前乱扑苍蝇。孙悟空忍不住"扑哧"一声笑出声来。这一笑不要紧，却显出他的嘴脸来了。

三大王眼尖，上前扯住孙悟空说："哥哥，险些被他骗了！这个就是孙悟空。"

"糟糕，被认出来了！"孙悟空赶紧抹一抹脸，对妖怪说："大王，我是小钻风，怎么会是孙悟空呢？"

三大王说："他刚才笑了一声，就现出了原形，被我抓住，他又变回来了。小的们，拿绳把他捆起来！把我的宝瓶抬出来，把他装在里面，咱们才好喝酒。"

三大王派三十六个小妖去抬宝瓶。大大王和二大王觉得奇怪，为什么要三十六个小妖去抬？三大王笑着说："我这宝瓶里有七宝、八卦、二十四气，要三十六个人，合天罡之数才能抬动。"

小妖们打开库房，吭哧吭哧抬出宝瓶来。三大王打开瓶盖，念了个咒语，孙悟空嗖的一下就被吸了进去。于是三大王盖上盖子，放心去喝酒了。

孙悟空到了瓶中，待了半天，忽然笑道："这妖怪骗人，

求取真经

说什么装了人，一刻钟就化了。里面这么凉快，住个七八年也没事呀！"孙悟空却不知道这宝贝的窍(qiào)门，它装了人，只要不说话就没事，一听见说话声，马上就有火来烧。孙悟空一句话没说完，瓶子里就燃起了熊熊大火。幸亏他念着避火诀，一点也不害怕。过了一个时辰，四周突然钻出四十条蛇来咬他。刚对付完蛇，又窜出三条火龙来，他有些慌张失措了，心想：得赶紧逃出去才行。

他把身子长了长，想把瓶子顶破，可是他长了十来丈，瓶子也跟着他一起长；他又缩小了，瓶子也跟着小下来。孙悟空突然觉得腿有点疼，伸手一摸，发现腿都被烧软了。

这下他可真急了，心想：不会弄成个残废吧！又想起师父，要是没了自己帮忙，师父如何能到西天？真是越想越觉悲伤。忽然，他想起当年菩萨曾赐给他三根救命毫毛，用手摸了摸，毫毛还在脑后。他拔下这三根毫毛，叫声"变"，一根变成金刚钻，一根变成竹片，最后一根变作棉绳。他用竹片和棉绳做成一张弓，牵着金刚钻，在瓶底使劲钻了一通，钻出一个小孔，透进光亮。他收起毫毛，变成一只小虫子，从孔中钻了出去。

孙悟空不着急出洞，想看

看妖怪的反应。

大大王问:"三弟,孙悟空这会儿化了吗?"三大王笑着说:"哪用等到现在,早就化了。"三十六个小妖去抬宝瓶,发觉瓶子轻了许多,慌忙报告。有一个胆大的小妖,一手拿起瓶子来说:"大王请看。"大大王忙揭开盖子,只见瓶底有个小孔,透光进来,他失声叫道:"这瓶子空了!"

孙悟空落在妖怪头上,忍不住得意地说:"我的儿,人已经走了!"然后嗖的一下就跳出门外,骂道:"妖精!孙爷爷哪是那么好抓住的?!"说完,他欢欢喜喜,驾云回去找唐三藏。

笑读西游

1. 狮驼岭的三个大王都有什么本事?
2. 狮驼岭的小妖叫什么名字?

智斗大大王

　　孙悟空从三大王的宝瓶里逃了出来,却又被大大王给吞进了肚子。大大王很得意,却不知道孙悟空是故意的。他在大大王肚里使劲折腾,大大王痛苦不堪,只能答应八抬大轿送唐三藏走。等孙悟空回去后,妖怪们又反悔了。

唐三藏等得着急,正在那祈求孙悟空平安无事,忽然看见他回来了,连忙拉着他问长问短。孙悟空就把自己的经历说了一遍,然后说:"那里有几万个妖怪,我一个人孤掌难鸣,待会儿让八戒和我一起去吧。"

猪八戒一听就慌了:"我这人粗笨,没什么本事,跟着你也没有用!"

唐三藏说:"八戒你去吧,人多些壮壮胆也是好的。"八戒无奈,只得抖擞精神,和孙悟空一起到了洞门口挑战。

大大王心惊胆战,说:"这孙悟空果真厉害,谁敢去与他交战?"问了三遍,没一个人敢答应。大大王大怒:"今天这么被孙悟空羞辱,若不出去跟他打上一架,我在西方路上怎么混!"

说完,大大王披挂整齐,亲自出去迎战。他大声喊:"泼猴!我不惹你,你为什么又来挑衅?"

孙悟空笑说:"有风方起浪,无潮水自平。你不惹我,我会闲得没事来找你麻烦?还不是你因为你算计要吃我师父。"

大大王说:"我要是调兵出来,显得我以多欺少,咱们就一对一。你若敢让我在你头上砍三刀,我就放唐三藏过去;你若禁不得,连你一起下酒吃!"

孙悟空笑道:"妖怪,老孙若眨眨眼,便不是你爷爷!"

求取真经

　　大大王站好丁字步,双手举起刀,用尽全身力气,朝孙悟空头上砍去,只听"哐啷"一声,孙悟空头皮都没红。大大王大惊,说:"猴子好硬的脑袋!看我这第二刀,绝不容你性命!"说罢举刀又砍,孙悟空把头一迎,扑地被劈成两半。他就地打个滚,就变成了两个大圣。大大王更加慌了,说:"你要是还能收成一个,就让你打我一棍。"于是孙悟空两个身子站在一起,依然打个滚,又变回一个身子。

　　孙悟空也不客气,拿起金箍棒就打,大大王举刀架住,说:"泼猴!你这哭丧棒也敢打人!"说完他就和孙悟空厮杀起来。

猪八戒见他们打得难解难分,忍不住挥着钉耙,照大大王脸上砸去。那大大王看见八戒的样子,以为他很厉害,吓得扭头就走。孙悟空叫道:"快追!"猪八戒连忙追过去,大大王见他追得紧了,忙现了原形,是一只金毛狮子,张开大口,就要吞猪八戒。猪八戒害怕了,不管三七二十一,一头扎进旁边的草丛里。孙悟空随后赶到,大大王又来吞孙悟空,孙悟空就迎上去让他吞了。吓得猪八戒在草丛里嘟囔:"这个弼马温,怎么这么笨!那妖怪来吃你,怎么不跑?今天还是个和尚,明天就成大粪了!"

唐三藏和沙和尚正在山坡下等着,只见猪八戒急匆匆地跑来。唐三藏问:"八戒,你怎么这么狼狈?悟空呢?"八戒哭哭啼啼地说:"师兄被妖怪一口吞了!"唐三藏听了,昏倒在地,半天才醒过来,捶胸顿足地喊:"悟空呀!你平时最会降妖除怪,怎么今天会死在妖怪手里,没了你,我怎么上西天哪!"猪八戒也不劝解师父,却又叫沙和尚来分行李,他要回高老庄。唐三藏听了这话更是叫苦不迭(dié),放声大哭。

那大大王自以为得胜,回了洞府。众妖都围过来问情况,大大王得意地说:"抓来一个!"

二大王高兴地问:"哥哥抓来的是谁?"

"是孙悟空。"

"在哪呢?"

"被我一口吞到肚子里去了。"

三大王大惊失色地说:"大哥啊,那孙悟空哪能吃啊!"

没等大大王回答,孙悟空却在肚子里说:"能吃,吃了我能扛饿呢!"

大大王毫不在意地说:"怕什么!你们去弄些盐水,让我喝了,把他吐出来。"

小妖就去熬了一盆盐汤,大大王咕咚咕咚一饮而尽,然后想把孙悟空吐出来,可是孙悟空在他肚里像生了根一样,打定主意不出来。

大大王吐了半天,吐得头晕眼花,孙悟空就是纹丝不动。大大王喘着气,叫道:"孙悟空,你出不出来!"

"你这肚里暖和,我正好过冬呢!"

"那我就一冬不吃饭,饿死你!"

"不要紧,我随身带着锅,把你这些肠儿肚儿割下来,煮杂碎吃,能吃到明年清明呢!"

三大王说:"哥啊,吃杂碎也就罢了,只是不知道在哪儿支锅呀?"

孙悟空说:"就用你的肋骨搭个架子吧!"

三大王说:"不好,要是烧起火来,烟熏到鼻子里,你还不得一直打喷嚏!"

孙悟空笑着说:"没事,等老孙把金箍棒往上一捅,捅个窟窿,又能当天窗透亮,又能当烟囱。"

大大王心里害怕极了,嘴上却不肯认输,叫道:"小的们,别怕!把我的药酒拿来,我吃几壶进去,药死那猴子!"

小妖们真的就拿来一壶药酒。孙悟空闻到酒香,赶紧站到嗓子眼。大大王一连喝了七八杯,结果都被孙悟空半路打劫了。孙悟空平常不喝酒,一下子喝了这么多,就醉了,在大大王的肚子里撒起酒疯来。他翻跟斗,踢飞腿,荡秋千。大大王疼得满地打滚,昏死过去。

孙悟空听见妖怪没了动静,就住了手。过了一会儿,大大王缓过劲来,叫:"大慈大悲的齐天大圣!我不该吞了你。请大圣可怜,饶了我吧!我愿送你师父过山去。"

孙悟空听妖怪这样说,就心软了,说:"我要是饶了你,你怎么送我师父?"

大大王说:"我们也没什么金银珠宝相送,就我兄弟三个,抬一顶轿子,把你师父送过去吧。"

孙悟空高兴地说:"好!你张开嘴,我出来。"

三大王悄悄对大大王说:"大哥,等那猴子出来时,你

一口把他咬住,嚼碎了,咽下去,他就不能折腾你了。"

孙悟空在里面听得清清楚楚,就先不出去,却把金箍棒伸出去试一试。大大王以为孙悟空出来了,果然一口咬住,只听咔嚓一声,门牙崩碎了。

孙悟空说:"我好心饶你性命,你却劣性难改,居然敢咬我。我不出去了,弄死你算了。"

大大王后悔不迭,又连声求饶。

三大王就使个激将法,说:"孙悟空,你也曾经大闹天宫,如今却躲到别人肚子里做这些见不得人的勾当。你要是好汉就出来,咱们真刀真枪地打。"

孙悟空心想:也是,我杀了他容易,却坏了我的名声。转念又一想:只怕这妖怪出尔反尔,我还得留个心眼,在他肚子里留个根吧。他就拔根毫毛,变成一根绳子,一头拴在妖怪的肝上,另一头拿在手中,想要多长,就能变多长。他暗笑道:这一出去,他要是不好好送我师父,我就拽一下这绳子,就和我在肚子里一样。这次,他怕妖怪再咬他,就从妖怪的鼻孔里爬了出去。

孙悟空出来后,迎风弯了弯腰,就长了三丈长,一只手拽着绳子,一只手拿着金箍棒。那大大王不知好歹,见孙悟空出来了,举起钢刀就朝他砍来,二大王使枪、三大王使戟,也都一起打来。孙悟空一纵身，跳到外面空阔的山头上，把绳子使劲一扯，大大王顿时觉得心口疼，就往上一跳；孙悟空又一扯，就把那大大王拉到了空中。

小妖们见了，说："清明还没到，这猴子怎么在这儿放风筝呢？"孙悟空听了，使劲往下一拉，那大大王就像一块大石头一样，摔到地上，把山坡砸了个大坑。二大王和三大王吓得赶紧拽住绳子，跪在地上求饶："大圣，求你放开绳子，我们愿送你师父过山。"

孙悟空这才收了毫毛。三个妖怪谢道："大圣请回，我们这就抬轿子去送你师父。"

孙悟空回去找师父，远远地看见唐三藏在痛哭流涕，猪八戒和沙和尚正在分行李呢。

沙和尚见孙悟空回来了，埋怨八戒："二师兄，大师兄没有死，你却骗人，还在这儿分行李。"

猪八戒说："哥呀，我明明看见你被妖怪吞了，现在这是你的鬼魂来了吗？"

孙悟空上前猛扇了一巴掌，把猪八戒打得连退了两步。八戒才相信悟空没有死。孙悟空说了脱险的经过，唐三藏听了，一骨碌爬起来，对孙悟空说："徒弟，多亏了你，辛苦了。"

三个妖怪回到洞里，三大王说："哥哥，你真是不该吃

孙悟空,不然咱们这么多兄弟,还怕打不过他!刚才不过是哄他放你,咱绝不送他。你给我三千小妖,我保证抓住这个猴头。"

于是二大王就带着三千个小妖,到路上摆开阵势,小妖们一起高叫:"孙悟空,快出来与我二大王交战!"

猪八戒一听,笑着说:"哥啊,你不是说已经制伏了妖怪吗?还说他们要抬轿送师父过山。可见是说谎。"

孙悟空说:"那老妖怪已经怕了,想必是那二妖怪和三妖怪不服气。既然他们兄弟三人同心协力,咱们兄弟三个就没些义气?我已经打败了老妖怪,八戒你就去和二妖怪打一仗。"

猪八戒说:"去就去,我也不怕他。只是,你把那根绳子,借我用用。"

孙悟空说:"要绳子干什么?你又没本事系到他肚子里。"

猪八戒说:"我要拴在腰上,做一根救命索。要是我输了,你们好拉我回来,别让妖怪逮了去。"

孙悟空暗自发笑,心想:又是一个捉弄这呆子的好机会。

猪八戒系上绳子,信心满满地扛着钉耙跑过去:"妖精,和你猪祖宗打!"二大王出来,也不答话,挺枪就朝猪八戒

刺来。猪八戒和他打了七八个回合就支持不住了，忙回头叫："师兄，快扯救命索！"

孙悟空听了，反而放松了绳子。猪八戒败了阵，转身就跑，没想到被松了的绳子绊了一跤，二大王追上来，甩开鼻子，把他卷进洞里去了。

唐三藏看见这一幕，非常生气："悟空，怪不得悟能气你呢。他叫你扯救命索，你反倒松了，害他被抓去。"

孙悟空笑着说："该让师弟吃点苦头，他才知道取经的难处。"

唐三藏说："悟空，你被抓去时，我没那么担心，你有本事，会变化，不会有危险。那呆子笨拙，你还是去救救他吧。"

孙悟空说："这是自然，我这就去救他。"说完，他又去了妖怪的洞府。

笑读西游

1. 孙悟空躲到什么地方不出来，让大大王非常着急？
2. 孙悟空为什么要松绳子捉弄猪八戒？

狮驼国再遇险

三个妖怪假装要抬着轿子送走唐三藏,暗地里设下陷阱,把师徒四人抓进了狮驼国。半夜孙悟空救了师父和两个师弟,想爬墙离开,被妖怪发现,只有孙悟空逃走了。孙悟空再回去救人,听到谣言说师父已经被吃了,伤心绝望之下,只好去灵山找如来。

孙悟空答应了师父去救猪八戒,暗中却想:那呆子不诚心取经,我也不能轻易救了他,先去看看妖怪怎么摆布他,让他受点罪,再救他。于是,他变成一只苍蝇飞进洞去。只见猪八戒被捆住了,四肢朝上扔在池塘里,噘着嘴,像个八九月经了霜的大黑莲蓬。孙悟空看着他又可气又可怜。他想:这呆子也是做过天蓬元帅的,现在却弄成这副样子,只怪他动不动就分行李散伙,又老撺掇师父念紧箍咒。我前几天听沙和尚说,他攒了些私房钱,不知是真是假,等我吓吓他。

孙悟空就飞到猪八戒耳边,假装是阎王派来的使者,来取他的性命,并跟猪八戒索要上路的盘缠。

猪八戒吓得全招了:"我的左耳朵眼里有一块银子,足有五钱重,请拿走吧。"

孙悟空拿了银子,忍不住哈哈大笑,把猪八戒从池塘里拖了上来。猪八戒一看又被孙悟空捉弄了,又羞又气,但也没办法,只能央求孙悟空帮自己解开绳子。孙悟空忍不住又数落了猪八戒一顿,然后给他解开绳子,让他和自己一起去找妖怪。

猪八戒找到了钉耙,一边走一边打,不知道打死了多少小妖。

二大王听见动静,忙拿起兵器出战,他气呼呼地大叫:"泼猢狲!竟敢这样藐视我们!我和你一对一,旁人不许帮忙。"说完他举枪就来刺。

猪八戒闪到一边看热闹,孙悟空不慌不忙地和他打了起来,打了一会,妖怪看孙悟空金箍棒来势凶猛,就甩开鼻子,要来卷他。孙悟空早看破了他的意图,照着妖怪的鼻子就是一棒。

猪八戒说:"要是把金箍棒往妖怪鼻子里一捅,他就没法卷了。"于是孙悟空就把金箍棒缩小了一点,趁妖怪不注意,杵(chǔ)进他的鼻孔里。二大王鼻子被金箍棒制住,不知道怎么办才好,孙悟空赶紧一把揪住他的鼻子,把他拉到唐三藏面前。

唐三藏说:"你要是送我们过山,我就叫徒弟饶了你。"

二大王连忙跪下说:"若肯饶我性命,一定抬轿相送。"

说完，千恩万谢地走了。

二大王回去说了事情的经过，问道："哥哥送唐三藏过去吗？"

大大王说："自然要送。那孙悟空仁义，他若真想杀咱们，咱们现在都没命了。"

三大王却笑着说："送他们过去，正好中了我的计策。再往西就是我的狮驼国，那边有人接应。"

大大王大喜，就选了三十个小妖，让他们沿路准备斋饭、茶水，又选了十六个小妖，让他们抬轿子。随后三个妖怪一起来到唐三藏面前，请他上轿。唐三藏肉眼凡胎，不知是计，孙悟空向来正直忠厚，以为妖怪是真心被降服了，也没想到这是他们的计策，就跟着他们走了。唐三藏坐在轿子上非常高兴，一路上妖怪们也都殷勤侍奉。

向西走了有四百里，他们忽然看见前面有一座城池。孙悟空亮起火眼金睛仔细一看，吓得几乎跌倒在地。满城黑云笼罩，都是妖气。他正在吃惊的时候，听见身后呼呼风响，回头一看，原来是二大王使方天画戟打过来了。孙悟空受了骗，气愤不已，忙举金箍棒相迎。大大王挥舞钢刀去对付猪八戒，三大王使长枪去打沙和尚。他们三对三苦战，那抬轿子的十六个小妖却抢了白龙马和行李，把唐三藏一直抬进城里去了。

三个妖怪齐心协力，和孙悟空兄弟三个一直打到晚上。猪八戒体力不支，被大大王一口咬住，拿进城中，捆了起来。沙和尚转身想跑，被二大王用鼻子卷起来，也拿进城中。随后三个妖怪一起对付孙悟空，孙悟空一个打不过三个，就急忙驾起筋斗云走了。

三大王现了大鹏鸟的本相，去追赶孙悟空。孙悟空一个筋斗云能飞十万八千里，他扇一下翅膀能飞九万里，扇了两下翅膀，就赶上了孙悟空，一把将他抓住了，孙悟空怎么变化也逃不掉，也被带到城里，绑了起来。

唐三藏见三个徒弟都被抓来了，悲痛不已："悟空啊，平常有难时，都是你在外边弄神通，请神仙，这回你也被抓住了，可怎么办呢？"孙悟空微微笑着说："师父放心，我有办法。等那些妖怪睡着了，咱们就走。"

三个妖怪大获全胜，正准备开庆功宴。

大大王吩咐道："小的们，快点打水、烧火，抬出铁笼来，把那四个和尚放进去蒸上一夜，明天一起吃。"

孙悟空就用毫毛变了一个假孙悟空让小妖们抬走，真身

跳到半空。小妖不知真假,就把他抬进去,最后把唐三藏放在最上面一屉。孙悟空在空中想:八戒、沙和尚皮糙肉厚,还能蒸一会儿。我那师父,只怕一蒸就烂了。得赶紧想办法救他。于是他念了一声咒语,把北海龙王叫来了,说:"我

师父被妖怪抓住,在笼屉上蒸呢,你去帮我使个法,别被他们蒸坏了。"龙王就变出一阵冷风,吹到锅里,保护师徒三人。

半夜时,孙悟空等三个妖怪去睡觉了,就变出十个瞌睡虫,抛到看守蒸笼的十个小妖脸上,他们马上就哈欠连天,一会儿全都睡着了。孙悟空现了真身,走到蒸笼边,揭开盖子,把唐三藏、猪八戒和沙和尚救了出来,又去找来白龙马和行李,一起往城门处走。

城门上了锁,城门外有人巡夜。于是他们来到后门,谁知后门也锁着,也有人巡夜。孙悟空说:"要是只有我们三个,

怎么着也能出去,带着师父可怎么办?"

他们正商量着,大大王醒了,就问小妖,和尚蒸熟了没有。小妖去蒸笼那儿一看,发现烧火的小妖都睡着了,四个和尚都逃走了。小妖慌忙回去报告,大大王赶紧叫醒所有妖怪,一起出动,去追赶唐三藏。众多的火把将夜空照得如同白昼,他们找来找去,突然发现,唐三藏四个人正在爬墙呢。大大王大吼一声:"哪里走!"唐三藏吓得骨软筋麻,从墙上掉了下去,被大大王抓住了。二大王抓了沙和尚,三大王抓了八戒,众小妖抢了行李,只有孙悟空逃脱了。

唐三藏等人被抓回去后,众妖怪把猪八戒绑在殿前柱子上,把沙和尚绑在殿后柱子上。宫里有个锦香亭,他们就把唐三藏偷偷关在里面的铁柜子里,并放出谣言,说唐三藏已经被他们吃了。他们料定孙悟空会来打探消息,要是听说唐三藏已经被吃了,肯定就不再找他们纠缠了。

第二天,孙悟空果然变成小妖,进城打探消息。满城的妖怪都在说:"大王把唐三藏连夜吃了。"孙悟空不信,又进宫去打听。他找到了猪八戒和沙和尚,他们俩也以为师父被妖怪吃了。孙悟空不再怀疑,他心如刀绞,纵身跳到城外,找了个山头,放声大哭起来。过了一会儿,他冷静下来,想道:都是如来找的这些麻烦,害得我师父丧了命,我找他去。

他驾起筋斗云,到了灵山。见到如来,伤心得哭起来。如来问:"悟空,有什么事,这么伤心?"

孙悟空就说:"我师父被狮驼岭的妖精吃了,两个师弟也被抓了,性命难保。佛祖如果真心宣扬佛法,就把真经给我,让我带回东土,不然就念个松箍咒,让我回花果山去。"

如来笑着说:"你不要烦恼,我知道那些妖精神通广大,你是因为打不过他们才这样。我去帮你降伏他们。"如来又叫上文殊、普贤两位菩萨,三人和孙悟空一起去降妖。

到了狮驼国,如来对悟空说:"你先下去,到城中找那妖怪交战,许败不许胜,把他引到我这儿来,我有办法收他。"孙悟空就按落云头,来到城中,叫:"妖怪出来!"

三个妖怪一起出来,孙悟空一见他们就开打,打了七八个回合,假装逃走,三个妖怪穷追不舍,孙悟空躲进了如来的金光里。

大大王见了如来,有些害怕,三大王却说:"怕什么,打败如来,夺了他的雷音寺。"他们仨一起扑向如来。

文殊、普贤二位菩萨在一旁大喝:"孽畜,还不现出原形!"大大王和二大王顿时瘫软在地,现了原形。原来他俩一个是青狮,一个是白象,是两位菩萨的坐骑。那三大王还是不服,还上来打如来,如来用手一指,他的翅膀就断了,

再也飞不起来了。无奈，只得归顺了如来。

孙悟空谢了如来，说："你收了妖精，除了大害，只可惜我师父没了。"那三大王恨恨地说："谁吃他了！他在锦香亭的铁柜子里关着呢。"孙悟空赶紧去找，果然看见锦香亭里有一个铁柜子，唐三藏正在里面哭呢。孙悟空赶紧打开锁，放出师父，又去救了八戒和沙和尚，找到了行李和马匹。

随后，他们在城中找到一些斋饭，饱餐了一顿，继续向前赶路。

笑读西游

1. 三大王的本相是什么？
2. 大大王和二大王分别是谁的坐骑？

38 凤仙郡求雨

　　凤仙郡的郡侯无意中冒犯了玉帝,结果凤仙郡大旱三年,庄稼颗粒无收,百姓穷困潦倒。孙悟空向龙王求雨,龙王却说没有玉帝的旨意,不敢私自作法下雨。玉帝能同意给凤仙郡降雨吗?

唐僧师徒四人下了隐雾山,奔上大路,走了几天,看到前方有一座城池。唐三藏问:"悟空,你看前面那座城,是天竺国吗?"

孙悟空摆了摆手说:"不是。就算到了天竺国,离如来的灵山也还有很长一段路呢。这座城应该是天竺国外的一个郡,去前边看看就知道了。"

他们进入城中,发现街道上十分冷清,店铺都关着,偶尔有几个人经过,也都无精打采,满脸菜色。到了街道中心,他们看到墙上新贴着一张榜文。

唐三藏就向贴榜文的官员打听:"我们从东土大唐来,去西方取经,经过这里,不知道这是什么地方?为什么百姓们看着都心事重重呢?"

官员回答说:"这里是凤仙郡,一连好几年都没下雨,百姓们都快活不下去了。"

师徒四人仔细看了榜文,唐三藏问徒弟们:"你们谁能求雨,帮帮这里的百姓呀?"

孙悟空说道:"求雨有什么难的!老孙翻江搅海,换斗移星,唤雨呼风,哪一件没做过?没什么稀罕的。"

官员急忙请来郡侯,郡侯见到唐僧师徒,当街跪下磕头:"我是凤仙郡的郡侯上官,请法师求雨救救百姓。"

唐僧把他扶起来说:"这里不是说话的地方,等我们到了庙里再说。"

郡侯把他们请到府衙(yá),命手下的人给他们倒茶、准备饭菜。吃过饭,唐三藏谢了郡侯,问道:"郡侯大人,您这里干旱多长时间了?"

郡侯说:"一连三年,这里一滴雨也没下过,庄稼也不长,百姓们都快活不下去了,如果您能求来雨,我愿意用千金酬谢。"

孙悟空笑着说:"如果要给我们钱,那就一点儿雨都没有。如果是行善积德,我倒愿意送你一场大雨。"

说完,孙悟空让猪八戒和沙和尚两个人在屋里等着帮忙,郡侯去烧香,唐三藏坐着念经。然后,孙悟空念了句咒语,马上有一块大乌云从东边飘来,慢慢地落到了郡侯府衙,原来是东海龙王来了。

东海龙王问:"大圣,您叫我来有什么事?"

孙悟空说道:"你远道而来辛苦了!也没有什么事,就是这凤仙郡连年干旱,所以问问你为什么没下雨?"

东海龙王说:"大圣,没有上面的命令,我也不敢私自下雨。"

孙悟空说:"这里久旱无雨,百姓生活困苦,我求你下

场雨,你怎么还推托?"

龙王说:"不是我推托。如果您真想拯(zhěng,救)救这里的百姓,就去天上,请玉帝下一道降雨的圣旨,让水官放出龙来,这样我才好下雨。"

于是孙悟空一个筋斗云来到西天门外。护国天王领着一些天兵天将上来迎接,问道:"大圣,取经的事完成了?"

孙悟空回答说:"也差不多了。现在走到了天竺国附近的凤仙郡,那里连着三年都没下雨,我向龙王求雨,他却说没有玉帝的旨意,不敢私自下雨,所以我特来向玉帝请旨。"

天王回答说:"那里不该下雨吧。我听说凤仙郡的郡侯冒犯了玉帝,玉帝就设置了米山、面山、黄金锁这三道难关,只有三关都过了才能下雨。"

孙悟空不明白是怎么回事,要见玉帝,天王也不敢拦他。孙悟空来到灵霄殿,向玉帝禀明来意,玉帝说:"三年前十二月二十五日,我出外巡视,走到凤仙郡,看到那郡侯不敬,把贡品喂给狗吃,还口出秽(huì,脏)言。所以我在披香殿内设了三件难办的事。让他们带你去看看,要是都办好了,就给你旨意,如果没办好,你也就别管闲事了。"

仙官把孙悟空带到披香殿。孙悟空往里一看:有一座用米堆成的山,大约有十丈高;有一座面堆成的山,大约有二十丈高;米山下面有一只拳头大的小鸡,不紧不慢地啄着米;面山下有一只金毛的哈巴狗,一口一口地舔着面;左边还有一个铁架子,上面挂着一个金锁,大约有三四寸长,像手指一样粗,下面点着一盏油灯,用火烧着金锁。

仙官解释说:"玉帝设了这三件事,要等到鸡啄完米、狗舔完面、油灯烧断了金锁,才能给那个地方下雨。"

孙悟空听了大惊失色,不知道怎么办才好。

仙官说:"大圣不用烦恼,这件事只有行善才能解决。如果凤仙郡的人一心向善,感动了上天,那米山面山都会消失,金锁自然也就断了。你去劝郡侯行善积德,那下雨的时机就会来了。"

回到凤仙郡,郡侯和唐三藏、猪八戒、沙和尚以及文武百官都在那儿眼巴巴地等着。

孙悟空对郡侯说:"都是因为你三年前的十二月二十五日,冒犯了玉帝,所以才让百姓受了这么多苦!"

郡侯羞愧地说:"三年前那一天,我本来是要给神仙上贡的,因为和夫人吵了一架,一时生气,就推翻了贡桌,

把贡品喂了狗。三年来,这件事一直在我心里记着,没想到上天怪罪,让百姓受了苦。还请法师明示,我怎么做才能得到原谅。"

孙悟空就把玉帝设下的三件事说了出来。猪八戒笑道:"不打紧!哥哥带我去,我一顿就能把那些米和面都吃了,再把锁弄断,就能下雨了。"

孙悟空说:"呆子,别胡说,这是上天设的机关,你怎么能办到?"

唐僧问:"若这样的话,那该怎么办呢?"

孙悟空说:"也不难,我临走时,仙官和我说,只有行善才可以破解机关。"

郡侯拜谢了孙悟空,请来僧人道士,带领所有的百姓烧香磕头,向上天请罪,又让郡内男女老少都吃斋念佛。

孙悟空见凤仙郡上上下下都是一片向善的景象,就一个筋斗又翻到了西天门外。他再一次遇到护国天王。天王说:"大圣,不用去见玉帝了,你去找天尊,请他借雷神和闪电娘子,自然就能下雨了。"

于是孙悟空找到天尊,天尊就让四位将士带着雷神、闪电娘子跟着孙悟空走了。

雷神和闪电娘子在凤仙郡的上空作法,顿时雷声隆隆,电光闪闪。凤仙郡的人一齐跪下，有的人头顶香炉，有的人手拿柳树枝，都在念"南无阿弥陀佛！南无阿弥陀佛！"这一声声祈祷，感动了上天。

玉帝对仙官说："凤仙郡的人已经向善了，你们去看看那披香殿的情况怎么样了。"

刚说完，看守披香殿的仙官就来报告说米山、面山都倒了，金锁也被烧断了。这时，凤仙郡的土地、城隍等神仙也都来求玉帝发慈悲。玉帝很高兴，命令风部、云部、雷部、雨部的神仙即刻去凤仙郡降雨。

这场雨下得酣畅淋漓。一开始黑云滚滚，浓雾弥漫，雷电噼里啪啦，狂风飞沙走石。随后滂沱大雨倾盆而下，家家户户，檐前垂瀑布，窗外响玲珑。干涸的河道灌满了，枯槁（gǎo，枯）的草木、禾苗也起死回生。大雨足足下了三尺才渐渐停下。

神仙们都拨开云雾，现了真身，百姓们这才看见，原来是龙王、雷将、云童和风伯。人们拿起香，不停地拜谢。孙悟空也对神仙们行礼："各位辛苦了，请回吧。我一定让郡里的人都供奉你们。从此以后，各位也时不时地下点雨来帮帮他们。"神仙们都欣然同意，各自返回。

孙悟空也跳下云头，对唐三藏说："师父，事情已经解

决了,我们也收拾一下,准备走吧。"

郡侯连忙说:"不急,法师救了我们凤仙郡,我这就去准备饭菜感谢各位,还要给法师建座寺庙。"

唐三藏说:"我们是去西天取经的僧人,不能在路上停留太长时间,这一两天就要走。"

郡侯留住师徒四人,让人准备菜饭,加紧盖寺庙。过了半个月,寺庙盖好了,郡侯带着他们去参观。

唐三藏惊讶地说:"这么大的寺庙,这么快就盖好了!"

孙悟空建议师父给这座寺庙取个名字,唐三藏说:"就叫'甘霖普济寺'吧。"

郡侯拍手称好,并广招僧侣,供上香火。

唐僧师徒拒收任何礼物,凤仙郡的人依依不舍地送他们离开,一直送了三十多里地。

笑读西游

1. 玉帝为惩罚郡侯,设下哪三道难关?
2. 孙悟空请来哪些神仙为凤仙郡降雨?

39 取得真经

　　唐僧师徒来到玉真观,拜见如来,取得真经,返回长安。路过通天河时,背着他们过河的老鼋因为唐三藏忘记帮自己向佛祖打听寿命,气得半路把他们扔到水里。经过这最后一难,他们终于功德圆满。

终于来到西方佛教圣地灵山了！这里果然和别处不同，处处古柏苍松，奇花异草，家家向善，户户信佛。山脚下、树林间随处可见诵经、修行的人。师徒四个走了六七天，看到一片气势恢宏的高楼，直入云霄，真是低头可以看落日，伸手可以摘流星。

唐三藏情不自禁地赞叹："真是好地方啊！"

孙悟空说："师父，您在那假寺庙都一步一拜，今天到了这真境界、有真佛像的地方，怎么还不下马呀？"唐三藏一听，慌得连忙翻身下马，步行来到高楼门口。

玉真观的金顶大仙已经站在这里迎接他们了。师徒四人进观沐浴，休息，第二天一早，唐三藏换上了锦襕袈裟，戴上毗卢帽，手持九环锡杖，去和金顶大仙告别。

"我来送送你们。"金顶大仙说道。

"不用啦，我认得路。"孙悟空说道。

"你认得的是云路，你师父只能走本路。"

孙悟空恍然大悟。于是金顶大仙笑吟吟地牵着唐三藏的手，从玉真观的后门走了出去，出了后门就看到灵山了。金顶大仙指着灵山的一座高峰说："你看那座祥光四射、瑞气缭绕的山峰，就是佛祖所在的灵鹫（jiù）峰。"

唐三藏立刻要拜，金顶大仙笑着说："还没到拜的地方呢,那灵鹫峰离这里还有几十里路。我就送你们到这里了。"

孙悟空领着大家慢慢登上灵山。走了五六里,前面出现了一道八九里宽的活水,四周没有人烟。唐三藏吃了一惊:"我们是不是走错路了?这水面如此宽阔汹涌,却没有渡船,我们该怎么过去呢?"孙悟空笑笑说:"没走错,那边有一个叫'凌云渡'的独木桥,只有过了桥,我们才能修成正果呢。"

唐三藏往前看去,果然有一座独木桥悬在河上,但那独木桥又窄又滑,唐三藏胆战心惊地说:"这路不是人走的,我们还是去找别的路吧。"

孙悟空小跑着做起示范:"师父别怕,您看我这不是过来了吗?"

沙和尚皱着眉说:"难,太难了。"

猪八戒说:"算了,我还是飞过去吧。"

孙悟空连忙阻止:"呆子,也不看看这是什么地方,哪能腾云驾雾呀!我们必须从这座桥上老老实实走过去,才能成佛。"猪八戒耍赖说:"做不成佛就做不成呗,反正我不走。"

两个人正拉拉扯扯,桥下忽然来了一条船,船公招呼他们上船。大家仔细一看:这条船居然没有船底!唐三藏又担心起来:"这没底的船,怎么渡人啊?"

孙悟空火眼金睛,一眼看出那人是来接引他们的佛

祖——南无宝幢光王佛,但他不能说破,便安慰唐三藏:"师父,没事,这船虽然没底,但是稳当,即使有风浪也不会翻。"说完他架起唐三藏的胳膊,给他推上了船,然后又把八戒、沙和尚和白龙马都接了上去。

船行了没多久,从上游漂来一具尸体,唐三藏吓了一跳,孙悟空笑着说:"师父别怕,那是原来的您。"唐三藏定睛细看,还真和自己长得一模一样!八戒和沙和尚也惊喜地拍手说:"是你,是你。"船公也打着号子说:"是你,是你,恭喜啦!"

过了一会,船稳稳当当地过了凌云仙渡,他们下了船,上了彼岸。他们回头再看,无底船已经不见了。

孙悟空这才说出真相。唐三藏醒悟过来,连连感谢三个徒弟。孙悟空说:"您带领我们三个脱离困境,修成正果。

我们保护您西行取经,洗尽凡尘,脱胎换骨。所以,我们是相互帮助,两不相谢!"

师徒四人身轻体快地来到灵山山顶,进入雷音寺,见到了如来佛祖。

唐三藏恭恭敬敬地跪拜,然后把通关文牒呈给如来佛祖:"弟子玄奘,奉东土大唐皇帝旨意,不远万里来到宝山,拜求真经,希望帮助天下民众。望佛祖垂恩,早赐真经,我也早日回国。"

佛祖仔仔细细看了一遍通关文牒,开口说道:"我这里有经书三藏:《法藏》谈天、《论藏》说地、《经藏》度鬼。可帮助凡人超脱苦恼,解除灾祸。经书共计三十五部,一万五千四百四十四卷。天下四大部洲的天文地理、人物鸟

兽、花木器用、人情世故,无所不有。阿难(nán)、迦叶(jiā shè),你们带他们四人去珍宝阁里挑选经书吧。"

阿难和迦叶带着他们去了珍宝阁,把所有经书的名目看了一遍,然后阿难和迦叶问唐三藏:"你们从东土来取经,带了什么好东西给我们呢?"唐三藏说道:"路途遥远,弟子没有准备什么礼物。"阿难和迦叶很不高兴,把师徒四人训斥了一顿,心不甘情不愿地让他们选了几包经书带走了。

这一幕被珍宝阁里的一位燃灯古佛看在眼里,他知道阿难和迦叶让唐三藏带走的是无字经书,就派白雄尊者去追上他们,把无字经书抢走撕碎了。师徒四人看着经书的碎片才发现,辛苦了这么久,取到的却是无字的经书,非常伤心。唐三藏说:"没想到这极乐世界也有欺负人的神佛。"

孙悟空说:"肯定是阿难和迦叶求财不成,故意这么做的。得去找如来评理,换取有字真经。"

于是师徒四人重回雷音寺找如来,如来笑着说:"自古经不可轻传,也不可以空取,这是正常的人情世故,你们空手来取经,是有点说不过去啊。阿难、迦叶,快给他们选些有字的真经去。"

到了珍宝阁,阿难和迦叶还跟唐三藏索要礼物。唐三藏只好把自己的紫金钵盂送给了他们。这次,他们终于取到了五千零四十八卷真经,在八位金刚的护送下高高兴兴地踏上回去的路途。

唐三藏师徒四人走后,五方揭谛、护教伽蓝等神仙来向观世音菩萨复命:"我们奉菩萨的旨意保护唐三藏,他这一路非常虔诚,历经千辛万苦,一共受了八十难。我们都记在这簿子上。"

观音菩萨赶紧把簿子点了一下:"佛门中九九归真,唐三藏应该受八十一难才对,现在还少一难。快快追上八位金刚,让他们再生一难。"

于是揭谛连夜赶上八大金刚,吩咐他们把唐三藏师父四人连人带马扔在了通天河边上,然后金刚和揭谛就一起回雷音寺了。

一只大白赖头鼋在岸边叫道:"老师父,快过来。我等了你这么多年,你怎么才回来啊?快来,我来驮你们过河。"

他们又惊又喜,赶紧牵着马走到老鼋背上。等他们站稳了,老鼋蹬开四条腿,四平八稳地游着,快到东岸的时候,老鼋突然问:"老师父,当年我请你帮我问问西方如来我的寿命有多长,你问到了吗?"唐三藏支支吾吾说不出来,他到了灵山后专心拜佛取经,早把老鼋的托付给忘记了。老鼋一看唐三藏的态度,就知道他忘了办自己的事情,生气地摇晃身体,把师徒四人和白龙马都甩到了河里,自己也沉入水底不见了。

孙悟空飞身出水,救出师父。沙和尚、猪八戒和白龙马本来就会水,自己游上了岸,随后四人一起打捞出经书和包袱。上岸后,他们找了个高处平地,把经书晒干了,这才再次上路。

求取真经

九九八十一难至此全部受完。八大金刚再次返回，刮起香风，把他们顺利送回东土长安。

想当年唐三藏从长安启程是贞观十三年，现在回到长安已经是贞观二十七年了。唐三藏向唐太宗讲述了这十四年来的经历，呈上了盖有十几个国印的通关文牒，唐太宗感动不已，让唐三藏把经书存放在长安的雁塔寺中，在那里建起高台为众人讲经传教。

　　唐三藏登上高台，捧起经书刚要开讲，又是一阵香风袭来，原来是八大金刚来接唐僧师徒四人回西天。顷刻间，他们飞上九霄云外，腾空而去。

　　到了如来座下，如来这才说出唐三藏的前世来历："你前世是我的二徒弟，名叫金蝉子。因为你不听话，态度轻慢，所以我贬你下凡，投胎到东土长安。如今你功德圆满，修成正果，我把你师徒四人召回，加封你为旃檀（zhān tán）功德佛，孙悟空为斗战胜佛，猪悟能为净坛使者，沙悟净为金身罗汉，白龙马为八部天龙马。"众人都欢喜不已。

　　孙悟空突然想起自己的紧箍咒还在头上，就叫道："师父，如今我和你都成了佛，快帮我把这紧箍咒摘了吧。"

　　唐三藏笑着说："当初你不听话，不好管教。现在既然成了佛，紧箍咒自然没了。"

　　孙悟空摸摸脑袋，紧箍咒果然消失得无影无踪了。

笑读西游

1. 在凌云渡来接唐僧师徒的是谁？他是怎么接的？
2. 唐僧师徒分别被封为什么神仙？

给孩子讲西游

1. 火焰山在哪里？

  火焰山是《西游记》中虚构的山。不过，在现实生活中，也确实有座火焰山，位于新疆吐鲁番盆地的中北部，平均高度约500米，东西长度约有100公里，南北宽约9公里。火焰山的山体主要由红色砂岩构成，呈现红褐色，基本上寸草不生。

  火焰山是我国最热的地方之一，这里的最高气温达到将近48℃，地表最高温能达到70℃以上，所以得名。《山海经》中就有对火焰山的记载，古人将火焰山称之为"炎火之山"，可见其热。

火焰山

2. 晒经岛

  晒经岛是通天河上的一个岛。唐僧师徒取完真经，返回通天河时，老鼋不满唐僧忘记自己的嘱托，翻身把经书弄进水里，孙悟空捞出经书，在岛上晾晒。这个晒经岛位于新疆和静县。从和静县城向南25公里，来到开都河岸，便能见到欢腾而宽敞的河心那座林木掩映的晒经岛。晒经岛因《西游记》成名，现在是热门旅游景点，也许在沙石滩的某处鹅卵石上，还有晒经时留下的"经文"呢。

3. 雁塔寺

雁塔寺的原型是位于陕西省西安市的大慈恩寺。

唐贞观二十二年（648年），太子李治为追念生母文德皇后（即长孙皇后），报答慈母恩德，下令建寺，取名慈恩寺。玄奘法师曾在这里主持寺务，带领僧众翻译佛典。

唐永徽三年（652年），玄奘法师为供养从天竺请回的经像、舍利，奏请高宗允许修建大雁塔。塔高64.5米，共七层，塔底呈方锥形，底层每边长25米。

大雁塔

4. 真实的唐僧取经的故事是怎样的？

真实的唐僧是唐代高僧玄奘法师，本名陈祎（yī），河南洛阳人，13岁出家。他曾游历各地，参访名师，学习各种佛教经论。但是法师们所说不一，各种经典也不尽相同，令玄奘内心充满困惑，于是他决定西行，去佛教的发源地寻找答案。

贞观三年（629），玄奘从长安出发，经西域各国，辗转到达天竺，进入佛教中心那烂陀寺，拜住持戒贤为师，学经论典，深得戒贤的赏识。玄奘在天竺遍访各地，四处游学，最后又返回那烂陀寺。在那里，他获得了大乘天的尊称。

贞观十九年（645），玄奘学成后回到长安。

玄奘整理并翻译从天竺带回的佛典，创立了汉传佛教八大宗派之一的唯识宗，并口述西行见闻，由他的弟子辩机笔录而成《大唐西域记》。这本书记述了二百多个城邦、地区、国家的概况，有疆域、气候、山川、风土、人情、语言、宗教、佛寺以及大量的历史传说、神话故事等，从不同层面、不同角度、不同深度反映了西域的风土民俗。

书中，玄奘前往天竺取经的路线，一部分在中国境内，如长安（今陕西西安）、凉州（今甘肃武威）、瓜州（今甘肃酒泉）、玉门关、伊吾（今新疆哈密）、高昌（今新疆吐鲁番）、阿耆尼国（今新疆焉耆）、屈支国（今新疆库车）、跋逯迦国（今新疆阿克苏），另一部分在现在的吉尔吉斯斯坦、乌兹别克斯坦、阿富汗、巴基斯坦、印度境内。

5. 龙生九种，究竟是哪九种？

在中国古代神话传说中，龙生有九子，九子不成龙，各有所好。比喻同胞兄弟品质、爱好各不相同。龙究竟有哪九个儿子呢？明朝李东阳在《记龙生九子》中给出了答案：

老大：囚牛，爱好音乐，它常常蹲在琴头上欣赏弹拨弦拉的音乐，因此琴头上便刻上它的样子。

老二：睚眦（yá zì），好斗喜杀，兵器的刀环、刀柄上的龙吞口便是它的样子。这些兵器装饰了龙的形象后，更增添了慑人的力量。

老三：嘲风，好险又好望，殿角上的走兽是它的样子。嘲风让

高耸的殿堂平添一层神秘气氛。

老四：蒲牢，好鸣好吼，洪钟上的龙形兽钮是它的样子。

老五：狻猊（suān ní），形似狮子，喜静不喜动，好坐，又喜欢烟火，因此佛座和香炉上的脚部装饰就是它的样子。明清时期的石狮或铜狮颈下项圈中间的龙形装饰物也是狻猊，它让门狮看起来更加威武。

老六：霸下，又叫赑屃（bì xì），力大无穷，好负重，石碑下面的龟形底座是它的样子。

霸下和乌龟长相十分相似，但细看却有差异：霸下有一排牙齿，而龟类没有；霸下和乌龟背甲上甲片的数目和形状也不同。霸下又称石龟，是长寿和吉祥的象征。

老七：狴犴（bì àn），形似虎，能明辨是非，秉公而断，加上长得威风凛凛，因此狱门上部虎头形的装饰便是它的样子。此外，它还匍匐在官衙的大堂两侧。每当衙门长官坐堂时，它便在行政长官衔牌和肃静回避牌的上端虎视眈眈，环视察看，维护公堂的肃穆正气。

老八：负屃（xì），形似龙，好诗文，石碑两旁的文龙是它的样子。

老九：螭吻（chī wěn），喜欢东张西望，好吞咽，经常被安排在中国宫殿建筑的屋脊上，做张口吞脊状。

6.《西游记》中的歇后语

唐僧西天取经——九死一生

猪八戒照镜子——里外不是人

猪八戒吃人参果——全不知滋味

孙悟空大闹天宫——慌了神

孙悟空借芭蕉扇——一物降一物

白骨精想吃唐僧肉——痴心妄想

白骨精给唐僧送饭——没安好心

白骨精见了孙悟空——原形毕露

猴子爬竹竿——上蹿下跳

唐僧看书——一本正经

猪八戒西天取经——三心二意

7.《西游记》中的趣味诗谜

自从益智登山盟，王不留行送出城。

路上相逢三棱子，途中催趱马兜铃。

寻坡转涧求荆芥，迈岭登山拜茯苓。

防己一身如竹沥，茴香何日拜朝廷？

这首诗将药名镶嵌在诗句之中。益智、王不留行、三棱子、马兜铃、荆芥、茯苓、防己、竹沥、茴香都是中药名。

十里长亭无客走，九重天上现星辰。

八河船只皆收港，七千州县尽关门。

六宫五府回官宰，四海三江罢钓纶。

两座楼头钟鼓响，一轮明月满乾坤。

这首诗将一到十的十个数字嵌在诗句中。

整本书阅读

1. 《西游记》的原作者是谁?

2. 《西游记》与哪三本书并称为中国古典四大名著?

3. 《西游记》中,唐僧收了几个徒弟?顺序是怎样的?

4. 你能说一说孙悟空、猪八戒和沙和尚的性格特点吗?你最喜欢谁?

5. 孙悟空、猪八戒和沙和尚分别使用什么兵器?它们都是什么来历?

6. 在《西游记》中,唐僧取经路过的第一个国家是哪里?最后到达的国家是哪里?

7. 在这套书中,你最喜欢哪个故事?能说给好朋友或爸爸妈妈听吗?

8. 在这套书中,你对哪个妖怪的印象最深刻?能说说他/她的特点吗?

9. 唐僧师徒去西天取经共经历了多少难?你能具体说一说这套书中都写了哪些难吗?

10. 唐僧师徒取得真经后,会做些什么呢?你能发挥想象,续编故事吗?